U0017959

山櫻花又名緋寒櫻，泰雅族語叫做「拉報」（lapaw），
是台灣原生種的落葉喬木。（攝影／張志彥）。

泰雅族人尊重並依循大自然的
gaga（自然規律），視山林、土
地為生養繁衍生命的母親。（攝
影／曾鳳萍）

1 挖柱坑（繪製／黑帶巴彥）

2 立柱（繪製／黑帶巴彥）

3　上大樑（繪製／黑帶巴彥）

4 排屋頂－新屋頂製造（繪製／黑帶巴彥）

5　圍木牆（繪製／黑帶巴彥）

6 茅草成品屋（繪製／黑帶巴彥）

山櫻花的故鄉

里慕伊·阿紀 Rimuy Aki

里慕伊·阿紀 Rimuy Aki

大地原住民 6

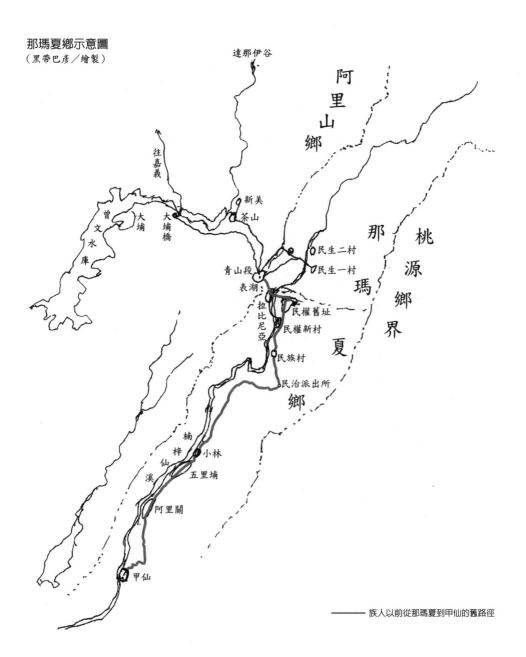

那瑪夏鄉示意圖
（黑帶巴彥／繪製）

達那伊谷

阿里山鄉

那瑪夏鄉界

桃源鄉

往嘉義

曾文水庫

大埔

大埔橋

新美

茶山

民生二村

民生一村

青山段

表湖

拉比尼亞

民權舊址

民權新村

民族村

民治派出所

鄉

楠

梓

仙

溪

小林

五里埔

阿里關

甲仙

族人以前從那瑪夏到甲仙的舊路徑

目 次

雅外的力量——《山櫻花的故鄉》中的女性

孫大川

　　我知道里慕伊一直有嘗試寫長篇小說的期待和計畫,如今她終於完成了《山櫻花的故鄉》,對她個人算是了了個心願,對整個原住民文學來說,我們又多了一部長篇,尤其出自於一位女性之手,更是令人欣喜。

　　《山櫻花的故鄉》,談的是泰雅族堡耐‧雷撒一家人從北部的斯卡路部落遷徙到高雄那瑪夏鄉開墾定居的經過。里慕伊除了透過堡耐‧雷撒一家人的故事,反映泰雅族傳統風習和其族人之核心價值外;做為一個女性作者,她更注意到一般男性作家所忽略的視角和細節。她提到狩獵,但不放過對幾隻可愛獵犬的描寫,甚至牠們的機靈和死亡。她歌頌泰雅男人的威猛,但寫到尤帕斯跑到學校去探望學洋裁、情竇初開的吉娃絲時,卻著重描寫他的靦腆和羞澀。故事中有大人、老人,但更不忘寫小女孩比黛和她深愛的洋娃娃……。整部小說裡女人不斷說話,也有行動,她們煮飯、洗衣、醃肉、播種、收割甚至談判……,非常活躍。這正是里慕伊文學創作中最獨特的一面,突顯一個單純少女看待世界的方式。

　　故事的背景是六○年代,對原住民來說那是一個激烈變動的時代。我們不但要面對第一個國家(日本)、第一個國語(日語)到第二個國家(中華民國)、第二個國語(北京話)的斷裂,還得快速適應資本主義貨幣邏輯的生活技巧。里慕伊在敘事中穿插了語言的問題,提到當兵、反攻大陸、青年訓練、山

地文化工作隊和基督教。而自稱是「生意人」的喜佑，在謊言被揭穿後，不但一把火燒盡堡耐辛苦建立的家屋，還以「匪諜」的罪名嫁禍給他們。原來部落的改變不單是外在的，族人內在的心靈和價值世界亦在迅速的崩解中。這樣看來，堡耐家族向南的遷徙便不完全是生活空間的拓墾，其實也是泰雅族人面對現代性的冒險行動，一趟精神煉獄的探索……。

　　堡耐一家人最後終於還是離開了三民鄉返回北部故鄉斯卡路。決定性的因素依然是由於一個有主見的女人雅外，她是堡耐三兒子伊凡的妻子。她對未來和現實的洞察力和堅持度，引導也開啓了伊凡和堡耐的心智，重新定位那年南遷的動機和意義。我不太有把握里慕伊選擇「三民鄉」作為故事的主要場景，是否別有用心？但是，以民族村、民權村、民生村構造起來的「三民鄉」，做為「光復」後原住民企盼前往的伊甸園，多少帶有某種程度的真實性和諷刺性；而堡耐家族之重返泰雅族原鄉，或許正是原住民由國族轉向各別族群認同的一種隱喻吧！這同時反映了一九八〇年代台灣原住民新的歷史轉折。

　　八八風災之後，我因職務的關係多次進出三民鄉，她如今已經正名為「那瑪夏鄉」了。無情的災難，無論它是天災或是人禍，我們那裡的族人再次面對遷徙的命運。不同於堡耐的是，這次的遷移不但為大自然所迫，也是集體的。族人內、外的挑戰和窘迫，當然無法與六〇年代同日而語。問題是：面對未來，我們要固步自封、自怨自艾？還是要敞開心胸、迎向前去？里慕伊《山櫻花的故鄉》中，那些既有決心、現實感又有承擔力的女性們，應該可以提供一些答案。

（孫大川，行政院原住民族委員會主委，政治大學台灣文學所教授）

序

故鄉研究工作室　黑帶巴彥

　　認識里慕伊的時候，大概是在十幾年前有一次去配卡通的錄音的時候。那時，我才真正的認識她是公視主播曾一佳的姊姊，也是一位寫短篇的作家。當時因為他們的族語程度還在初中級的階段（現在已經是老師級），所以一起錄製的過程中也幫他們修正，後來她常常會主動的來跟我請教族語的部分。在告訴她許多有關詞彙背後的文化典故之後，發覺她很努力的做筆記，並且一直繼續不斷的問，那時候我才感受到一個長期住在平地的原住民對自己文化的那種渴望，我打從內心的喜歡像她這種態度的原住民學子，於是暗地裡許願，一定要將我所知道的盡量給她。

　　後來，在桃園先聲廣播電台的節目主持人中一位伙伴，因為家務事的關係不能分身，於是就請里慕伊來接任，一方面也是學習族語最好的機會。在那一年當中，我更看到了什麼叫做認真又有主見的伙伴，她不但給予節目很多的建議，更增加了節目的活潑性，她 --- 真的是一塊寶。雖然我們廣播電台的節目，後來因為原民電視台的成立，造成補助經費的短縮而停止續約，但台長跟總經理都還不斷的提起里慕伊的情形，可見她在電台裡是多麼的受重視。後來常聽到她在忙著寫作，要找她還真的不容易哩！

　　去年在台北為清大所主辦 3D 動畫的卡通配音中再度跟她合作，她告訴我她寫了一篇有關泰雅族人遷居異族地區的小

說，我突然有一種被電擊的感覺，讓我頓時的心悸（心裡的激盪），因為我也是曾經有過那段過程，當然一方面是想看看她寫什麼？可是還不等我問話，接著她又說想請我幫她寫序，這一下我可亂了，我何德何能可以幫她寫序？可是她又表現的那麼認真，我只好說我盡力吧！不過我還是告訴她我必須先看過她寫的故事內容，沒想到她卻是一口跟進的說：「我正好有族語的部分要請您修辭哩！既然您要看，就請你幫我這個忙囉！」

　　看過之後，說真的我簡直是一邊看一邊流著淚，因為她觸動了我當初去那裡的時候的情景，我的苦，我的孤寂簡直都進在書中。因此，好奇的問了她，你是寫誰呀？她輕輕的笑一笑，說是她因為偶然的機會，遇見一些搬到那瑪夏定居的泰雅族同胞，她是廣納了許多人的口述之後，才虛擬一個主角家庭來建構故事的內容。我實在真的佩服的五體投地，一個從來沒有接觸過的環境，只憑幾個人的口述，就可以塑造幾可亂真的故事，於是也開始認真的來把我所認識的里慕伊推薦給大家，對她的故事我們拭目以待，保證不會讓您失望。

Hetay_Payan

（黑帶巴彥為資深泰雅族文史研究工作者，故鄉研究工作室負責人）

寫在山櫻花盛開之際

馬紹‧阿紀

「我出關了！你們這些兄弟姐妹，都不曾來幫我送飯、送菜，像龍應台就那麼好命……」里慕伊‧阿紀有一天下午打電話給我，那時我正在一個記者會現場，沒等她抱怨完，就先說：「好、好，恭喜，我等一下回電話給妳！」掛上電話時，有點心虛，雖然她不是寫什麼大江大海的巨著，起碼里慕伊一年前就很認真地讓自己消聲匿跡，連 facebook、email……通通都沒有反應。

八八風災過後，她一直掛念高雄那瑪夏的部落族人，因為那是里慕伊在這一本書裡面最重要的田野調查的部落之一。家人曾開玩笑說：「妳看！寫什麼那瑪夏，現在都被土石流淹沒了……」，「就是要寫，這樣以後的人才會永遠記得那瑪夏啊！」里慕伊很認真的回答。不過，當她下定決心要做認真的事，就會顯露出她泰雅女子的韌性。就好比她決定自己一個人開車南下到高雄那瑪夏做田野調查，也是千拜託、萬拜託，要我交出手邊的好友名單，以便保證她到山上不會被冷落。就這樣，她從台北土城，開了一整天的車，終於抵達那瑪夏，同時順利找到了「山棕月影」部落月刊的創辦人之一轆虎。「我平安到達那瑪夏囉！而且轆虎他們也都很照顧我喔！」里慕伊又從遙遠的那瑪夏打電話給我，我當時正在主持主管會報，就說：「好、好，我在開會，幫我問候轆虎和部落的朋友喔！」

一年後，我聽到里慕伊獲得原住民文化事業基金會的出版

補助，同時我也終於拿到了里慕伊完成的小說初稿。「弟弟，你要幫我寫序喔，我就只有這麼一個弟弟啊，還有啊，那個書名、那個出版社、那個書的封面、那個插圖⋯⋯」總之，里慕伊要出第二本書，就好像我自己正在進行的節目審查企劃案，同時還要我包辦所有重要程序的諮詢與定案。我雖然常常說：「我真的很忙⋯⋯」但是到後來，就會變成一種罪惡感，好像我是扼殺原住民文學萌芽的兇手似地，然後又默默地幫里慕伊完成所有她交辦的、做弟弟應盡的義務。

說真的，等了將近十年，我才發現，里慕伊在這一本書裡，就像一個導演一樣，幾乎把自己在這一生對泰雅族的文化認知與生活體驗，通通剪接在這一本很認真做田野調查的小說裡。也就是說，很多像我這樣出生在已經有電視、洋房年代的泰雅族新生代，藉由里慕伊描寫的泰雅族人墾荒的故事，竟然可以活生生地接觸到傳統泰雅族人的思維與內心世界。對我來說，里慕伊描述的每一個情節、每一段對話，就好像正在觀賞一部 3D 版本的傳統泰雅電影。不僅聲音、場景，甚至連泰雅族的經典美食「醃魚、醃肉」的氣味，都不時地飄出令人垂涎三尺的泰雅醃肉特有的香味。

看完「山櫻花的故鄉」，會讓人想要立刻回到自己的故鄉，去擁抱真實的部落的親人與部落的一草一木。特別是，當山櫻花盛開的季節，只要看過一眼，就永遠不會忘記，那裡是我永遠的故鄉。

（馬紹・阿紀，原住民族電視台台長，泰雅族作家、記者）

寫一個故事

里慕伊

第一次聽「故事」，是在一個夏日的午後，我被媽媽夾在兩腿之間，頭按在她左大腿上。媽媽說著長得肥油油的馬大（Matat）很愛吃呀！山豬、山羌、山鹿，甚至是小孩，他都吃。一邊說著，雙手一邊翻我的長髮～～抓頭蝨。

我很怕媽媽抓頭蝨，她的「兩指神功」快、狠、準，對蝨子和頭皮一點都不留情，常讓我痛得哇哇大叫。

可是，那天下午不一樣，我的頭腦被驚險的故事情節吸引著，以至於完全忘了頭皮上的痛。這是我初次領略到「故事」神奇的魅力，當時，我五歲。

父母忙於生計，絕少有機會說故事給孩子們聽。在當時物資匱乏的年代，除了教會有幾本捐贈的，破舊不完整的故事書之外，整個部落，誰也沒有任何一本故事書。

我每次看了教會的「半本」故事書之後，便會試著把從缺的情節用想像自己補上，甚至說給玩伴聽。看見朋友入神的表情，再度讓我感受到故事的魅力。於是，小小的心靈便許下一個願望——以後我要當一個「製作」故事的人。

長大之後，寫了幾篇小小說，也送去比賽得過獎項。後來，我就一直想著要寫一個長一點的，「好看」的原住民故事，給每個像我一樣愛聽故事的人。

一個機緣認識了 yutas Payan（巴彥爺爺），他是一位泰雅族耆老的父親。我因為需要一些泰雅族文化的資料，經人介紹

泰雅族的Payan爺爺

去拜訪一位耆老，向他請教。八十幾歲的 yutas Pyan 總是靜靜坐在一旁，微笑著聽我們的談話。偶爾回答我們請教的問題，他說話總是非常簡短。

我跟耆老一家人很投緣，之後便常主動拜訪。在跟耆老聊天的當中，知道爺爺在四十歲左右，曾經南下高雄，在當時的三民鄉（原來稱「瑪雅鄉」，現正名為「那瑪夏鄉」）開墾，並在當地居住將近二十年的時間。五十年代，的確有一群自桃園復興、台北烏來、以及新竹五峰的泰雅族人，大約二十幾戶人陸續前往三民鄉開墾定居。

三民鄉地理位置很特別，剛好在鄒族、布農族、排灣族傳統領域交界的地方。那裡，除了有原住民族，還有閩南、外省等漢族人。這些不同文化的族群，彼此之間有互助，也有競爭。日常生活互動中，發生了許多有趣及溫馨的故事。

巴彥年輕時被日本徵召到南洋打過仗，他開墾、狩獵，建房舍、編器具…勤勞不懈，膽識過人，卻又謙虛慷慨。他擁有許多超乎常人的本事，都是由他的兒子或媳婦轉述給我聽。每次我們談得興高采烈，笑聲、驚嘆聲不斷。而謙虛內斂的老人卻總是坐在一旁，微笑著傾聽，自己從來不主動提那些「當年勇」。

老人最讓我尊敬的就是，在面對生命的每一個課題，不管快樂、痛苦，不論輕鬆、沉重，甚至是榮耀的、屈辱的，他總是冷靜面對，虛心接受。我從來不曾在他的口中聽到一句抱怨的話，對自己、別人，對環境、對生命本身，只有感恩，完全沒有一句埋怨。這幾年，每下愈況的健康，使得這位當年神勇無比的獵人，必須靠著枴杖、輪椅作緩慢的行動，他也沒有哼過一句。對老人的認識越多，我就越尊敬他，更多的認識讓我

更加喜愛親近他。

我們泰雅族傳統古調裡，有一首非常重要的歌，是關於泰雅族群從 Sbayan 的 pinsbkan（現在的南投縣仁愛鄉的發祥村）往北遷徙的歷史，其中也有祖先對泰雅族人的訓示。祖先期許泰雅族人要勇敢、智慧、正直、勤勞、互助、慷慨……等，這就是我們泰雅族人的核心價值。我在巴彥爺爺身上看見這樣高貴的品格，在我們泰雅族社會裡，人們會稱讚他是 Tayal balay（真正的泰雅人），這是泰雅族對人最高的評價。Tayal balay! 巴彥爺爺當之無愧。

我寫過很多故事，卻沒有想過把這個故事寫下來。將近十年的往來，完全基於喜歡親近部落長老的習慣。老人過去的「事蹟」，也只是我跟著老在討論泰雅族文化之餘，閒聊的話題。

去年初（2007 年初），家父過世，傷痛之餘，驚覺老一代原住民長輩的消逝，正在不可逆的進行著。有許多發生在這片山林土地上值得記錄下來的故事，正在隨著一個一個離開的老人，緩緩淡出人們的記憶，終至無聲無息的消失。這對原住民族，甚至整個台灣的歷史文化來說，是難以彌補的缺憾。

今年春節，照例前往巴彥爺爺家拜訪。這次，高齡九十幾的爺爺生病躺在床上。我趨前俯身問安，老人家掙扎著坐起來跟我說話。他說話的聲音，微弱得像秋日午后拂過芒花末梢的輕風，驀然發覺當年膽識過人，驍勇善獵的「山豬之父」真的很老了。不知道哪一天，老人就要收拾行囊，走上我們泰雅的 hongu utux（彩虹橋——神靈之橋），回到祖靈那永恆的故鄉去了。

那天回來之後，老人的故事就開始縈繞在我的腦海，「把

這故事寫下來！」這樣的聲音常常都要出現在我心中。

　　第一次嘗試長篇小說，送給「Tayal balay」的巴彥爺爺。寫一個「好看」的原住民故事，送給遙遠的年代，那沒有故事書可以看的，小小的我，也送給每一個跟我一樣愛聽故事的人。

　　感謝主，終於完成了我的第一篇長篇小說。在我動手書寫的這短短的一年之中，人事的急遽變化令我深感悲痛和不捨。我在 2009 年二月前往田調的那瑪夏鄉在同年八月遭受莫拉克颱風侵襲成為重災區之一，山川家園毀壞至今依然無法恢復。而我常去訪談的最敬愛的巴彥爺爺在今年春末山櫻花凋零的時節往生了，老人家生前知道我正在寫泰雅族人南遷開墾的故事，給我很多的鼓勵和指導。可惜，我沒有趕上老人家在世時親手送一本書給他。

布農族的Anita-泰雅族Yayut-Rimuy

　　雖然有悲痛和遺憾，但我在書寫這個故事的過程中卻受到太多人的幫助，讓我每次回想起來就感到無比的溫暖和感恩。我要謝謝那瑪夏的 yata Yayut(雅悠伯母)，讓我在她家白吃白住了幾天（這之前我們一點都不認識），白天到處帶我去訪查過去舊部落的遺蹟，晚上殺雞給我吃，還告訴我許多過去發生的事。謝謝布農族的韃虎（林聖傑）、鄒族的 Pyuri(陳聖富)告訴我很多有關那瑪夏的過去以及各族的特性和互動的情形。謝謝排灣族的高素碧老師、布農族的余明輝老師、布農族的阿妮塔阿姨、舞媚大姐……以及所有那瑪夏友善的鄉親們給我這個遠道而來的陌生人的溫暖接待。

山棕月影負責人-韃虎

　　我還要特別感謝幫我寫序文的孫大川老師，大川老師現在

鄒族的Pyuri

是行政院原住民族委員會的主任委員，執掌全國原住民事務的千繁萬忙當中，願意幫我這小小的一本書寫序文，還很厲害的把我私自悄悄藏在故事裡的靈魂給描了出來，看完老師的序文讓我嚇了一跳，也感動到飆淚。謝謝大川老師。

感謝黑帶老師一直協助我有關泰雅族文化和語言部分的解說和修正，幫我寫序文還幫我畫插圖。黑帶老師可說是泰雅族文史研究的權威，也是非常忙碌的，但只要我請他幫忙，他從來沒有拒絕過，總是很熱心的給我協助。謝謝黑帶老師。

最後，我也要謝謝我的弟弟馬紹，馬紹現在是原住民電視台的台長，也是世界原住民廣電協會（WITBN）的主席，國內國外到處跑，忙碌可想而知，卻也在我的逼迫之下擠出時間寫序。雖然他在序文中數落了我一頓，但我知道馬紹很愛我，不但仔細閱讀我的故事，還幫我找出許多必須修正的地方，台長變成校稿員了。謝謝馬紹。

感謝國家文化藝術基金會的寫作補助，以及原住民族文化事業基金會的出版補助讓這本書得以順利誕生。

回首書寫的整個過程，才發現自己所得到的不只是一本書，書寫以外獲得的多於一本書的千萬倍……最後，還是感謝。

山櫻花的故鄉

堡耐和他的尤命

1960 年，春……。

傍晚，夕陽往山脈懷中，斜斜的躺了下去，微風拂過竹葉梢，農地旁邊的桂竹林便由東北往西南的方向「沙啦啦……沙啦啦……」的唱起早春的竹葉之歌。薄霧無聲無息籠罩住整片小米田。霧氣將整座山田的土壤浸染了一層水氣，使新翻起的黑土壤感覺更加肥沃了。

堡耐‧雷撒（Bawnay‧Lesa）結束了小米田播種的工作，雙手扠腰，掃視整片田園。「呼 ~~」他滿意的舒了一口氣，拿著小鋤頭慢慢往工寮走去。

堡耐體格精壯結實，約六呎的身高，在他們斯卡路 (Skaru) 部落是數一數二的高大，即使在一般泰雅族男人來看，也是屬於高大魁武的體格。堡耐家族的特色是他們的鼻子，不論男女都生著又挺又直的鼻梁。堡耐飽滿的額頭、挺直的鼻梁、加上緊抿的嘴，看起來就像父親雷撒（Lesa）一樣，充滿了智慧。不過，比起感覺稍嫌嚴肅的父親，堡耐卻遺傳了母親那種笑起來彎彎像月亮的眼睛，使他在智慧之外多了一份溫和。

工寮是堡耐跟父親以及三個兒子們合力搭建起來的竹屋。因為這座小米田的位置，剛好在他好幾座農地的中心，所以這裡特地蓋了比較大型而完善的工寮，主要是用來置放工具，也方便上山工作時有個用餐休憩的地方。

"yumin……yumin…… hata la!"

「尤命……尤命……我們走吧！」堡耐看狗兒不在附近，

對著竹林喊。

　　他進屋將小鋤頭勾在竹架子上，走到水缸旁捧起一把清涼的山泉水，把臉洗一洗，用葫蘆瓢舀起一瓢清水，「咕嚕！咕嚕！」的喝下去。他取下頂住窗的竹子，把木窗放下來，背起網袋，配上獵刀關上木門便沿著下山的小路往回家的方向走去。

　　"yu~min!hata ngasal la!"

　　「尤～命！我們回家了！」堡耐提高聲音再一次呼叫鑽進林子裡追竹雞的獵狗。牠是堡耐的兩隻獵犬之一，另外一隻是母狗撒韻（sazyun），他們幫狗兒取了人類的名字。尤命比撒韻大兩歲，黑亮的短毛，精壯挺拔的身型。豎耳、彎刀尾，一雙杏仁眼，眼尾往上翹，聰明而機警。牠是隻雄犬，個性勇猛，狩獵時不管遇到多大的獵物，牠一點也不畏懼，總是勇敢的往前衝。當牠狂吠著齜牙咧嘴的往獵物靠近時，常常嚇得身型比牠大幾倍的獵物沒命奔逃。

　　尤命生性勇猛善獵，追獵的時候，總是一馬當先。除了跟堡耐一起上山狩獵之外，牠自己也常常跑進山林裡追逐野生動物。有時牠會叼著一隻竹雞，一隻小山鼠或是野兔，帶回來放在主人腳邊，得意的笑著搖尾。這時，堡耐會摸摸牠的頭稱讚牠，

　　"m!nanu baq su!"

　　「嗯！你果然不錯！」通常，堡耐會先把獵物收起來，然後在做燒烤毛皮處理的時候，拔下動物的四肢、尾巴等等，給坐在旁邊的尤命當作獎賞。即使是小小的鳥雀之類，主人還是會先收起來，丟進灶火內把毛燒掉再拿給狗吃。這是主人訓練獵狗的方式之一，讓狗兒習慣把獵到的動物帶給主人，而不是

自己當場吃掉。

對泰雅族人來說，像尤命這樣會狩獵，還會把獵物叼回來給主人的獵狗，才是最優秀的獵狗。有些狗會狩獵，卻把獵物吃掉的，是品行不好的獵狗。人們會說牠是 "yaqih na hozil"（不好的狗）。如果狗兒必須靠主人帶著去狩獵，自己不會單獨狩獵的話，就算是比較普通的獵狗了。不過，有些狗兒不會狩獵，那就是只能看家的看門狗了，像是白色的狗就不可能當成獵狗，因為在森林中偵查動物蹤跡，白顏色太明顯，很容易被動物發現，所以一般來說，沒有人訓練白色的狗狩獵的，黑狗是獵狗的首選，黃褐色次之。能被主人帶在身邊上山狩獵的，一定是主人特別選過，從小就訓練的好狗。

堡耐訓練的獵狗一向都很優秀，過去他最多同時養了八隻獵犬，現在只養了兩隻。他的另外一隻獵狗撒韻是黃褐色的母狗，長的比尤命高一點，最大的特色是身體輕盈，擅長跳躍。每次當他們在追獵的時候，黑狗尤命的腳程超快，一定是跑在最前面。但是在遇到山溝、粗大的風倒木擋住去路的時候，當尤命還在鑽樹洞或找落腳的石塊時，善於跳躍的撒韻往往就能一躍而起，瞬間超前追過尤命。而且，母狗撒韻的個性聰明且善解人意，相對於好勝莽撞的尤命，她是比較冷靜而鎮定的。

堡耐這兩隻獵犬，狩獵的戰績輝煌，在部落獵人當中是很出名的，除了聰明有膽識，出類拔萃的體能和腳程也是一等一的。最特別的是，這兩隻狗的「qoyat」（運氣）似乎特別好，只要帶著牠們上山，往往獵獲豐富。所以大家都喜歡找堡耐一起去狩獵，人們都說，

"motux balay hozil na Bawnay hya wah!"

「堡耐的狗實在是非常勇猛啊！」

偶爾，熟識的鄰居也會跟他借狗去追獵。他們會到堡耐家，一邊跟主人聊天，一邊用手拿食物給狗吃，摸摸狗的頭，搔搔牠的下巴和脖子，跟他建立感情。等人狗雙方產生互信之後，主人便用皮項圈把狗兒綁住交給來者，順便叮嚀獵狗要聽他的話。狗兒的習性很特別，即使在家裡，牠對全家人的服從和忠誠也是有排名順位的。從小養牠、訓練牠的那個人，就是牠服從的第一順位，只要主人叮嚀過牠，離開主人之後，牠就會聽從那位獵人的指示。撒韻因為聰明，服從性又高，通常牠被借出去的機會比較多。

　　一個獵人出去狩獵通常帶了三、四隻獵狗，他們會把借來的狗綁好牽著，自己養的狗不必綁，等有了目標才把綁著的狗放出去追。狩獵回來之後，獵人會把獵獲分一份給狗的主人，就跟一個獵人所得的一樣多，撒韻就常常幫主人分得獵物。

　　泰雅族人一向把狗當成家人一樣的對待，過去傳統的泰雅族人是從來不吃狗的，也不能想像怎麼有人會吃「香肉」。如果是優秀的母獵狗生了小狗，牠的狗寶寶很快就會被鄰居搶著領養了，甚至還沒生下來，就有人會預定。人們會挑選耳朵和尾巴往上豎起來，眼睛明亮、鼻子濕潤，腿長體型較大，活動力強的健康狗寶寶。通常先被選走的多半是黑色公狗，主要是因為母狗在成年之後必須生養小狗，比較「忙碌」，會沒時間出去狩獵，而且，母狗生養過了小狗之後，體力、耐力上會有明顯的影響。

　　堡耐很喜歡黑狗尤命，但以狗的個性來說，他還是認為尤命有時候未免太過固執又好勝了一點。有一次，堡耐帶了兒子達路和哈勇到離家較遠的接近山頂那裡的杉木林砍草，尤命也一起上山。山頂上住著一隻鷹，大概是人們砍草和說話的聲音

驚嚇到老鷹，牠突然飛出鷹巢，衝上天。老鷹在天上盤旋著，嘴裡發出了「啾！啾！」的呼嘯。

「嗯……嗯……」尤命抬頭怒視天上的老鷹不滿的低吠著。

「啾～～啾～～」老鷹又發出了呼嘯聲，繼續在空中盤旋。

「嗚……汪！嗚……汪！汪！汪！汪……」尤命生氣了，他怒吼著，對天上的老鷹開始發足狂追。砍草的三個男人早習慣尤命追逐動物的吠吼，一點也不以為意，自顧自的砍草。

「汪！汪！汪……」尤命也不知怎麼那麼生氣，狂吠的追著天上的老鷹，跑出了杉木林。牠的爆發力強，耐力也很驚人，腳程速度之快是部落獵人都知道的。

就這樣，牠有時抬頭對著老鷹狂吠，有時直接追著地上老鷹的影子跑。追著、追著，不知跑了幾個山頭。砍草的人依然不在意，只知道尤命的吼叫聲愈來愈小，直到完全聽不見為止。

尤命跟主人上山工作，除非主人有事叫牠，否則牠不是在工寮前面趴著曬太陽，就是跑進林子裡追逐動物。不管怎樣，牠的活動範圍總在主人呼喚可以聽見的地方。可是，這次卻是特別的。中午吃飯時間牠沒有回來，「尤命！尤命！」堡耐怎麼呼叫牠，也沒有回應。

"ki'a hazi wal qmalup suruw silung la."

「牠大概是到大海背後去追獵了吧！」他們開玩笑說。「suruw silung」是大海背後的意思，當時人們稱中國大陸為「suruw silung」。

尤命中午沒有回來吃午餐，一直到傍晚，砍草工作結束要回家了，牠還是沒有回來。堡耐三人一路呼叫尋找，都沒有回

應。他們知道狗兒聰明、記憶力又好，也了解牠在森林裡生存的能耐，所以一點也不擔心的回家去了。

只是，這次尤命真的讓大家擔心了，牠竟然追逐老鷹，追到了第三天才回到家。回來時，肚子兩邊被樹枝和鋒利的草葉割得一條一條傷痕，腳掌都磨破了。牠髒兮兮的回到家，看見主人就高興得跳起來，不斷搖著尾巴，「嘿……嘿……」喘著氣，笑著。

"talagay kinlokah lungan su la!"

「你的心實在也太固執了！」堡耐笑著用力在牠背上拍了一掌，堡耐和他的獵狗尤命就是這樣的關係，是家人、師徒、也是朋友。

* * *

「汪！汪！」一條黑亮的身影從玉米田上方的竹林中竄了出來，嚇了堡耐一跳，開心的尤命知道要回家了，衝到主人身邊，故意撞了他一下，就率先往山下跑去。

堡耐邊走邊想著明天一早要去台中埔里醫院探望瓦旦（Watan）的事情。瓦旦住在堡耐家對面的山上，年紀比堡耐大一歲，是他的堂哥也是很好的朋友。兩人從少年時代開始，就喜歡一起上山狩獵，農忙時期，兩家人都會 msbayux（換工）互相幫忙。

十幾年前，太平洋戰爭爆發的時候，他們都被日本政府徵召到南洋充軍。他們在燠熱的叢林中跋山涉水、攀岩爬樹，非常艱苦的環境裡作戰，更培養出兩人的革命情感。到南洋兩年之後戰爭便結束了，許多一起去的原住民青年不幸戰死沙場，重傷殘障的也不少；他們兩個人運氣很好都能全身而退。只是，誰也沒料到，能在嚴酷險惡的叢林戰爭中存活下來的瓦

旦，卻在解甲歸田幾年之後，發現患上了肺結核。這三年，他常常老遠的南下到埔里住院就醫。有時，情況穩定了就回家，病情惡化，又回去住院治療。

埔里醫院是基督教創辦的醫院，特別照顧原住民，原住民在這裡就醫幾乎是免費的。透過教會的轉介，很多來自各地的原住民，都會到這裡就醫。三年前，教會的牧師說埔里成立了一個「基督教肺病療養院」，是專門治療肺病的患者，也提供很好的住院照顧，介紹瓦旦到埔里就醫。所以，他才會千里迢迢從新竹五峰的斯卡路部落，到了台中的埔里醫病。

"ay!ini kblaq hazi yaba mu ma sinsiy!"

「唉！醫生說我父親的狀況不是很好啊！」前幾天，瓦旦的兒子巴尚（Pasang）南下探病回來之後，說父親最近病情惡化，似乎很不樂觀。堡耐打算把小米田播種的工作完成之後，就去探望他的好朋友。

「汪！汪……」尤命突然在山路下方吠了兩聲。

「啦～～特！」一聲，左邊草叢竄出一隻飛鳥，褐色的尾巴一閃，往右下方靠山澗的草叢裡鑽了進去。堡耐因為心中想著事情，被這突如其來的聲音嚇了一跳，本能的抓起腰上的獵刀，卻又立刻還刀入鞘，那不過是尤命追逐的一隻傍晚出來覓食的白腹秧雞（pwak）罷了。

"yasal la!"

「夠了！」堡耐斥責尤命，狗兒從草叢冒了出來，巴結的擦撞一下主人的腿，又跑開了。

堡耐走著走著，突然離開山路，往上方的竹林深處走去。看到主人走進竹林，狗兒立刻跑回來超前往林子裡跑去，一下子就不見蹤跡。

「汪！……汪！……汪！」沒多久，就聽見尤命的吠聲。堡耐知道一定是捕獸夾有獵物了。

這附近山林裡，有各種小動物，像是竹雞、松鼠、白鼻心、飛鼠…都是很常見的。部落的男人清晨上山都會先繞進樹林裝設獸夾、捕鳥器之類的小陷阱，以便在下午回家的時候，順便把獵物帶回家當晚餐的配菜。

獸夾是他和妻子阿慕依（Amuy）清晨上山時，順道放置的。阿慕依工作到下午三點左右，就會先下山。她不是背了一整背簍的地瓜、芋頭，就是在半路順便繞進樹林，砍取生火用的柴薪。

有時候，阿慕依會到竹林裡撿拾「嘎烙」（qarauw），背回家起火之用。細細乾乾的「嘎烙」很容易點著，只須一根火柴，就可以燃起火焰，在上面加上竹子或樹枝也不容易壓扁熄滅，是一種連小孩子都會使用的起火材料。「嘎烙」是砍竹子時，削下來的細竹枝，每座竹林底下都有很多「嘎烙」，五、六根竹枝一束，將它們一折、一折拗成約一呎長的一把，然後用竹林隨處可得的「莎柄」（saping，山棕）葉子綑綁起來，就是每天煮飯起火不可或缺的好幫手。阿慕依下午先離開農地回到家，是要打理家務、餵食牲畜、澆菜、準備晚餐……總是在忙碌。

「汪！……汪！……」尤命一看主人來了，吠聲更大了，牠一邊抬頭望著樹幹，一邊狂吠，並不斷繞著高大的紅楠樹，虎爪般的雙腳抓著樹幹做勢就要往上爬。

「嗯……汪汪！嗯……汪汪！」狗兒看見他快到了，搖著尾巴趕緊告訴主人樹上有了獵獲。

堡耐抬頭看見橫樹幹上正掙扎著一隻松鼠，他兩手抓緊樹

泰雅族的揹簍

幹，雙腳一縮一踩，三兩下就爬上樹去。左手準確的抓住松鼠的後頸，右手用刀柄對準松鼠頭部「槓！」一敲，把松鼠和陷阱工具（rahaw）一起往揹網裡塞。他迅速滑下樹，"cila la!"「走吧！」就和狗兒繼續往另外一個陷阱走去。

「嗯……汪！汪！」，「pe……ku……gyah……!ku……gyah……!gyah……」在竹林左邊芒草叢生凸起的一個小土丘旁，kugyah（竹雞）生氣大叫的聲音和尤命的怒吠聲混雜在一起，一陣短暫嘶咬之後，竹雞就突然沒了聲音。

堡耐三步兩步跑過去，「嗯……嗯……」看到尤命叼著竹雞，喉嚨發出得意的低吼。他走到狗兒面前，"ita,ita……"「給我，給我……」手一伸狗兒立刻鬆開嘴，堡耐把竹雞往揹網一塞，繼續往別處取收早上置放的陷阱。

天色漸漸暗了下來，堡耐背了兩隻竹雞、一隻松鼠，還有一包「吉露克」（ziluk-野刺莓），用姑婆葉仔細包起來，放在背簍最上面。這「吉露克」是他前幾天上山放陷阱的時候發現的。那時候，刺莓果綠綠的還沒轉紅，他把這一叢野刺莓記下來，準備等幾天之後，再來採回去給五歲的小女兒比黛（Pitay）吃。

刺莓成熟的果實，一顆顆渾圓紅艷，像是圓型的草莓，蜜甜中帶著一絲微酸，是部落孩子在春天最愛的零食。比黛吃刺莓時，總是張著被染紅的小嘴，快樂滿足的呵呵笑。

在大楓樹之後轉個彎，就可以看見他山腰上的房屋，雖是天色漸暗，還是可以看見裊裊的炊煙升起，那是阿慕依正在煮飯。黑狗尤命跟前來迎接主人的黃狗撒韻跳來跳去互撲，喉嚨發出「嗯……嗯……」的低吼，兩狗假裝打起架來玩耍。

"aba……aba……!"「爸……爸……！」小女兒追在狗後

面，揮舞著雙手，開心的邊跑邊大聲叫喚。比黛是堡耐最小的女兒，一雙圓亮的大眼睛，有個像爸爸一樣挺直的鼻梁，面貌清秀可愛。她算是兩夫妻不小心多生出來的孩子，五歲的她跟上一個排行的哥哥伊凡（Iban）年紀相差了九歲，甚至比她大哥達路的兩個唸小學的孩子還小，所以比黛是全家的寶貝。

撒韻看見比黛快要跑到主人身邊，丟下還在假裝撕咬的尤命跳起來就往主人的方向衝去，開心的跳過來跳過去，不斷往堡耐身上撲。

"pe~~pgey!pgey!"「去 ~~ 走開！走開！」比黛小手把撒韻揮開，自己跳進爸爸張開的雙手。

"ktay nanu nyux misu s'aras."

「看我帶了什麼給你？」堡耐把小女兒放下來，從揹網裡取出那包刺莓，拿給她。

"a~~ziluk!ziluk! 我要吃 ziluk."

「啊 ~~ 刺莓！刺莓！我要吃刺莓。」比黛睜大眼睛驚喜的抱著刺莓，一抓就是一大把往嘴裡塞，好開心的吃了起來。

堡耐的房子是泥土牆竹屋頂，也是父子合力搭蓋起來的，搭蓋房子、工寮、獵寮在泰雅族人來說，是成年男子的基本技能，就像過去的泰雅族女人都要會織布一樣，每個男人都要會搭建房屋。在房屋的院子前面有兩棵高大的老山櫻花樹，山櫻花又名緋寒櫻，泰雅族語叫做「拉報」（lapaw）是台灣山區土生土長的落葉喬木，每當春天來臨的時候，院子這兩棵「拉報」還沒長葉子就率先爆開滿滿一整樹緋紅的山櫻花，和山上一樹一樹怒放的山櫻花樹呼應著，令人奪目的美麗。

屋旁蓋了兩座穀倉，一座是大兒子達路的，一座是堡耐的。穀倉裡儲藏著稻米、玉米、小米、甘藷、芋頭、高梁等

主食，還有樹豆（singut）、綠豆、花生、長豆（bowlu）……等副食。倉庫一角排列整齊的陶缸，專門放置各種「僅麼面」（cinmmyan，醃肉）、阿慕依釀製的小米酒、還有一些蘿蔔乾、高麗菜乾、鹹菜乾之類的配菜。

　　堡耐家族是傳統泰雅族男人的典型，他們認真工作、勤勞實在，常滿的倉儲說明了他們的勤勞與富足。在山上，衡量一個人是不是富有，不是看他有多少錢財，而是看他的穀倉有幾座，倉裡是否儲滿收穫物。事實上，只要是腳踏實地努力工作，溫飽的生活是可以無虞的。

　　"cyux su magal?"

　　「你有收穫嗎？」阿慕依正拿了一根柴薪往爐灶裡送，聽見先生回來，抬起頭問他。

　　"say maku smayuk kugyah qani ha."

　　「我先去把這竹雞拿去燒烤一下。」他把獵物提起來給妻子看了看，推開廚房右側的木門，往屋外大爐灶走去。他們把廚房的竹屋頂往外搭建出去，用竹片圍了一面矮牆，裡面造了一個灶，灶上有個特大的鍋爐，通常是用來蒸煮糯米、製作黏糕或是釀酒時用的，若需要大量煮食的時候，就會使用這口大鍋爐。

　　堡耐起了火，蹲在爐灶前的地上，燒除松鼠、竹雞的毛。他抓著松鼠在火焰上轉動，毛一遇到火舌立刻焦黑捲曲成黑黑一粒一粒的焦粒，才一下子，空氣中便充滿了動物毛燒焦的味道。

　　兩隻狗兒，早就圍坐在堡耐身邊，很克制的看著主人工作，直到焦味一傳來，「嗯……嗯……」尤命再也忍不住，喉嚨裡傳來低低的吼聲，口水都快流出來了；撒韻則比較有定

力，只用眼睛緊緊盯著主人每一個動作，隨時準備接受主人的犒賞。

堡耐烤完所有獵獲，就用竹片仔仔細細把焦脆捲曲的毛刮除乾淨，順手扭斷松鼠的四隻腳給兩隻狗兒，他們高興的邊啃邊搖尾巴喉嚨發出滿意的低吼，。

"ni!isu qani hya,teta su yan bhut lokah mkaraw qhniq."

「哪！這個給你，好讓你能像松鼠一樣那麼會爬樹。」他特地把松鼠尾巴烤得熟透香脆，扭下來給剛跑進來的比黛吃。比黛嘴裡銜著一根長長的松鼠尾巴，蹦蹦跳跳的又跑出去迎接從河邊回來的雷撒爺爺。

「啊～～yutas（爺爺），我要盪鞦韆，我要盪鞦韆！」比黛邊往爺爺跑去嘴裡邊喊著，一雙小手舉得高高的。爺爺提了一個木桶，桶裡是肥皂和他的換洗衣物。另一隻手彎起來上面掛著小比黛，她嘴邊銜著松鼠尾巴，像隻小猴子般的在爺爺手臂上盪來盪去，兩隻狗搖著尾巴也開心的在爺爺身邊跳來跳去。

雷撒爺爺打著赤膊，胸膛左右各三道青黑色紋路，看起來威武極了。他長得人高馬大，七十五歲的人了，依然身體健壯不輸年輕人，除了隆冬寒流過境，山上降霜飄雪之外，他終年到頭都在家附近的小溪裡洗冷水澡，從來沒看過他因此著涼感冒。

堡耐用獵刀把獵物肚子剖開，內臟掏出來清洗整理乾淨，進屋把獵物交給妻子烹煮。他回到前廳蹲在地上整理陷阱工具，一邊跟父親討論山上工作的進度，以及明天一早出發去埔里的事情。

伊凡從外面回來，手上抱著一隻小黑狗，說是鄰居巴尚（Pasang）送給他的。他是堡耐第三個兒子，在南投唸「南投縣

立山地農業職業學校」。那是一所五年制的中學，原住民孩子
小學畢業之後，通過考試就可以唸。學校有來自全省各山地
鄉的原住民學生前往就讀，學校提供宿舍讓外來的孩子住宿。
伊凡現在是放寒假回到斯卡路的家，寒假過後他又要回學校。

「啊～～小狗，給我抱！給我抱！」妹妹看到可愛的小狗
就伸手吵著要抱牠。小狗因為還小，所以暫時讓牠先住在屋
子裡，晚上就睡在床底下的乾草堆上。伊凡幫狗取名叫做庫洛
（kuro），是日語黑色的意思。

"Iban,agal kwara pyatu ru quway,qaniq ta la."

「伊凡，把碗筷擺好，我們準備吃飯了。」媽媽在廚房叫。
阿慕依炒了一盤豌豆胡蘿蔔、一盤嫩薑野菇，一大碗的松鼠
肉，還有一鍋的馬告（maqaw- 山胡椒）竹雞湯。

"say myaq irah su qani."

「這個拿去給你嫂嫂。」她從廚房提了一鍋竹雞湯叫伊凡拿
到隔壁的大兒子達路 (Taru) 家。

大兒子結婚娶了妻子北拜（pepay）之後，就跟父親分家，
在隔壁蓋了一間房子住，即使如此，他們還是像一家人一樣，
日常生活互通有無，桌上那盤野菇就是達路拿來的。

斯卡路部落

　　小學操場上，是正在接受「山地青年訓練」的年輕人，男的女的大約有三十人。他們踏著精神奕奕的步伐，邊唱著歌，邊繞操場齊步走。他們唱著：「反攻，反攻，反攻大陸去！反攻，反攻，反攻大陸去……」，每個人都是精神抖擻，渾厚高亢的歌聲迴蕩在山間，原住民的歌聲果然好得沒話說。不過，許多人對歌詞不是很熟悉，節奏快一點的部分，就唏哩呼嚕混過去，「大陸是……國土，大陸……域，……我們要「防空」（反攻）回去，我們要「防空」回去，「防空」回去，「防空」回去，把大～陸收復。」歌詞含混帶過，但歌聲是嘹喨的。

　　「青年訓練」是每半年舉行一次，學校附近所有部落的年輕人都會收到由村幹事拿來的通知單，訓練的課程有一般的操演訓練，也有分組練習。警察會教男生用木槍練習一些刺槍術，女生則由衛生所的護士指導，學習基本的骨折、傷口的急救護理。派出所也會不定期的安排不識字的年輕人，利用晚間到派出所學習中文，他們都會帶著鉛筆和筆記本去跟「警察老師」學寫字。

　　山上部落的生活型態是自給自足的，每戶人家各自在山田努力工作，對外界的往來非常稀少。群山峻嶺中人們的住家彼此之間的距離遙遠，兩戶人家看得見炊煙的距離就是鄰居，若是雞犬相聞的就算是隔壁了。經常來往的人，幾乎都是自己的親戚，所以，在保守的部落，年輕男女除了婚喪喜慶的聚會場合之外，幾乎是沒有公開活動的場合可以互相認識，所以村落

不定期舉辦的「青年訓練」對年輕人來說，儼然部落青年男女最盛大的「派對」，每個人都是滿心的期待。

　　當村幹事來通知吉娃絲（Ciwas）參加訓練的時候，父親尤幹（Yukan）是拒絕讓女兒參加的，

　　"iyat qbaq musa Ciwas hya,"

　　「吉娃絲可能沒辦法去參加，」尤幹說，

　　"cingay pcyuwagun nya ngasal."

　　「她有很多家事要做。」

　　"aba,nanu ziboq saku mtuliq,suqun maku mahiy kwara binhqan ru suqun maku sm'an ngta uzi lga haku「青年訓練」lma ba?"

　　「爸，那我一大早起來，我把衣服洗好、晾好，把雞餵飽才去參加『青年訓練』呀！好不好，爸？」吉娃絲原本躲在門後注意聽父親與村幹事的對話，知道父親不讓自己參加青年訓練，她急得從門後跑了出來。

　　吉娃絲今年十七歲，有一雙靈動的大眼睛，黑亮的長髮編成兩股麻花辮子垂在胸前，她是尤幹最小的女兒，大女兒已經嫁到隔壁的尖石鄉，大兒子結婚以後則是分家自己住了。吉娃絲的媽媽在她出生後沒多久就因病過世，她是由奶奶一手帶大的。父親在吉娃絲七歲那年，娶了現在的繼母娜莉阿姨（yata Nori），阿姨這幾天帶著弟弟、妹妹回娘家，所有家事便著落在吉娃絲身上。她是個認份勤勞的女孩，從小就是家裡重要的幫手，她甚至比姊姊還勤勞。小時候，一清早都是由她把姊姊從被窩裡叫起床，兩姊妹提著洗衣籃到河邊洗衣服，趕在太陽升起之前把衣服一件一件穿進竹竿架子晾好，才進屋吃早餐，也因為她勤勞負責，大人都喜歡叫她做事，她總是可以把大人

交代的工作做好。

"ungat bwax ngasal la, psxu su pagay na ki."

「家裡已經沒有白米了，妳還要舂稻穀啊！」爸爸要上山工作，他不希望這個幫手浪費一整天的時間下山去青年訓練。

"aw posa Ciwas gaw,kan. kmal syukang maha,ima ini uwah kunreng lga,phogung pila lma,mopuw pila ki!"

「尤幹，你讓吉娃絲去吧！主管說如果不去訓練，要罰錢喔！十塊錢哩！」村幹事也希望吉娃絲能參加。

"wa，mopuw pila ？ m……talagay la."

「哇，十塊錢？嗯……這麼多啊。」尤幹有點動搖了，畢竟十元可不是一個小數目，但尤幹還是想把女兒留在家幫忙工作，

"ay,nanu biqay misu mopuw pila,qrqay maku ngasal qu Ciwas hya,ungat ngasal qu yata nya ru cingay qu yow pcyuwawgun ngasal uzi."

「哎，那麼我給你十塊錢好了！我還是要把吉娃絲留在家。她阿姨不在家，家裡很多事情要做啊！」尤幹考慮了一下，他覺得寧願花錢，還是不願意讓吉娃絲下山去參加訓練。

"aw posa ha!ungat rngu maku smxu hya ga,kwara pcyagun lga nuway kun mtzywaw kwara la!"

「好啦！放她去吧！要說舂米我是沒力氣的，至於其他的家事，就讓我來做吧！」奶奶從屋裡邊說邊走出來，幫著孫女求情，吉娃絲看到奶奶幫自己說話，眼中充滿了希望的光芒，她用祈求的眼光望著父親，不斷點著頭，期待尤幹回心轉意。

"aba……masoq sami kunreng lga, helaw saku mwah smxu ngasal lpi, ma?"

「爸……我訓練一結束，就馬上回家來舂米，好嗎？」吉娃絲看到奶奶出來幫她說話像是看到了救星，努力再跟父親爭取，她又緊張又期待，說話的語氣都微微顫抖。

"m……nanu ……aw pi……"

「嗯……那麼……好吧！」尤幹有點猶豫，看大家都希望成全女兒，也只好勉爲其難的答應了，但他隨即吩咐女兒 ，

"ana ga,masoq smxu kwara smka yubing pagay cyux sa khu qasa ki!".

「可是，你一定要把穀倉那半袋穀子舂完喔！」

"aw,aw,aw,baqun mu la."

「好、好、好！我知道了。」吉娃絲高興得眼睛都亮了起來，滿口答應父親，開心的不斷點頭。

小學操場上，「立正～～！敬禮！」尤帕斯（Yupas）一個簡潔漂亮的舉手禮之後，中氣十足的宣布：「稍息後解散，稍息～～！」

「呼……」眾人鬆了一口氣，還沒等長官走遠，操場上的年輕人便迫不及待的小聲交談，嗡嗡之聲由小變大。一等到主管、警察教官走遠了，年輕人就各自一群一群的聚集在操場邊，大樹底下、教室走廊……聊天的聊天，唱歌的唱歌，這才是「派對」真正的開始。

「尤帕斯說這個給你。」一個女孩跑過來拿了一封信塞給吉娃絲，她是尤帕斯的妹妹。

「瑪雅（Maya），我們走了啦！妳不是說要幫我舂米嗎？」吉娃絲拿了信，趕緊收進包包裡，扯了扯好姊妹瑪雅的衣服，瑪雅是堡耐的女兒。

「為什麼……窗不開？我在窗外……空等待……」瑪雅和雅悠（Yayut）正在唱歌，住在對面部落的大姊姊在教她們唱〈天上的明月光〉，這是準備要在年底「青年訓練」集訓結束的聯歡晚會上表演的。這晚會是一年才有一次的表演大會，大家都會在平常準備歌舞節目，等那一天可以上台去表演。大姊姊會唱很多歌曲，都是從父親的電晶體收音機裡學來的，她有一本手抄的歌本，裡頭有很多歌曲，像是〈十八姑娘一朵花〉、〈回娘家〉、〈我是一隻畫眉鳥〉、〈淡淡的三月天〉……大姊姊今年已經二十五歲了，卻還沒有嫁人，這在部落裡算是非常晚婚的異類，她的母親也為此非常的煩惱，還好她個性開朗，看起來自己並不在意，依然常常高歌〈回娘家〉，部落的女孩都喜歡跟她學唱歌。

　　雅悠是瓦旦的女兒，她身材修長活潑愛笑，笑起來嘴角兩顆小梨窩，顯得甜美可愛；瑪雅年紀比她小兩歲，瓜子臉、堡耐家族挺直的鼻梁、一雙水汪汪的大眼睛，兩人清亮的歌聲吸引了在場許多小夥子的注意。小夥子們也會保持低調的不敢公然接近女孩們，只在安全範圍之外窺探遊走，不過，他們會故意大聲喧嘩，互相拉扯，好引起女孩們的注意。

　　「啊……對呀！那我們要先回去了。」瑪雅知道吉娃絲還得回去舂米，只好跟雅悠和大姊姊道別。

　　「哎唷！這麼快就要回去了？我還要教你們唱〈賣巧（餃）子〉啊！這是我新學的歌喔！」大姊姊叫了起來，要瑪雅留下來。

　　「不行啦！瑪雅是要去幫我舂米的，我晚上之前不把米舂完，我yaba（爸爸）會罵我。」吉娃絲把瑪雅拉了過來，兩人手牽著手便往山上走去。

出了學校籬笆，吉娃絲邊走邊回頭，在場的一群年輕人當中搜尋著某人，眼光卻正好和尤帕斯撞了個正著，尤帕斯也正巧在看她，並朝她微微笑了一笑，吉娃絲心頭被電了一下，她臉上一熱，趕緊別過頭繼續往山上走。這瞬間被女友瑪雅發覺了，她捏了捏吉娃絲的手，「喔～喔……，嘻嘻嘻……」意有所指的點了點吉娃絲。

　　「妳在笑什麼啦？」吉娃絲被瑪雅笑得很不好意思，腳步亂了一下，然後走得更快了。

　　"ay ay,naga saku cikay ha!"

　　「哎哎，等我一下啦！」瑪雅追了上去，兩人加快步伐往山上走，轉個彎進入竹林的小路，就看不見操場的年輕人了。

　　「欸，那個人看起來好神氣唷！」瑪雅說。

　　「哪個人？」吉娃絲裝作不知道，但提到「那個人」她心上立刻掠過一絲甜蜜。

　　「咳！立～～正……！稍～～息！哈哈哈……」，瑪雅學起尤帕斯喊口令敬禮的樣子。

　　「你在發神經喔……」吉娃絲做勢追打瑪雅，兩個女孩就在竹林的小路上跑著笑著追打起來。

　　傍晚的陽光被隔絕在茂密的竹林之外，愈往竹林深處愈是幽暗，兩人走走跑跑的，漸漸接近梔子花樹下的大石頭了。大石頭坐落在山路旁，一棵老梔子花樹，大約是兩個孩童合抱粗，它蓋過大石橫長在山路上方。每年開花的季節，遠遠就可以聞到一陣一陣梔子花的清香飄散開來，樹底下的山路上總是落了一地的花瓣。

　　大石頭是一個往地底延伸下去的石洞，突出地面的只是一小部分。在好久、好久以前，這天然的洞穴原本是提供部落的

泰雅族的出草

出草，是指族人到部落以外，獵取首級的行為，泰雅族稱「出草」是 mgaga，有「執行祖先傳下來的儀式」之意。

出草與戰鬥不同的是，他的目的只在獵取敵人的首級，並不是為了消滅敵人的勢力。

出草主要的目的大致有三點：

一、為了決定爭議的曲直

如果族裡發生不能解決的爭議時，雙方就分別出草，仰賴神靈的審判決定誰是誰非。因為泰雅族人認為神靈必定會幫助有理的一方，在出草的時候保佑其順利獵取首級。如果雙方都取得首級，或都沒有取得首級，就再出草一次，直到有一方屈服為止。

當出草的勝敗還沒有決定之前，爭執的雙方族人處於敵對的關係，不互相往來、路上見面也不互相交談，並且雙方不能一起狩獵、耕作，這在互助的泰雅族人來說是很不方便的，所以經常會有一方持續不下去而向另一方屈服的。

因為自己族人雙方爭執，卻去獵取他族的首級，聽起來實在是不理性的行為。可是這一點泰雅族有個說法，說這個行為是基於古代泰雅族祖先與他族（被獵者）祖先所締結的契約，所以泰雅族稱「出草」是 mgaga，族人認為出草有執行祖先傳下來之正當權力（訂定契約的過程，在泰雅族神話傳說中是有典故的，在此略過）。

二、為近親報仇

泰雅族人若是被人殺害，被害人的父子、兄弟、堂（表）

人半路休息、躲雨的地方。後來，據說日本政府下令部落的人把過去「出草」（馘首）的頭顱骨處理掉，不准再把頭顱骨放置在戶外的骨架上祭拜。於是，部落各戶所有的頭顱骨都被拿過來，放置在這個石洞裡面。族人經過這裡，心裡總是毛毛的，人們傳說這裡會鬧鬼，有些人言之鑿鑿轉述詭異的狀況。有人看過長頭髮的女人在附近竹林飄來飄去的；有人晚上經過這裡，聽見竹林像是被無數顆小石頭丟擲，「喀啦喀啦……」的聲音響徹整座竹林，正在走路的人兩腿突然變得千斤重，舉步維艱；有人聽見石洞底下傳來男男女女的哭聲，聽見的人全身起雞皮疙瘩、毛髮直豎……總之，敘述的人都是根據「聽說有人……」講的，卻沒有誰是自己親身經歷或親眼看見的。

這條山路是人們下山採買、上教會、孩子們下山唸書必經的道路。為了讓孩子們不要害怕，大人都會告訴孩子說，"utux ga, nanak qutux tquci kngun nha, mung hngyang tquci lga, memaw nha s'utun papak nha lru mgey sa twahiq la."

「鬼呀，最怕聽見人類的放屁聲了，聽見放屁聲，鬼就會搗著雙耳，逃得遠遠的。」

"nanu maha simu hminas btunux krahu qasa ga,si say pik~~tquci,maha ungat tquci mamu lga,agal qba mamu yupi ru yan na cyux tquci hngyang lga,mngungu utux ru ini htuw la."

「所以，如果你們經過大石頭那裡呀，直接『嗶』~~的把屁放出來，如果剛好沒有屁的話，就用嘴吹手臂，發出放屁的聲音，鬼就不敢出來了。」

所以，部落的孩子都知道經過這裡要「放屁」或者是「弄出屁聲」來把鬼嚇跑。當然，很多小孩子還是會害怕，有時候小孩幫媽媽到山下的小店買醬油、買鹽巴之類的，大人都會計

算時間，在他快回來的時候到這裡等孩子。

　　瑪雅記得她五歲左右，和大她一歲的堂哥跟爺爺雷撒下山去買東西，爺爺身材高大雄偉，腿上、手臂上都是一條條堅韌的肌肉，他年輕時出草（馘首）、狩獵總是一馬當先，從不空手而回，是部落人們公認的英雄人物。爺爺的額頭、下巴有代表勇士的紋面，胸膛兩側也紋上各三道刺青。紋面是泰雅族社會對一個男子勇敢、成熟的肯定，在過去的年代，必須是出草過、或是單獨獵取過大型動物的男子才能紋面。胸膛紋上刺青，在泰雅族勇士當中也是稀少的，必須是超乎常人的剽悍勇敢，才能擁有這樣的尊榮，爺爺在胸膛上就有這樣的標記。

　　梔子花香一陣陣飄散在竹林小徑，即使知道前面大石頭是個令人害怕的地方，但當年小小的瑪雅覺得跟爺爺在一起就可以什麼都不用害怕。

　　"laqi,kyalaw simu,teta mamu baqun ki!"

　　「孩子，我來告訴你們一件事，好讓你們知道啊！」爺爺在梔子花樹下停了下來，牽著兩個小孩就往路旁大石頭後面的入口走去。一進石洞，就看見裡頭灰白森森整齊的羅列著人頭顱骨，每顆頭顱都是兩隻空洞洞的大眼睛和一張空空的大嘴巴，他們像小山一樣堆在石洞深處，「啊……噢……！」兩個孩子同時驚叫起來，倒抽了一口氣。

　　"ktay,qani ga knut maku kwara,laqxi knguy."

　　「看，這些都是我砍下來的，不用害怕。」爺爺一手指著角落裡的頭骨，一隻厚實的手掌牽著瑪雅，充滿陽剛而宏亮的聲音迴旋在洞裡，瑪雅和堂哥兩人驚訝的忘了害怕，直直的盯著那堆白骨看。

　　"lha qani ga,wal mhuqil kwara la,ini knguy qu wal mhuqil na

兄弟等近親有為他報仇的義務。加害者如果是自己的族人，就以贖物的方式贖罪來解決。如果是他族或雖為同族人，卻正處於敵對狀態的時候，就必須出草報仇。不過，不一定要殺害加害者本人，只要獵取加害者部落族人任何一人就可以了。

三、為了得到男子勇武之表彰

　　在傳統的泰雅族的社會，一個男子必須勇武，這是面對異族以及敵族維持自己族人生存所必備的條件。因此，一個男子近成年卻從未獵取首級的人，會被認為不是真正的男人，也沒資格文面。相反的，若能獵取首級，除了可以文面之外，還可以佩戴象徵榮耀的飾品，在部落裡受人敬重。

　　不過，光為表彰勇武而出草的比例不多，出草原因多數為解決爭執以及報仇者為多。

　　出草的方式從準備、啟程、襲擊、凱旋、到招魂都有嚴謹的規矩與禁忌必須遵守。所以，出草在傳統的泰雅族人心目中，是非常莊嚴神聖與重要的一種儀式。當然，這個習俗在現今泰雅族社會早已絕跡，大家不必心生恐懼。

squliq hya la,baqun mamu lga?"

「他們這些人啊，全部都是已經死了，死去的人是沒有什麼好害怕的了，你們知道了嗎？」爺爺說。

"aw!baqun myan la."

「是，我們知道了。」兩個孩子同聲回答。這之後，瑪雅就再也沒有進去過石洞，也沒聽誰說他進去過石洞了。她也不明白那一天爺爺為什麼會帶他們進去，或許是向來天不怕地不怕的爺爺，知道孩子害怕石洞的傳說，希望藉此機會帶著兩個孩子親身的接觸，揭開石洞神祕的面紗，好讓他們以後經過這裡就再也不必害怕。

事實上，爺爺年輕的時候的確是剽悍勇猛，在叢林中追獵，不管獵物有多凶猛，他一點也不畏懼，腳程飛快總是領先群雄。有一次，爺爺下山到新竹辦事，相傳身高超過兩百五十公分的巨人張英武正好來到新竹，爺爺在對街看到張英武身旁圍著一群人陪他逛市區，高大壯碩的張英武鶴立雞群，比身邊的人高出了一大截，看起來非常神氣。

第一次看見這麼高大的人，雷撒驚訝得張大嘴，盯著他一動也不動，張英武一群人慢慢往街的另一邊走過去，走遠了，「啊！」他嘆了一口氣，跟旁邊一起下山的朋友說，

"aki llaw balay galun qu tunux nya qasa hya,ga,ima pthoyay mqenah l'i mpanga talagay kinkrahu qu tunux nya qasa lpi?"

「若要拿下他那顆頭是非常容易的；可是，當你背著他那麼大的一顆頭顱時，誰還能跑得那麼快呀？」顯然巨人的頭顱也讓這位泰雅族勇士煩惱了。

其實，當時已經是國民政府來台，泰雅族人出草的習俗早就在日據時代被禁止了，但在雷撒爺爺那一代的泰雅族男人心

目中，依然把出草馘首當成是男人表現勇敢的最高象徵。這麼多年過去，石洞四周圍長滿了雜草灌木，洞口也已經漸漸被草木封閉了。

　　瑪雅和吉娃絲愈靠近大石頭，竹林裡空氣中的氣氛就愈詭異。原本嬉鬧的兩人開始有點安靜起來。瑪雅邊走邊悄悄把右手臂舉到嘴邊，快走到大石頭就用力吹，「嗶～～嗶～～」，這時她聽到吉娃絲也正在吹自己的手臂，兩人同時發出了「嗶～～嗶～～噗～～噗～～」的聲音，若是光用聽的，會以為誰在大聲放屁，她們看起來像是在玩，但誰也不覺得好笑。兩人快步通過這陰暗的密竹林，轉了一個彎，山路便豁然開朗，繼續往上走大約一百公尺處，就到了岔路，往左是去吉娃絲家，往右邊的上坡路是瑪雅家。

　　遠遠的，奶奶煮飯的炊煙已冉冉升起，飄在山腰上。兩人一回到家，趕緊到穀倉合力搬出木臼、木杵以及半袋的稻穀。兩根木杵「鏗鏗鏗鏗……」一上一下很有節奏的舂了起來。女生的力氣畢竟沒那麼大，技巧也不是很純熟，才舂了一下子，穀殼、白米就東散西落，還好他們在木臼底下墊了一張大大竹編的 bluku（圓箕），把飛起散落的米粒承接起來。

　　"ay ay……cbaqay simu ha,ini si kinrngu smxu hya,nyux masoq mqmu kwara buwax la."

　　「哎呀……我先教你們好了，舂米不是要那麼用力，都把米粒搗成米粉啦！」奶奶把吉娃絲的杵拿過來，示範正確的舂米姿勢和力道。

　　"aw,baq sami la,baq sami la."

　　「好，我們會了，我們會了。」女孩調整力道，繼續「鏗鏗

圓箕

謦謦……」舂米。

"thohuwayun……thohuwayun……"

「要慢慢來……要慢慢來……」奶奶點頭微笑著說。半袋的穀子，她們分成三次就全部舂成白米，此時，天色也漸漸暗了。

"kgabi ta ngasal ha, Maya."

「瑪雅，我們先在家吃晚餐啊！」奶奶留瑪雅吃飯。

"iyat,iyat lg ki,musa saku ngasal la."

「不用，不用了奶奶，我要回家了。」瑪雅跟奶奶道別，吉娃絲送她到岔路。

兩人邊走邊聊今天「青年訓練」的事，交換著女生的小祕密，吉娃絲把尤帕斯寫的信拿出來，兩人坐在路旁的石頭上，頭靠著頭一起閱讀。信裡面提到他就要去當兵了，希望吉娃絲保重，信封裡還附上一張照片，是他初中畢業時照的學生紀念照，背面是他龍飛鳳舞的筆跡，「吉娃絲留念：勿忘影中人，尤帕斯敬上」。

「汪……汪……咿咿咿……」一隻黑狗從山路盡頭衝出來，開心的搖著尾巴往吉娃絲跑來。

"nyan yaba mu la!"

「我爸爸回來啦！」吉娃絲趕緊把信摺起來收在口袋，兩人同時站了起來，這時尤幹剛好從山路盡頭轉了出來。

"mama Yukan!","aba!"

「尤幹伯伯！」、「爸爸！」兩人同時開口打招呼。

"Maya,Ciwas,nanu nyux mamu lungung sqani nyux sman qa la?"

「瑪雅，吉娃絲天色這麼暗了，你們在這裡作什麼呀？」

他揹著揹網，腰上一把獵刀，

"wal su suqun smxu pagay lga,was?"

「妳把穀子舂完了嗎，娃絲？」爸爸最關心吉娃絲的工作有沒有做完。

"wal maku suqun kwara la,ulung Maya rmaw kun."

「我全部都舂完了，還好有瑪雅幫我。」吉娃絲說。

"swa su ini qrqiy maniq ngasal Maya pi?"

「妳怎麼不留瑪雅在家吃飯呢？」他走過來，把揹網放下，從網袋中抓了一把黑色的木耳，

"usa magal qutux abaw bgayaw qasa."

「去把那個姑婆葉拿來，」跟吉娃絲說。

"nanu aras ngasal qani."

「那麼這個給你帶回家去。」他邊說邊把揹網裡肥肥厚厚的野生木耳抓到姑婆葉中包起來，用茅草綁好拿給瑪雅。

"nanu nhay usa la,iyat su psalu kira la."

「那妳趕快回去吧，等一下你就看不見（路）了。」尤幹說。

"mhway su la,mama,Ciwas,haku lki."

「謝謝你了，伯伯。吉娃絲，我回去了。」瑪雅捧著一大包野生木耳快步走回家去。

探病

　　凌晨天未亮，堡耐已經上山從水源地沿著竹水管一路巡視完畢，把卡在水管的落葉以及小樹枝清除乾淨了。新竹山上的部落盛產桂竹、麻竹，竹子是隨手可得的材料，幾乎每家人都使用竹水管引水。竹水管是將竹子砍去枝葉，剖成兩半，把一格一格的竹節敲掉，成為兩個半圓形的竹片管。兩根竹片管交接處相疊，用藤蔓或鐵絲綁緊，這樣一根接著一根，就是竹水管了。

　　長長的竹水管從水源處引水到屋裡，筆直的管子會遇到高低不平的山勢，人們便會利用 Y 型的樹幹把水管架起來撐住，讓它緩緩往下降低，以免截斷了竹管。這竹管，說它是水「管」，不如說是水「溝」比較貼切，開放式的水「溝」，常常有落葉堵住了水路，水就往「溝」外溢出去了。有時，說不準有什麼動物經過，把竹片管交接處給撞開，水管斷了家裡就停水了，所以「巡水」是每戶人家日常的工作之一。

　　"nyux zingqziaq ru sbil su cyux sqasa ."

　　「這裡有粥，還有那是你的便當。」阿慕依邊說邊提了一大籃換洗衣物往屋外走，清晨做完早餐，要趁太陽還沒升起趕緊到河邊把衣服洗好晾好。

　　"anay saras cikay cinmmyan para Watan,teta helaw blaq hi nya."

　　「幫瓦且帶一點山羌醃肉，好讓他的身體趕快好起來。」她說。

竹水管

"Iban,tuliq la,sa mluw yutas smalit qparung raga.Maya! cuyx su mabi na?nhay tuliq uwah mahoq lukus,ima nanak kneril si cinqlyan mabi hya la……"

「伊凡！起床了，跟爺爺去『raga』（農地名）杉木林砍草。瑪雅！你還在睡覺嗎？哪有一個女孩子竟然睡到中午的呀……」阿慕依的動作跟她的個性一樣明快俐落，她吩咐完每個人的工作，聲音還在，人卻已經走遠了。爺爺則是早已吃過早餐，正在屋後磨砍草用的刀。

堡耐吃過早餐就出發了，阿慕依幫他準備了半路上吃的鹹肉飯糰，揹網裡面用麻竹筒罐裝著山羌醃肉（cimmyan para），是特別要帶給瓦旦吃的。

「cimmyan」（醃肉）在泰雅族人的生活中，扮演著極重要的角色，舉凡重要聚會、提親嫁娶、親友往來，一定會準備「cimmyan」分享大家。醃肉是把新鮮的獸肉，或是新鮮的溪魚，洗淨瀝乾用鹽和著冷飯攪拌之後，封存於瓦罐中，鮮肉和米飯、食鹽經過醃漬發酵，就會發出特別的醃肉香，泰雅族人特別喜歡這樣的味道。鹽醃的肉類可以保存比較長久的時間，醃肉技術好的人，所醃的肉甚至可以保存一整年。醃肉是泰雅族人為因應沒有保存設備的生活環境而發展出來的保存食物的方式。

阿慕依的醃肉技術，在部落的女人裡面可以說是數一數二的好，大家都知道她醃出來的山肉不但香甜，也可以保存一整年不壞。當然，那必須是在製作過程中每個細節都要非常小心、仔細，製作出來的醃肉才會這麼美味。有些技術不好的人做出來的醃肉，不是太鹹、太酸，就是製作過程掌控不好，使醃肉發酵之後發出奇怪的酸臭味，甚至因為製作過程沒有注

醃肉-cimmyan

意，沾染了不乾淨的東西而腐壞生蟲。

　　阿慕依知道先生要去埔里探望瓦旦，一大早就到穀倉去，找出醃山羌肉的瓦甕，用乾的筷子小心的挑選出山羌腿肉，一塊、一塊夾進桂竹筒裡蓋好，再把瓦甕用油布一層層覆蓋起來，拿細麻繩仔細綁緊。山羌的肉質細嫩甘甜，是獸肉的上上之品。堡耐也順便帶了幾張冬天獵到的，處理過的野獸皮毛，順便拿到山下小鎮賣了換錢。

　　他腳程快，徒步約兩小時，便接上了比較寬大的鵝卵石路，這條路是產業道路，偶爾有卡車載運竹子、林木、及山上的農作物。在過去，山上的交通完全靠徒步，所有的林木、作物都得靠人力運送。這幾年產業道路慢慢開鑿起來，開始有卡車從山下開上山來載運林木，雖然這條路彎來彎去會讓卡車開起來蹦蹦跳跳，是非常克難的鵝卵石山路，但對長年徒步下山的族人來說，這已無異是條便捷的高速公路了。

　　這幾天，山下來的包商正在山上砍竹子，每天都有載竹子的卡車上來。堡耐運氣很好，搭上了第一趟載竹子下山的卡車。

　　這輛卡車上一綑一綑的竹子疊得高高的，看起來竹子的體積差點要比車子本身還大了，車裡除了司機，還坐著兩個捆工以及一個要下山採買的婦女，堡耐只好踩著車門底下的腳踏板，站在卡車門外，雙手緊抓著車門，搖搖晃晃的下山。

　　半路上有人在招手，"Musa su inu mziboq qa la?"

　　「這麼一大早的，你要去哪裡呀？」堡耐大聲問在路邊招手擋車的鄰居。

　　司機看有人招手就把車停了下來，"musa ku maziy cikay qeqaya hogal……"

「我要下山去買一點工具……」正在徒步下山的鄰居邊回答邊跳上車門另外一邊。

　　"musa su inu isu hya pi?"

　　「而你卻要去哪裡呢？」那人也問他。

　　"han，musa saku mita Watan Taycyuw ga……"

　　「喔，我正要去台中看瓦旦啊……」兩人雖然分站車兩邊還是可以高聲談話。

　　"nanu maha su Bawnay?cyux hmswa Watan la maha su?"

　　「堡耐你說什麼啊？你是說瓦旦現在是怎麼了呢？」車裡的婦女也加入了談話。部落雖然沒有電信設備，每戶人家也都分散居住，但部落裡發生什麼大大小小的事情很容易就可以傳達到每一戶人家，就是像這樣遇到人就有互相交換消息的習慣。若是發生重要的大事，家裡就會派腳程最快的年輕人出去通報，一戶傳一戶的像網路傳播一樣很快就全部落都知道了。

　　堡耐和鄰居一人一邊就這樣掛在車門，像是車子的耳朵，一路談話，搖著、搖著下山到了竹東小鎮。堡耐下了車，從揹網裡拿出他唯一的一雙仿皮膠鞋穿了起來，平常到竹東鎮上他是不會穿鞋子的，今天不一樣，因為今天要從新竹搭火車到台中去，新竹、台中就算大城市了，所以他特別慎重的穿了鞋子。不過，在森林裡追獵都打著赤腳跑的堡耐，很不喜歡把腳丫子裝進鞋子裡去，連走路都非常不習慣。

　　堡耐把獸皮拿到市場旁邊小雜貨鋪的老彭那裡，「堡耐哥，好久沒看到你了啊！」老彭看到堡耐很熱情的用客家話跟他打招呼。「今天帶什麼毛皮呢？」堡耐把鹿皮、羊皮和野兔毛皮拿出來，也不跟老彭多聊，賣了錢就去搭客運車到新竹，他要從新竹轉搭火車往台中。

「嗚嗚……」蒸汽火車冒著一捲一捲的白煙往南開去,「嘟嘟……欽嗆……欽嗆……」火車緩慢的一站又一站走了又停。堡耐在火車上吃了鹹肉飯糰當做午餐,到達台中時,已經是下午了,等他轉客運車到了埔里醫院,天色早已暗了。

　　醫院瀰漫著消毒水的味道,通過昏暗的窄廊走到盡處,瓦旦的病房在左手邊,一進門見到他的妻子烏巴赫(Upah)就坐在病床邊,她用一手支著額頭打瞌睡。病床上,白色的被子小小的隆起來,正是病得已經骨瘦如柴的瓦旦,他眼睛微微閉著,呼吸聲夾雜著氣管內糾纏不清的濃痰,很明顯的感覺困難。雖然瓦旦個子不高,但原本是個精壯的小夥子,過去兩人一起被徵召到南洋作戰,他們在地形險惡的叢林背負重物來去自如,健壯的體魄讓日本的正規兵看了都尊敬三分。當時,身手靈活的瓦旦體力、耐力完全不輸給堡耐。如今變成眼前的模樣,堡耐真是非常驚訝,差點就認不出他來了。

　　"wa!cyux mqwas kugeh la Watan."

　　「啊!竹雞在叫了呢,瓦旦。」堡耐一進門確認病房裡是瓦旦夫妻,便故作輕鬆的打招呼。

　　" m……blaq spi maku ay,a……a……swa su si kux mhtuw lpi? lwan ta inu kugyah nyux myangi qani la?Nay."

　　「嗯……我做了一個好夢呢,啊呀……你怎麼嚇人的突然出現了啊!像這樣癱著的人要到哪裡去找竹雞呢?耐。」瓦旦從睡夢中醒來,看見老朋友來了,非常高興。

　　"ay……ay……nanu wahan su yan qani twahiq ru cyux cingay yuwaw pcyuwagun qmayah qani la nana?"

　　「啊呀……啊呀……像這麼遠一趟路的,山上工作又是正忙的時候,你還來做什麼呀?小叔。」烏巴赫笑著站了起來,

有點過意不去的說。

"inbleqi mlahang hi su maha yaba mu.irah Upah,nyux pinaras na Amuy cimmyan para.ga,bali ktwa ay,cikuy balay."

「父親要我轉告你好好照顧身體。烏巴赫嫂嫂,這裡有阿慕依要我帶來的山羌醃肉,也沒有多少喔!只有一點點而已。」堡耐說。

"ini qaniq balay Watan,ana nanu ini usa niqun lma.ay!"

「瓦旦不怎麼願意好好吃東西,他說什麼都吃不下了。唉!」烏巴赫對先生的病情很憂慮,悄悄的告訴堡耐。

堡耐把竹筒拿給烏巴赫,她小心而珍惜的把山羌醃肉從竹筒倒在碗裡,醃肉特有的香味頓時充滿了小小的病房。瓦旦坐了起來,用手捏起一塊醃肉送進嘴裡津津有味的嚼了起來。

"a!talagay kins'nun cimmyan para qani wah."

「啊!山羌醃肉的滋味多麼令人懷念啊!」瓦旦讚嘆著,眼眶泛起了薄薄的淚光,一塊醃肉嚼了又嚼,卻是怎麼樣也嚥不下去。

"say maku myaq cikay yaki Tapas ha,kia nya blaq niqun uzi."

「我拿一點去給妲芭思奶奶,她應該也會喜歡吃。」烏巴赫裝了一碗醃肉拿到隔壁的病房。

"Tayal kahul Kapanzang qu yaki Tapas qasa,tnaq mnbu na skutaw uzi."

「那個妲芭思奶奶是從復興鄉的角板山來的,跟我一樣胸部生病了。」瓦旦說。

"wa……talagay blaq niqun cimmyan para su mama Watan, mhway su la."

「哇……瓦旦叔叔你的山羌醃肉這麼好吃,謝謝你啊!」

一個中等身材的壯年人推門走了進來，嘴裡還嚼著醃肉。

"qani qu yama ni yaki Tapas ga nay,Utaw lalu nya."

「耐，這是妲芭思奶奶的女婿，他叫做伍道。」瓦旦介紹這位男子給堡耐認識。

"mnaras ni Bawnay qani cimmyan para qasa,qutux ngasal myan sami hya,mtswe yaba myan."

「那個山羌醃肉就是堡耐帶來的，我們是一家人，我們的父親是兄弟。」他跟伍道說。

"hang hang,mhway su la mama Bawnay,memaw mqas balay maniq cimmyan yaki mu la,s'nun balay sokan na cimmyan lma."

「是喔……是喔……，謝謝你了堡耐叔叔，我的岳母吃得好開心，她說醃肉的味道實在令人懷念。」伍道跟堡耐道謝。

伍道拉了一張椅子坐下來，很開心的聊了起來，"blaq maku musa mlata rgyx uzi,cingay balay nagal maku qsinuw wah,para,bzyuok qnhyn ru qbux……"

「我也喜歡到山上去打獵，我獵到了很多很多野獸喔！山羌、山豬、狐狸……」伍道很得意的說著自己的狩獵紀錄，然而，聽在兩位長輩的耳朵裡，總覺得尷尬。泰雅族人對於「謙虛」這件事是非常重視的，一個有教養的人，是絕對不會像伍道這樣對別人赤裸裸的吹噓自己狩獵的光榮紀錄的。

"cyux saku tmwang sa Takaw la."

「我已經『加入』（指遷居到一個部落）高雄了。」伍道告訴堡耐說他已經搬到南部去了，就在高雄縣的三民鄉。起先是他們復興鄉的牧師告訴教友，說是南部有一個地方的土地很廣闊又肥沃，很多地方都沒有人開墾。牧師的弟弟已經搬到那裡去了，他鼓勵有意願南下開墾的人一起搬下去。於是伍道一家

人跟牧師的弟弟以及三、四戶教會的教友一起都搬到南部。那段時間，是從他們開始搬下去，然後一個拉一個的，有不少北部的泰雅族人南下開墾，並且住了下來。

最近伍道回復興鄉探望留在家鄉的哥哥和媽媽，趁著回程就跟妻子順路到醫院探視岳母的病情，打算在醫院住幾天才回南部，於是在這裡認識了瓦旦夫妻。

"khmay balay squliq ta ita qani hya la,Wal suqun magal rinpang kwara rhyan uzi."

「我們這裡的人已經太多了，很多土地又被『林班』（指林務局）拿走了。」他說。

"ghci balay ru blaq balay rhyan nha Takaw hya ay."
「他們高雄的地真的很廣闊土質又好喔！」他說。

"mama,baqun su Sanmin go?"
「叔叔，你知道三民鄉嗎？」他問堡耐。

"ay,ini maku baqi wah,ima minnung qu Sanmin go hya la,cyux sa Takaw ga?baqun su isu? Tan?"
「哎，我不知道呢，誰聽過三民鄉啊！那是在高雄嗎？你知道嗎？且？」堡耐搔了搔頭轉頭問瓦旦。

"ima baq Sanmin go hya la,Utaw qa kmal yasa baqun maku."
「咳……誰知道三民鄉呢……咳……，是這個伍道告訴了我，我才知道的啊！」瓦旦邊咳嗽邊說。

"uwah Takaw!"
「到高雄來吧！」他說。

"cingay balay rhyan myan Tayal te sqasa,wa!pira'el rgyax myan,uwah!biqay misu rhyan uzi."
「我們泰雅族人在那裡有好多地，哇！我們有好幾座山

啊！我有很多土地。你來！我也可以給你土地讓你開墾。」伍道很熱情的邀請堡耐。

"takin bleqan rhyan qasa hya la,aki balay blaq'san mqumah ga!"

「那塊地多麼好啊！若真的能去開墾一定很不錯的。」堡耐聽了很心動。

伍道對於自己的介紹非常滿意，愈說愈興奮，眼睛睜得大大的。他說那裡的土地肥沃，山上的野獸多得獵不完，早上隨便在路旁放個陷阱，下午就可以扛一頭山豬回家。

還說他有一個飛鼠的祕密基地，有一棵老樹的洞裡住著無數的飛鼠，晚上他跟朋友兩人上山抓飛鼠。他爬到樹上「扣扣扣……」用獵刀敲樹幹，飛鼠就從樹洞探出頭來看，他就用刀柄「喀！」的一下把牠打暈，飛鼠就掉下去，他的朋友只需等在樹下把飛鼠撿到揹網裡就可以了。

"hahaha……,ima minnita yan qasa qu yapit hya la."

「哈哈哈……，誰看過那樣的飛鼠啊！」伍道的話把兩人逗的哈哈大笑。

"balay~~,msyam balay rhyan sqasa"

「真~~的，那裡的土地很肥沃，」伍道繼續說，

"isu ga,si su 'bli sa zik miquwy qu puqing ngahi lru,krahu qu ngahi lga,llequn nya nana qu gamil miquy,iyat su lxun kmihuy na payah."

「你呀，只要在芒草下面埋下番薯苗，等長出番薯的時候，巨大的番薯會自動把芒草的根給抬起來，根本就不必你動手去挖。」

"wa!atalagay kinblaq qasa hya la.Ha ha ha……"

「哇！那可真有多好啊！哈哈哈……咳咳咳……」兩人很想用認真的態度聽伍道的敘述，但他形容的狀況實在超乎他們的經驗，最後連躺在病床上的瓦旦都忍不住捧腹大笑，笑到不斷咳嗽起來。

"balay son simu ga,nanu uwah Takaw pi,mwah simu lga baqun mamu ini saku kbrus la."

「我跟你們說是真的，不然你們來高雄啊！你們來了就知道我不是在騙人的。」伍道看他們笑成這樣，急著為自己的話背書。

"baliy saku maha nyux su mkbrus ki yama,"
「我可沒有說你是在騙人啊，女婿。」堡耐趕緊解釋，

"ga,blaq maku syaqan knan su maha yapit qasa gaw.hala su t'uqu lki yama."

「可是，我覺得你說的那個飛鼠實在很好笑啊，你可別因為這樣而生氣了，女婿。」堡耐說。

"baha la,baha maku st'uqu qani hya la."
「哪裡會，我哪會為這樣的事情生氣了。」伍道說。

堡耐聽了伍道對三民鄉活靈活現的描述，雖然感覺這人講話不免誇張，但他心中卻突然對那片遙遠的山林起了一種想望，充滿了想去冒險、去開拓一個陌生環境的念頭。畢竟，自從日本人走了，台灣光復之後，北台灣的發展非常迅速，所謂「文明」的腳步很快的就踩進了部落的周邊。最重要的改變，還是在於過去祖先傳統的 qyunam（獵場）幾乎都被劃為國有的林班地，不准族人進入採集、狩獵。狩獵的場域愈來愈小，墾植的土地也受到限制。而現在伍道口中的那片山林，無異像塊強力的吸鐵，把堡耐的心一點一點往南部吸引過去。

當晚，堡耐睡在病房外面的長椅上，隔天清晨便告別瓦旦夫妻，搭第一班客運車到台中搭火車北返。蒸氣火車從台中一樣是走走停停，從新竹轉搭客運車到竹東小鎮時天色已暗。

　　竹東鎮是新竹縣的「溪南地區」（包括竹東鎮、芎林鄉、寶山鄉、峨眉鄉、北埔鄉、橫山鄉、五峰鄉、尖石鄉等八鄉鎮）的交通網路樞紐與商品的集散中心。因為地理位置的優越，鎮上的商業活動一直都很興盛。所以小鎮即使腹地不算寬廣，但卻是「五臟俱全」，工廠、醫院、學校、電影院、商店、市場……應有盡有。

　　小鎮的中心有一座公園，公園西邊流過一條大溝圳，圳旁種著兩排垂柳，長長的柳條低低垂在水面上，隨風搖曳，像是在水上畫畫。圍著公園四周有許多攤販、店家，集結成了一個市場。市場從一大清早就聚集著鄰近鄉鎮來採買的人，小販高聲的叫賣聲參雜在熙攘往來的人群裡，顯得非常熱鬧。他們賣著魚、肉、醃漬品、蔬果等食物，市場附近的店家則賣日用品、五金、衣物鞋襪……日常生活所需，都可以在這個市場買到。如果不是特別的狀況，一個人一生所需要的，幾乎可以完全在這小鎮上得到供應。

　　市場附近開著兩間小旅館，住在比較偏遠地區部落的人，無法一天往返；尤其是有婦女、小孩一起下山的時候，趕夜路上山不是很方便，就會投宿在這裡，隔天清晨再上山。

　　兩間小旅館都不大，狹窄的走道兩邊隔出一間一間的住房，房間的窗戶都開得小小的，走進去第一個感覺就是「陰暗霉溼」。旅社的房間設備都非常簡單，一盞昏黃的小燈泡，一張床被，一個小茶几，茶几上擺著熱水瓶。不知道是不是被子太久沒洗，或是陽光終年到頭照不進來，總之，空氣中就是瀰

漫著一種怪味道,雖然屋裡好像灑了幾滴明星花露水,有一點脂粉味,但脂粉味混在房裡原本分不清是油還是汗的氣味,聞起來就更怪了。還好住宿的價錢便宜,而且只是暫時睡幾小時,這是可以將就的。何況,族人夜行上山累了的時候,也常常在山路附近隨便找個可以棲息的地方小憩,比起石洞或山坳,這旅館的床鋪已經是很舒服的了。於是,便可以常常看到部落族人住宿在這裡,不過,他們通常一個房間就擠進一家子人,床上、地上,男女老幼睡滿了人。

「不可以睡這麼多人啦!這樣我『了錢』(賠錢)啦!」客家人老闆雖然嘴裡叨叨的唸著,但這些原住民可是他長期的主要客源,不好直接跟財神爺翻臉,雖然很不甘心,也只好睜一隻眼、閉一隻眼讓他們這樣擠。大概也是因為這樣,旅社的老闆和打掃、裝熱水的歐巴桑總像是不甘不願的服務,永遠是臭著一張臉,這兩家小旅社是部落族人下山時暫時歇腳以及交換消息的聚集處。

堡耐歸心似箭,即使天已經黑了,也完全沒有考慮要睡在鎮上,他很快的在商店採買了一些食鹽、砂糖,鹹魚、工作用的小五金,還不忘買了一包五顏六色的「阿咩搭瑪」(外表裹著砂糖的彩色糖球),一大包餅乾給小比黛,這些食物以及日用品把揹網塞得鼓鼓的。

晚上沒有往山上的卡車,堡耐只好徒步上山,他脫了鞋子打著赤腳就更好走了,他一路走一路想著伍道說的地方,心底深處悄然升起外出闖蕩一番的念頭。走到上坪的時候,天色已經完全暗下來,他從路旁竹林拉了一些乾樹枝和竹子,拔了幾根堅韌的 saping(山棕樹)葉子,綁一個大大的火把,點著火把連夜趕路上山。走到入山管制檢查哨時,鐵門已經關起來

了，堡耐不想叫醒值班的警員，從馬路下方的河道繞過檢查哨再爬上路來繼續走。堡耐的腳程算是快的，但夜晚幽暗蜿蜒的山路並不好走，火把快要燒完，就得趕緊從路邊再拉一些乾樹枝，做一個新火把。

這樣，堡耐在半路休息了三次才到家，其中，在大隘上去一點的 lxyux（洞穴）那次，他小睡了一下。洞穴是部落族人路過休息或躲雨的地方，裡面有幾個平滑的石塊當成凳子。堡耐走到那裡時實在太累了，於是便走進洞裡，將火把放在地上，把鼓鼓的揹網放下，多加了一些柴火，就坐在火堆旁的石凳上，用手支著頭打盹休息。

火堆將洞穴烤得溫暖起來，但隨著夜風搖擺跳躍的火焰，卻在壁上映出各式各樣的黑影，洞外竹林深處不時傳出各種蟲鳥鳴叫的怪聲，深夜的山林令人感到無比的詭異神祕。夜晚的山林世界對堡耐來說卻是非常熟悉的，部落的男人因為狩獵或工作，經常都要獨自在山林中過夜。他支著頭打盹，左手累了就換右手，這樣換了大概三、四次手，也就休息夠了，起身繼續趕路回家。經過了梔子樹的石洞，再往上上去一點的岔路那裡，離家還很遠的距離，突然聽到「咿……咿……」的聲音，在黑暗的山路那頭，兩個黑影先後衝了下來，他的兩隻狗兒跑過來跳上跳下的在迎接他。

"wiy……swa simu ini abi?"

「咦……你們怎麼不睡覺？」堡耐高興的拍拍他們，一人二狗一起走回家去，到家的時候，東邊山頭已經框上了白邊，天就快亮了。

吃早餐的時候，堡耐把在埔里聽到的有關三民鄉的事情告訴父親。

"Sanmin go cyux sa Takaw son su ga?"

「你是說在高雄縣的三民鄉是嗎？」父親吃完飯，拿起插在耳邊的菸斗，走到爐灶前。他伸手往灶裡挑了一塊燒了一半的木炭，用火炭點起菸草抽了起來。

"Namasya son na tayal nha ma."

「那邊的『泰雅』（指原住民）叫那裡是『那瑪夏』。」堡耐回答。

"pinongan maku kmal bokusi maha,cingay wayal Namasya na Takaw qu tayal na Pyasan ma."

「我聽過牧師說的，說有很多復興鄉的人去了高雄的那瑪夏。」父親說完，抽了一口菸。

"han,Samin go uzi qu lalu nya ga?"

「是這樣喔，她的名字也叫做三民鄉啊？」白煙從嘴裡飄

那瑪夏的舊民權部落

出來，似乎在思考什麼。堡耐把在埔里醫院聽到的事情一一轉述給父親聽，然後告訴父親他想要南下開墾的心意。

"ay,maha su musa tmwang sqasa ga,mosa simu moyay balay wah!"

「哎！如果你想要『加入』那裡，你們恐怕會非常辛苦啊！」語氣裡有一點點的擔憂卻也充滿了關心。

"m……ana yanasa ga,maha ni smoya su balay musa lga,nway nanu usa uzi."

「嗯……即使是如此，如果你的心意是真的非常想去的話，沒關係，你也是可以去的。」父親吐了一口煙。

"baliy su mqelang mtyuwaw,ru nanu yaqih nya musa mnayang mqumah blaq na rhyal hya lpi."

「你又不是懶惰工作的人，而且，能夠在一個好的土地上開墾、除草有什麼不好呢。」雷撒顯然是支持兒子的心意。

有了父親的鼓勵，堡耐便寫了一封信給在三民鄉的伍道，說他希望南下開墾的心意，並且告訴伍道他打算在十二月份南下，請他到時候能空出時間安排帶他上山。伍道很快的就回了信，信中很歡迎堡耐南下，說他會在十一月底再寫信約定見面的時間。

送瓦旦

　　六月，伊凡在南投上課，瑪雅則是透過教會的教友介紹，下山到新竹一家工廠當女工去了，堡耐家裡只剩下小比黛一個孩子。

　　院子前面的山櫻花果實漸漸轉紅，艷紅的果子總是吸引各種鳥類飛過來享用。比黛把鳥兒當成玩伴，她爬上樹去等鳥來，鳥兒飛來的時候，她便抓著樹幹動也不動，靜靜的觀察牠們啄食山櫻花果子，仔細欣賞綠繡眼、畫眉鳥那漂亮的羽毛。自從山櫻花果子變紅開始，比黛耗在樹上的時間就比在地上多了，除了跟鳥兒玩，她也會尋找最紅的果子，採下來往嘴裡塞。山櫻花的果實小小的，底部是尖尖的，它並不像櫻桃那麼甜美，吃起來是酸酸澀澀的有杏仁的味道。

　　"swa su ini knaga lpi? lwiy cikay ha ru mhoqil lga,sbing cikay niqwn la."

　　「你怎麼這麼等不及呀？再等一等吧，等它再成熟一點的時候，就會比較甜了。」媽媽經過樹旁，總是抬頭往樹上喊。

　　"aya~~ktay saku ktay saku,buw~~buw~~musa ku hogal lo~~~buw~~buw~~~"

　　「媽～看我、看我，嗚～嗚～我要去山下的小鎮囉～～嗚～～嗚～～」比黛雙手抓著樹枝，兩條小腿彎起來用力蹬著腳下的樹枝當成是在開汽車，搖呀搖的好開心。

　　"ay ay~~laxiy pzyuy 'el,photaw su la."

　　「啊呀！別太調皮，你會掉下來了。」

"ini……ini……iyat ku…… photaw."

「不會……不會……我才……不會掉下來。」小比黛用唱的回答媽媽。

"aw,hotaw su lga,tay ta ima mwah mngayoq mngilis ngasal ki……"

「好，等你掉下來的時候，看誰回家嚎啕大哭喔！」媽媽揹著竹簍往山上邊走邊說。阿慕依從一大早天還沒亮就起來做家事，現在要上山種地瓜。地瓜苗要在六月種下去長得最好，所以，大家都會在這時候，在小米株底下小心的挖土，種下地瓜蔓苗，等到七、八月份，小米穗收割清理完成的時候，已長出葉子的地瓜苗冒出來，整座金黃色的小米田就像變魔術一樣瞬間變成一片綠油油的地瓜田了。

在埔里住院的瓦旦回來了，據說是他執意要回山上的，
"hata ngasal la,cyux nanak sinpngan na utux……"

背簍-kiri

「我們回家吧！上天自有祂的安排」他跟妻子說。烏巴赫說瓦旦很想念山上的家，常常念著要回山上，醫院方面看天氣漸漸暖活，瓦旦病情沒有特別的變化，也就讓他出院回家休養。部落的人知道他回來，都陸續去探望他，堡耐和阿慕依也在他回來的第二天去看他。

　　晚餐後，他們點了火把專程去探望瓦旦，"laxiy usa isu hya Pitay,aki ta ngasal isu hya."

　　「比黛你不要去，你跟我一起在家吧！」爺爺說。

　　"ng~~ musa saku uzi,musa ku mzyui ki Simi."

　　「嗯～～我也要去，我要去找喜密玩。」比黛急得快哭了，喜密是瓦旦的孫女巴尚的女兒，輩分上算起來她要叫小比黛亞大（姑姑）了，不過她們年紀差不多大，也就常常玩在一起，沒有分什麼輩分了。阿慕依拗不過小女兒吵鬧，只好讓他一起去。

　　"aki ngasal simu hya."

　　「你們在家裡。」堡耐跟兩隻獵狗和小狗 kuro 說。他不喜歡帶狗去拜訪鄰居，因為狗兒們玩在一起常會擦槍走火，動不動就打起架來，很麻煩。

　　"talagay bsyaq ini ta pkita la Muy."

　　「多麼久的時間我們沒有見面了呀！慕依。」烏巴赫看到他們來非常開心，搬了矮凳子，巴尚牽著女兒喜密也過來了。男人圍著屋裡的矮木桌坐下來，烏巴赫從碗櫥抽屜裡拿了一包彩色糖球，抓了幾顆給兩個孩子，孩子含著甜滋滋的糖球開心的跑來跑去玩，兩個女人到廚房，烏巴赫一面清洗晚餐的碗盤，一面跟阿慕依聊天。

　　"lokah cikay hi nya nana lga?"

「姐夫的身體比較好一點了嗎？」阿慕依關心的問。

"ay! baqaw ta ga,"

「唉！誰知道啊，」烏巴赫一臉憂愁，

"balay nya ga ini swal pwah ngasal qu sinsiy hya,ru……ini baqiy qmroq lungan Watan ,nanu ki'an maku sqani lma, 『mtnaq nya, iyat ku nbah lokah la,baqun maku nanak hi mu,hata ngasal la ……』son saku nya kmal……"

「其實，醫生並不是很願意答應他回家的，但是……瓦旦想回家的的心一點都沒辦法阻止了，『都一樣的，我再也不可能好起來了，我自己的身體我知道的，我們回家去吧……』他這樣跟我說……」烏巴赫擔憂又難過差點哽咽，又怕客廳的瓦旦聽見，愈說愈小聲，最後幾乎是在用悄悄話跟阿慕依說的。

"aw……"「是……」、"aw ga……?"「是啊？」、"han……"「喔……」阿慕依只能不斷點頭，理解她的心情。

"say ta smuling qmisan truing ciyux maku lgon ki, Tan,wal maku sququl la."

「且，多天的時候，我們一起去燒我預留的虎頭蜂窩啊，我已經綁了有所屬的標記。」堡耐跟瓦旦說。

"truing?wa,sbing balay niqun triyung hya wah,cyux maki sa inu?"

「虎頭蜂？哇！虎頭蜂吃起來真的很甜啊！是在哪裡呀？」聽到有虎頭蜂可以去摘，瓦旦羸弱的身子挺了起來，眼神突然放出光彩。

"cyux mu ktan sa rgyax osa ta qmalup tehasa na rraga qasa ga,aw cyux kian qutux krahu na qhoniq rwa?"

「我在那個山上看到的，就在我們常去追獵的那條路上，

楓樹林過去一點，不是有一棵大樹嗎？」堡耐說。

"aw……咳……riyungan,riyungan sa, 咳……咳……"

「是……咳……龍眼、那是龍眼樹啊……咳……咳……」
瓦旦邊咳邊說，感覺那化不開又咳不出的濃痰，千絲萬縷般纏
繞在他每一根支氣管裡，堡耐聽了禁不住清一清喉嚨，似乎想
幫他把痰清出來。

"aw…… aw,riyungan.moqa,krahu balay ubu nya,wagiq balay
cyux slubay sa llyuw nya,wa!mosa si ga pkragan ta ita sazing
thoyay magal lwah."

「是……是啊！是龍眼樹。像這樣，牠的巢真的很大，高
高的掛在樹梢上，哇！恐怕只有我們兩個合作才能拿下來了。」
堡耐用手上下比了一個大約一公尺的長度說。

"atalagay……"

「哇嗚……」巴尚聽見這麼大的虎頭蜂，驚呼了起來。巴
尚從小就很崇拜堡耐叔叔，不管是他狩獵的技術，還是他養的
獵狗，總是比別人優秀。當然巴尚自己也養了三隻獵狗，可是
每次出去追獵的時候，往往都是堡耐的尤命和莎韻首當其衝，
總是第一個追咬到獵物。所以巴尚特別喜歡跟堡耐一起上山，
直到現在他都長大成人，結婚生子了，還是很愛找機會跟堡耐
叔叔一起去打獵。巴尚雖然內向膽小，狩獵一直沒有令人亮眼
的表現，但他從小就是個認份聽話的人，大人交代的事情，他
一定會按部就班的做完，所以，堡耐也很喜歡這個晚輩，常常
帶他一起上山工作。

"hata mluw uzi."

「你也跟我們一起去。」堡耐說。

"inblaq mqbaq ki mama su Bawnay ga Sang,nanu moyan hya

qu son maha『m'tayal balay』hya.motux、mqnyat、mbalay、
mhway……"

「巴尚你要好好跟你的堡耐叔叔學習，所謂『真正的泰雅
人』就是要像他這樣，勇敢、勤勞、正直、慷慨……」瓦旦夾
著咳嗽說這段話的時候，充滿了對兒子無限的期許，也隱藏著
一絲絲難以覺察的不捨。被堂哥稱讚的堡耐有點尷尬了起來，
低著頭檢查手掌上的厚繭，巴尚則是點頭如搗蒜，不斷 "aw
……aw……aw……" 「好……好……好……」答應父親的話。

「a……aba…… 我 要 吃 tryung（虎頭蜂），你明天去拿
tryung（虎頭蜂）給我吃。」本來在旁邊跟喜密玩的比黛聽到虎
頭蜂，就跑過來吵著爸爸趕快去採。

"ini bwoxiy na yani,baha galun la? lgong sa qmisan lga
bwoxun la."

「現在還沒有成顆粒（指蜂蛹），怎麼可以摘？要等到冬
天的時候才會成為飽和的顆粒。」堡耐說的「bwox」（顆粒狀）
是指虎頭蜂的幼蟲。泰雅族人採摘蜂巢通常都在冬季年尾的時
候，因為這時候原本只是一顆細小的蜂卵孵化成幼蟲，每一間
六角形的蜂巢裡都塞滿了一隻白白胖胖的幼蟲，正好摘下來在
寒冷的冬天煮一鍋肥美甘甜的蜂湯，讓大家好好打打牙祭。所
以，即使發現了蜂巢，如果不是在適合採摘的時候，人們一
定會讓它待在那裡等幼蟲長大，沒有人會隨便摘取的。這時
候，發現的人便會在蜂巢附近顯眼之處，用芒草打上一個大
大的結作記號，草結叫做「ququl」，表示這個蜂巢已經是人家
「mnagu'」（預留等待）的了。結上草結就可以放心了，因為沒
有人會去摘取別人已經先放在那裡「等待」的蜂巢。

夜深了，喜密被媽媽接回去睡覺，比黛則跑到父親腿上坐

著無聊得打起瞌睡。於是堡耐提議該回去了，點了火把，堡耐揹著比黛，他們便踩著月色往回家的路走去。一路上，兩夫妻邊走邊聊，想起整晚聽到的瓦旦的咳嗽聲，他胸腔深底處，那千絲萬縷的濃痰，兩人不約而同的替瓦旦的健康狀況擔心起來。

七月份開始，部落的人們都在忙著收割小米，這時候，除非為了商量換工等重要的正事，大家都不隨便到別人家走動。因為，你不知道人家什麼時候會做第一次收成的「收割祭」。

"Iban,ziboq cikay tuliq suxan,isu usa sma'ing tlpaw suxan ki."

「伊凡，明天早一點起床，明天清晨就由你去作收割祭吧。」吃晚餐的時候，爺爺跟伊凡說，伊凡今年十四歲了，前幾天剛從南投的學校回來放暑假。

"aw!"「好的！」伊凡覺得好高興，這是他第一次被派去作收割祭，表示自己已經是個大人了。大哥達路分家之後，在這之前，收割祭都由二哥哥哈勇在負責，哈勇去年到金門當兵，今年終於輪到他了。

泰雅族的收割祭屬於小小的儀式，是各戶單獨進行的。每戶人家依自己稻作的成熟為準，挑一個適合的日子，由家長指派一位男丁（通常是大兒子，或大孫子）到將要收割的田地去，先舉行收割祭儀式，儀式完成的隔天再全家出動去收割，如果有跟人家換工的，這時候才一起上山去進行正式的收割作物。

收割祭的儀式是簡單而虔敬的，被指派的男丁必須在清晨公雞第三次啼叫的時候就出發前往田地，這時候的天光還只是朦朧微亮時分。一路上要安靜（當然他是一個人），腳步要輕盈，不可以大聲咳嗽；若是在路上遇到人不可以交談，必須讓

在一旁讓那人通過；如果一方說了話，要進行收割祭的人就只好打道回府，等第二天清晨重新開始。同樣的，如果在收割祭那天清晨主祭者還沒前往農地時有外人先來到家裡，那麼今天的收割祭就得暫停等第二天再舉行了。

破曉時分，「喔～喔喔～～」當公雞扯著喉嚨第一次啼叫的時候，伊凡就從床上跳下床。當然，媽媽很奇怪，不管你起得多早，她總是比你早一步先起床了。這時，飯鍋裡的地瓜飯熱騰騰的冒著煙，餐桌上有蘿蔔蛋、水煮長豆、和一小碟油炸花生。阿慕依已經提著洗衣籃往屋旁的小溪走去。伊凡跳下床很快的漱洗、吃早餐，在第三次雞鳴的時候，他就出發前往小米田，狗兒撒韻也跟他一起去。

第一次擔任收割祭主的伊凡心情愉悅腳步輕盈的往山上走去，野草刮過雙腳，露珠沾濕了小腿。靈活的撒韻早就在前面跑得遠遠的，伊凡閉著嘴沒有像平常那樣偶爾斥喝牠或跟牠說話。走到農地時，太陽也從山頂探出頭來了。他走到小米田裡面，找了最豐滿飽實的小米穗，用雙手將小米穗和葉梗撕開，如此取下一把（約一握）小米穗，用準備好的細麻繩綁成一小束，將這一束小米穗掛在田邊的樹枝上，這樣就完成了收割祭的儀式，然後就返家。

隔天，全家大小就一起上山收割，達路也帶著妻子北拜和三個孩子來幫忙。達路共有三個孩子，大兒子波羅（Polo）十歲了，比姑姑比黛還要大，他跟十三歲的叔叔伊凡都要在田裡幫忙收割小米。兩個小妹妹就跟姑姑比黛以及狗兒們在工寮裡裡外外的跑來跑去追逐玩耍。

"inblaq mziyuy sqani simu hya ki,laxi psayu ru pbihiy ki."

「你們在這裡好好玩喔！不要吵架，也不要打架唷！」大

人特別交代孩子們一定要好好相處。

採收小米稻穗有些人習慣用撕斷的方式，有些人則是用削得輕薄鋒利的竹片握在手中割取稻穗，他們把金黃色的小米穗捆成一把一把擺在田中，玩耍的小孩子也會幫著大人把捆好的小米束抱到工寮排放整齊。收割作物總是讓人充滿喜悅的心情，所以雖然在艷陽下工作，但小米田裡洋溢著歡喜的氣氛。

"aya~~knwan pqaniq ta la?uyay ktu mu la~~"

「媽～～我們幾時可以吃飯啊！我肚子餓了～～」比黛玩累了跑到田中，跟在媽媽背後喊著肚子餓了。阿慕依年輕的時候，曾經在日本老師的家裡作幫傭，做起家事手腳特別靈活，剛嫁給堡耐的時候，原本不太會做農事的，可是她聰明又好學，沒有幾年，家事農事做的一樣好。就拿收割小米這件事來說，收割的速度完全不輸給任何一個男人，她綁的小米，一束一束大小長短整整齊齊，完全像是量產的工業產品。

比黛抱起一把綁好的小米束皺著眉頭問媽媽幾時才可以吃飯，"ay~~tngi ta la~~tngi ta la~~,ini na ki,suqun maku qani lga, musa ku phapuy mami la."

「唉呀～～我們吃飽了～～我們吃飽了～～等等喔！我把這個弄好之後就去煮飯了喔！」媽媽聽到比黛說肚子餓嚇了一跳，趕緊糾正她說「我們吃飽了」。原來泰雅族人在收割作物的時候是鼓勵說喜悅的言語和態度的，忌諱負面的言語或行為，例如：不能說「飢餓」、「口渴」、「不好了」……之類的話，最好多說「飽足」、「滿盈」、「真好」……，更不可以在田地裡吵架鬥嘴，工作一定要開開心心的，人們認為好的言語和態度，就是好的兆頭，才能在來年有更好的收成。

農地上，當人的影子愈來愈短的時候，就表示快中午了。

阿慕依跟媳婦兩個女人暫停手上的工作，到工寮去準備午餐。

"usa kmyut yahuw nbaw ta ayang,ina."

「媳婦，你去摘一些野菜，好讓我們拿來做湯。」阿慕依跟媳婦說，

"agal cikay uzi tgwil tayal cyux maki sa syaw qasa."

「也採一些泰雅的黃瓜，就在旁邊那裡。」阿慕依指了指小米田右上方的竹林邊。

"aw!"「好！」北拜挽著竹籃往右上方走去。「tgwil tayal」（泰雅的黃瓜）是原住民特有的一種大黃瓜，這種瓜的種子在外面的市場是買不到的。這品種的黃瓜很特別，它清香而甜脆多汁，山上的人都喜歡拿來生吃。有時候在山上餓了或是渴了，隨手採一根，抹去皮上的小刺，連皮直接「喀啦！喀啦！」的啃下去，非常清甜解渴。

阿慕依很快的生起火，煮了一大鍋地瓜小米飯，在另一個鍋子裡燒了水準備煮湯。小孩子看見大人準備午餐，很開心的圍了過來，跑進跑出的幫忙。

"Pitay,sey mlawa kwara nha,uwah maniq la gusa."

「比黛，去叫大家回來，說來吃午餐了。」阿慕依打開飯鍋，用木匙把飯挖鬆，隨著霧白的蒸氣，地瓜和小米飯的香味瞬間充滿整間竹屋。

"aba~~uwah maniq mami lo~~~"

「爸爸 ~~ 來吃飯囉 ~~」小比黛雙手圈著嘴對山上的父親喊。"aw~~"「好 ~~」堡耐也高聲回應她。

農地裡的人把手邊的工作完成一個段落之後，一個一個走回工寮，洗臉的、洗手的、「咕嚕咕嚕」喝水的，小孩子和狗兒開心的跑來跑去，工寮一下子熱鬧起來了。這間竹屋沒有隔

泰雅黃瓜-twil

間，進門右半邊是放工具的架子，各種大、小鋤頭、砍草刀、砍柴刀、鐮刀、耙子……排放得整整齊齊。左邊是一張簡單的竹編床。裡面，是土爐灶，煙囪的左右分成兩口灶，一口是煮飯用的，另一口比較大一點，大爐灶用來蒸煮菜肉、燒水等。灶前矮木桌旁散著幾段短短的木頭，當成凳子。灶子後面是小小的調理台，旁有個大大的水缸，清涼的山泉水順著竹水管，源源不斷流進大陶缸，發出了「泊！泊！泊！……」的聲音。

"uwah,psquna ta inori ha.ina,nuway isu pgleng innori. "

「來，我們先來一起禱告吧！媳婦，那就由妳來帶領禱告吧！」爺爺說。

所有的人都安靜了下來，大家雙手合十圍在矮木桌旁禱告。木桌上有一鍋山萵苣野菜湯，一大碗涼拌大黃瓜，黃瓜用滾刀切成大大塊，吃起來才會脆，用的作料是鹽漬 maqaw（山胡椒），一盤水煮長豆，也是在田邊現採的，阿慕依特地從家裡帶了鹹鯖魚，用豬油煎得金黃酥脆香氣四溢。

"aba Utux kayal, mhway su,mniq su rngu wal sami thoyal mtyuwaw smka ryax wayal qa la."

「天上的父，感謝祢，在過去的半天祢賜給我們力量工作。」阿慕依帶領大家禱告，每個人都虔誠的低著頭雙手合十，

"mhway su nyux myaq nniqun myan qani,kwara qani ga anay myan trahu isu kwara."

「感謝祢賜給我們食糧，這一切都讓我們稱頌感謝祢。」大人都很虔誠的在祝禱，小孩子卻已經開始不耐煩，因為他們在山林跑上跑下的玩了半天肚子實在很餓了，飯香菜香瀰漫整間竹屋，特別是油煎得外皮金黃酥脆的鹹鯖魚就在面前，伊凡忍

不住偷偷睜開眼睛吞了一口口水，卻看見姪子波羅伸出手正要捏一塊鹹鯖魚。

"aya~~ktay⋯⋯"

「媽~~ 你看⋯⋯」伊凡一急之下忘了大家正在禱告，大聲叫了出來。波羅見事跡敗露立刻縮手閉上眼睛假裝禱告，這一瞬間的變化沒有人看見，阿慕依睜開眼睛狠狠的瞪了伊凡一眼，原本溫柔的祈禱口氣差點變得咬牙切齒，她用手肘用力撞了兒子一下，示意他專心禱告。

"ana ini kmtehok cinglwan myan ga,anay myan skahul lalu na yaba syuw yeskristo,amen!"

「縱然我們的信德如此微小不足，但讓我們以耶穌基督之名祈求，阿門！」，「阿門！」大人小孩一起大聲應答，「呼~」禱告終於結束了。

勞動過後的胃口特別的好，在山上野外煮食更是美味無比，每個人都吃得津津有味，正在成長發育的兩個小男生「呼嚕呼嚕」一下子就吃了三四碗小米地瓜飯，"aw!thhway cikay maniq,baliy simu mqu,aw sigin ubus rwa mqu ga."

「噢！吃慢一點吧，你們又不是蛇，蛇吃東西都直接用吞的不是嗎？」阿慕依對兩個小男生說。

「耶~~ 你們是 mqu（蛇）。」三個小女生聽了指著兩個男生大聲的嘲笑了起來，伊凡和波羅伸出舌頭對她們扮了個鬼臉，把臉埋在碗裡繼續扒飯。

正午，烈日當空，採收小米的工作就先暫停一下，要等太陽稍微往西斜一點的時候才繼續工作。阿慕依和媳婦一起收拾碗盤，雷撒抽完菸，走到竹床旁，竹床上兩個男人往旁邊讓出一個空位，雷撒側身躺了下去，三個大男人，三雙大大的髒腳

丫伸在竹床外邊，就這樣呼呼大睡。

"hata kmyap bolung lo~~yo~~hu~~"

「去抓蝦囉～～喲～～呼～～」小孩子精力無限，吃飽了就馬上往外衝，他們開心的手舞足蹈跑著叫著，幾乎是用唱的高聲喊著。

"aya~~ktay Iban ru Polo ga,iyat saku nha rasun kmyap bolung ma,u ~~musa ku uzi~~"

「媽～～你看伊凡和波羅啦！他們說不帶我一起去抓蝦子啦～～嗚～～我也要去啦～～」大女孩跟男生一起去了，比黛和較小的女孩兩人跺著腳，哭喪著臉跟阿慕依告狀。

"cikuy simu na,laxi usa simu hya,qlyu'un simu qsya gong la."

「你們還小，你們不要去，你們會被河水沖走了。」阿慕依擔心危險，不准兩個小女孩一起去。三人早就溜得無影無蹤，連狗兒們也都跟了去。他們是趁著大人睡午覺的時間，跑到竹林下方的小溪澗去抓蝦，主要是想在冰冷的泉水裡玩水，抓抓蝦蟹也正好消消暑氣。他們拿地瓜在嘴裡嚼碎，然後把地瓜碎屑「噗……」的一下用力噴到山澗的小水潭中，水潭頓時瀰漫著細細白白的「地瓜碎花」從水面慢慢往水底下飄散，沒多久就可以看到溪蝦一隻一隻跑出來吃地瓜屑，這時候就可以把牠們抓起來了。

下午，大家回到農地裡繼續工作，玩水的小孩也濕著衣褲回來了，他們手上各自捧著用姑婆葉包起來的河蝦。當陽光開始溫和起來，小米田裡的人影也愈來愈長，阿慕依和媳婦北拜就帶領所有的孩子到工寮去，他們把綁好的小米束一束一束疊放進 kiri（竹背簍）中，把背簍疊滿了金黃色的小米之後，婦女和孩子就先背小米回家。伊凡和波羅也各有自己的背簍，只

是比大人的小一點，這是爺爺特地幫他們編的，雷撒編織器具的工夫非常好，不管是竹編或是藤編都很厲害。

"panga saku uzi……panga saku uzi……"

「我也要揹、我也要揹……」小女孩都吵著要幫忙揹小米。大人就幫他們用 pala（粗麻布）包了一兩束小米，像揹小嬰兒一樣綁好揹在背後，「哈哈哈……這是我的洋娃娃……」小女孩把揹小米當成揹娃娃，一蹦一跳開心的下山回家。

太陽漸漸西下，蟬兒的歌曲從清脆熱鬧的「唧～～唧～～唧～～」草蟬，變成了中音獨唱似的熊蟬「啦啦啦～～啦啦啦～～」的歌曲。曬了一整天的太陽，到了黃昏，林子裡的晚風吹來，暑氣全消，三個男人手不停的繼續收割。

「咕～咕～咕……」林子裡傳來金背鳩的歌聲，"nyux mqwas pyakux lwah,hngawa ta la."

「金背鳩在唱歌了哩，我們休息了吧。」雷撒直起身子，跟兒子和孫子說。

"mosa ta suqun kmloh kaxa la."

「我們大概在後天就可以完成收割了。」堡耐把手上的小米束綁起來，拿到身後的背簍裡，達路也拿著自己的背簍把稻田中的小米束一一收起，三人把背簍裝滿後便下山回家。堡耐把收割祭時掛在樹枝上的小米穗取下帶回家，拿到穀倉角落的牆上掛起來。

這段期間都是在做收割小米、高粱的時候。堡耐有好幾處田園栽種不同的作物，他的農作收割完成之後，就幫忙收割兒子達路的作物，這樣要連續在山上忙個十幾天才能全部收割完成。

這一天，大家幫達路收割小米，忙了兩天終於割完了。達

路和北拜六月份種下去的地瓜苗經過一個多月，現在已經長出許多新葉子，原本是黃澄澄的小米田，收割完之後底下的地瓜苗就露出來，呈現一片綠油油的地瓜田。

"hu~~ktay nyux t'abaw kwara ngahi su la, ru."

「呼 ~~ 你看你種的地瓜都抽出新葉子了，路。」阿慕依用欣賞的眼光掃視這片田園跟兒子說。

"cyux pinqutux ngahi nya tehasa qasa ga……"

「過去一點那裡，那裡的地瓜種得比較稀疏啊……」她指著左邊山坡上面靠近樹林的地方，"si tbuxiy tbihi tayal babaw nya qasa hya la,wah magal cyux cingay ghap mu tbihi tayal."

「那個就等以後播種原住民的小白菜好了，來跟我拿種子，我有很多白菜種子。」阿慕依不但是作家事時井井有條，連種植作物也力求完美。

"aw!"「好！」達路說，"pinnuya na Pepay tehasa hya,kya nya qlangun muya wagiq cikay la."

「過去那裡是北拜種的，因為地勢比較高，她大概懶得種了。」達路跟母親解釋。

"hata lama ita hya la,ina."

「我們先回去吧！媳婦。」女人跟小孩一樣先揹一部分小米束下山回家。

在回家的山路上，他們遇到了也揹著小米正要回家的瓦夏（Wasiq），瓦夏是鄰居雷幸（lesing）的妻子，也就是山地青年訓練的小隊長尤帕斯的媽媽。

"wal mamu suqun kmloh trakis mamu lga?"

「你們的小米收割完了嗎？」阿慕依遠遠的就跟她打招呼。

"sazing ryax lga suqun myan la,"

「再兩天我們就可以完成收割了，」瓦夏停下來喘了一口氣說，"ini sami kloh basaw na,suqiy cikay muhi Lesing hya."

「我們還沒有開始收割高梁，雷幸比較慢播種的。」

"kia su ini baqi na ra? muy,"

「你大概還不知道啊？慕依，」瓦夏換了一種口氣突然很嚴肅的問阿慕依。

"baqun nanu yaw?"

「知道什麼事？」阿慕依停下腳步問。

"wal ml'ax babaw kinryax shera qu Watan lma,ini mamu baqi?"

「聽說瓦旦昨天下午斷氣了，你們不知道嗎？」瓦夏說，"Yupas mu kmal sasan lru,yasa baqun maku la."

「我的尤帕斯早上告訴我，我才知道的，」"pstnaq sa tuqiy muwah qmayah ki Yukan lru,kyalun Yukan la."

「他在去田園的山路上，遇見了尤幹，是尤幹告訴他的。」尤幹的女兒吉娃絲就是尤帕斯的意中人。

"ay ay ……"

「啊呀……」聽見的人都異口同聲的驚呼起來，

"swa mha sqani la?"

「怎麼會這樣啊？」阿慕依充滿了哀傷的說。

這段日子，大家都早起趕晚的忙著收割，沒有時間也不方便到鄰居親友家走動，沒想到瓦旦竟在這個時候不告而別了。

"pyang mskyut sa qlyan qu Watan ma Yukan,"

「尤幹說瓦旦是特地選擇在白天離開的，」她說，"kyalun nya Pasang mha, laxiy kngungu,iyat saku pskyut sa skabengi,baqun maku klpngan su balay.rasaw maku kwara ngungu su l'i musa saku,iyat su nbah mngungu babaw nya la. maha qu lkWatan ma."

「他跟兒子巴尚說：『不要害怕，我不會在夜晚走的，我知道你膽子很小。等我離開的時候，讓我把你的膽小害怕都帶走吧！你以後就再也不會膽小了。』瓦旦這樣說。」瓦夏把兒子尤帕斯說的話轉述給阿慕依。

"is~is~siqan balay irah Upah lpi!ay ay……"

「咿嘶～咿嘶～烏巴赫嫂子多麼可憐了啊！唉……唉……」阿慕依嘆著氣說。

"ima mnwah smbes hera lpi?"

「昨天晚上不知道是誰去陪他們了啊？」她問瓦夏。這時，他們走到了岔路，阿慕依要往左邊山路彎進去，而瓦夏要繼續往下走，於是兩人停下腳步，北拜和孩子們早已經先走回去了。

"baqaw ta ga,nyux kmloh kwara lru ima baq maha nyux maha sqani qu ngasal nha uzi lpi? kya nwahan smbes na Behuy la."

「不知道啊！現在大家都在忙著收割，誰又知道他們家裡發生這樣的事情呢？大概是北互伊去陪他們了吧。」瓦夏說，北互伊是瓦旦的哥哥。

過去，在泰雅族部落，一般人對於喪家是採取迴避的態度，如果知道誰家有人過世了，會盡量少靠近正在辦喪事的人家。提到喪家時，通常會說 "cyux kutan utux ngasal qasa"「那一家有人被鬼殺了」，說誰過世了，也會用 "wal kutan utux ima ima la"「某某人被鬼殺了」。要是在路上遇到正抬著過世親人要去埋葬的人們，則立刻會跳下山路旁，閉起眼睛用手摀住頭，不敢往送葬的隊伍看，直到他們走遠了才敢爬回山路繼續走。

在日據時代之前，泰雅族是以蹲踞葬的方式埋葬死者的，親人過世時，在他斷氣之後，要幫他梳洗換衣服，為了怕時間拖久了遺體會僵硬，無法調整姿勢，所以要立刻將他的雙腿曲起，雙手交叉抱胸，調整成蹲坐的樣子，看起來也像是胎兒在母親子宮裡安睡的姿勢。然後拿新的 pala（方形粗麻布）攤開，死者坐在中央把 pala 四邊對角拉起來，在死者頭頂上打結。親人過世，通常在三、四天之後就下葬，一般都是葬在屋裡。把死者的睡床拆開，在底下挖個豎坑，豎坑四周貼滿平滑的石板，石板接縫處，用黏土填補起來。然後把死者安放在其中，面朝太陽升起的山頭，因為泰雅族人認為，人死後會回到祖靈的永恆的故鄉 ──「' tuxan」，人們相信「' tuxan」就在太陽升起的方向，所以讓亡者面朝東方。死者安放之後，就把他生前喜愛的衣物、飾物、獵刀、食具、菸斗……等等，用布巾包好放進豎坑中。然後以石板蓋在頂上，石板上鋪小石塊，最後再用泥土覆蓋在上面。葬禮完成之後，房子就讓給死者，家人必須離開，另外找地方搭建新房子。

當親友過世的時候，近親會輪流去 smbes（陪伴）喪家，圍在大廳的火塘邊聊天，通常是談有關亡者生前的事蹟，也談一些跟亡者之間的互動。大家談起過往種種，好像亡者依然健在，提到有趣的地方，甚至會大笑起來，人們透過這樣的方式紀念並送別亡者，到喪家去做陪伴的人一直要到天亮才會離開。

家人過世的家庭在一整年當中，只有親友會拿東西送給他們，他們的東西是沒有人會拿的，特別是播種用的各種種子，即使他有再優良的品種，也沒有人會跟他要。

日據時代之後，日本政府禁止泰雅族人使用屋葬以及蹲踞

葬的喪葬方式，所以後來的泰雅族就改爲外葬，而死者不採蹲踞的姿勢，改採平躺方式下葬，但是依然是要面朝太陽升起的山頭，也依舊使用 pala 包裹大體。

"ay~ay~kyalaw maku Bawnay，mwaha smbes kira Bawnay hya la,iyat balay ini 'say qani hya la,siqan balay irah Upah wah."

「啊呀～我來告訴堡耐，今天晚上就讓堡耐去陪伴好了，這個千萬不能不去了，烏巴赫嫂嫂實在是可憐呀！」阿慕依說，"ay ay,hala saku ha,mosa ku phapuiy na wah."

「啊呀！我得走了，我還要去煮晚餐呢！」

"sgaya ta la!"「再見！」，"sgaya ta la!"「再見！」兩人便分手各自回家去了。

晚餐過後，雷撒坐在大廳的矮木凳口中銜著菸斗，手卻沒有閒的就著昏暗的油燈光下，拿出編了一半的 grgiran（篩子，篩穀物用的圓箕）編了起來。他緊閉著雙唇，拿著細籐條的手不停的上下穿過來穿過去，忘了嘴上銜著的菸斗似的，久久都沒有抽一下。比黛搬了一張小凳子，坐在爺爺旁邊，小手上一個也是做了一半的小籐籃。爺爺用剩下的編織材料，特別幫她削成細細的籐條，教她做一個小竹籃。比黛一邊做自己的，一邊看爺爺的，不斷東問西問，爺爺今天似乎心情低落，不太說話。

阿慕依在廚房洗刷碗盤，伊凡提著一木桶的熱水往屋旁的洗澡間走去。阿慕依用胡瓜水瓢舀水往大鍋子裡裝，堡耐往灶裡加了幾根柴火，然後抓了幾根竹子和木頭正在製作火把。

"rasaw maku Iban uzi."

「我也帶伊凡一起去。」堡耐說。

"aw,siqan balay irah Upah wah,ay ay……"

「好，烏巴赫嫂子實在好可憐啊！唉……」想起烏巴赫才四十出頭就開始守寡，阿慕依嘆了一口氣。

"hata mluw kun musa smbes yata su Upah,Ban."

「跟我一起去陪伴你的烏巴赫伯母吧，凡。」伊凡洗完澡走出來，父親就告訴他要一起去。

父子兩人一前一後，各拿一個火把往瓦旦家走去，

"aba,swa si ga son smbes yata pi?"

「爸爸，為什麼需要去陪伴伯母呢？」

"yasa gaga ta Tayal hya,"

「這是我們泰雅族的習俗，」堡耐說，

"rasaw misu smbes,teta su baqun. ana qani ini su baqiy lga,ima psbes simu l'i mhoqil saku lpi?"

「我帶你去陪伴，好讓你知道。如果連這個習俗你都不懂，等將來我死了誰又會去陪伴你們呢？」堡耐平常的腳程非常快，為了配合兒子的速度，他刻意放慢腳步，但伊凡還是走得快要喘起氣來了。

到了瓦旦家，看見巴尚和弟弟還有來自桃園復興鄉的妹婿，三人坐在矮桌邊低聲說話。

烏巴赫和大女兒、小女兒雅悠三人在屋子另外一角。烏巴赫和雅悠正在安慰低聲哭泣的大女兒，她嫁到桃園縣的復興鄉，聽見父親的噩耗，立刻和先生趕回斯卡路的娘家，她是在傍晚時分才到的。

"a~~nyux yama uzi lga."

「啊，女婿也到了啊！」堡耐一進門就看見他們回來了，

"kiya simu moyay mkangi lra."

「你們大概走得很辛苦了啊。」他拉了一張凳子坐了下來，

伊凡向堂哥們點點頭，也搬了一張凳子坐下來。

　　"mama!"「叔叔！」、"yutas Bawnay!"「堡耐岳父」……三個男人跟他打招呼。

　　"ay ay ……siqan su nyux sinyongan qala nana……ay ay……"

　　「啊呀，讓你這麼麻煩真是辛苦你了，小叔……唉呀……」烏巴赫看見跟瓦旦最要好的堡耐來了，心一酸，喉嚨像突然被人掐緊似的哽住了，眼眶立刻充滿淚水。

　　"nway la,irah! teta ini k'uiy la."

　　「就讓他去吧，嫂子！這樣他就不會再辛苦了。」堡耐說。想起丈夫這幾年住院打針吃藥，整天咳嗽氣喘連呼吸都那麼困難，過得的確很辛苦，她抹抹眼淚緩緩的點頭，走回女兒身邊。男人們坐下來聊著瓦旦生前過往的事蹟。堡耐說了很多有關他跟瓦旦一起上山狩獵，以及他們被日軍徵召到南洋當兵的種種。說到瓦旦令人懷念的行為，"aw wah~~"「是啊～～」、"aw~balay ay~~"「是啊～～真的是這樣啊～～」此起彼落的回應著，大家都很認真的回憶著瓦旦生前種種，語氣對往生者充滿了依依不捨之情。有時候說著說著忍不住熱淚盈眶差點哽咽；有時候說到了有趣的地方，四個男人則完全不避諱是在守靈而哈哈大笑，彷彿瓦旦就坐在他們中間一起談笑似的。

　　"motux na squliq ru m'tayal balay na squliq uzi wah, yutas su qani ga yama."

　　「你這個岳父可是一位勇敢的人，可說是一位真正的泰雅人啊！女婿。」堡耐跟瓦旦的女婿說，這也是對瓦旦的兒子們說的。

　　「真正的泰雅人」必須是勇敢、正直、有禮、做人處事符合泰雅族的 gaga（規矩、習俗、自然規律、祭典……之總稱）

的人。在泰雅族的社會，「勇敢」是每個男人一生追求的重要價值之一，也可以說是首要追求的目標，「'Tayal balay」（真正的泰雅人）則是對泰雅族人的最高評價，堡耐這句話，是對堂哥也是朋友的瓦旦，做了最後的蓋棺論定。

巴尚告訴叔叔，他們決定明天就把父親葬下。會由他和弟弟、妹婿，以及堂哥一起把葬禮完成，請叔叔放心。堡耐聽了，轉過頭往瓦旦的方向看過去，緩緩點著頭，卻久久沒有轉回來，緊抿著嘴，喉頭一上一下的吞嚥，似乎正努力忍著就要掉下來的眼淚。

屋裡的煤氣燈又加了一次油，女人們移到雅悠的竹床上，或躺或坐的擠在一起說話，有人體力不支的就躺下來睡一下，大家輪流睡睡醒醒的，屋裡總是有人清醒著。

夜風輕拂，山澗潺潺，屋外充滿了蟲鳴蛙叫聲，貓頭鷹坐在樹林深處「嗚嗚……嗚嗚……」用低沉的嗓音自言自語著。夜晚的山林自有她異於白晝的喧嘩，薄薄的月光靜靜灑在斯卡路部落的山頭。

屋裡人們的談話聲漸漸小聲，有一搭沒一搭的聊著，"pqutay misu cikay ha ama,"

「我請問你一下，女婿，」堡耐問，

"baqun su Utaw kahul Pyasan?"

「你知道復興鄉的伍道嗎？」

"Utaw ciyux maki te inu?"

「住在哪裡的伍道？」威浪問。

"ciyux saku maki sa Kapazang ma,Tapas qu yaya nya,mqbaq sami sa byoing hori i mnwah saku mita lkWatan qa."

「他說他住在角板山，他的母親叫做姐巴絲，我們是在埔

里的醫院認識的，就是我去探望這個瓦旦的時候啊！」他轉過頭往瓦旦躺著的床上看了看，提到他很自然，就像他只是在睡覺一樣。只是在稱呼上，已經由「瓦旦」（Watan）改成了「勒葛瓦旦」（lkWatan），這是泰雅族對過世的人尊敬之意，只要提到已經過世的人，一定會他的名字加上前綴詞。

"han，baqun maku la,Utaw ‧ Tasaw son su ga?"

「喔！我知道了，你說的是伍道‧達少是嗎？」他點了點頭。"wayal tmwang sa Sanmin go te Takaw la."

「他已經『加入』高雄的三民鄉去了。」

"aw ga,wah cingay rhyan nha Sanmin go ma."

「是啊！他請我下去，說三民鄉有很多土地啊！」堡耐說，"cingay ini nha pnyangiy rhyan sqasa ma ru,aki saku musa mnayang sqasa ga."

「他說有很多土地沒有被開墾，所以我想要去那裡開墾。」

"maki balay wayal Takaw qalang myan ay,"

「我們部落確實有些人到高雄去了，」女婿說，

"sazing ini cyugal kawas la,bokusi nha glen maras ma."

「大概是兩年或三年了，說是他們的牧師帶領大家過去的。」

"ini baqi ciyux may nanu qyanux nha la,"

「不知道他們生活過得如何」他皺了皺眉頭，

"ima say su si hmut kmal ki tas,pnongan mu Utaw qasa hya mga,msyaw cikay na squliq ma wah,"

「請別認為我是在胡說啊，岳父，我聽說那個伍道，他是一個說話比較誇張的人，」女婿說。

"ana ga bali maku kinbaq qu Utaw qasa,pnung maku kmal

yanay mu ciyux sa Kapanzang qasa."

「當然我不是很認識那個伍道，我是聽我住在角板山的那個妹婿說的。」

"aw yan nasa ga，"

「原來是那樣啊，」堡耐點了點頭，

"ana ga,kmal qu yaba maku maha,cingay balay Tayal wal tmwang sa Sanmin go qasa ma, boksi nha mnaras ma."

「但是，我的父親說了，真的是有很多泰雅族人『加入』了三民鄉，是他們的牧師帶他們一起去的。」

"Namasya son na Tayal nha qasa ma,qu Sanmin go mga."

「據說，他們那裡的原住民，稱那個三民鄉叫做那瑪夏。」堡耐說。於是，他們聊起了遷居到三民鄉的族人，原來兩、三年前已經有不少的泰雅族人南下開墾，有桃園復興鄉的，還有一些烏來的泰雅族人也搬了過去。

泰雅族群與自己居住的山川林地之間，自有人類與大自然和平共處的 gaga。 人類從山林土地擷取養分以滋養生命，絕對不會將土地山林的壽命窮枯耗竭；不論是人口的密度，或是墾植的方式與程度，是有其自然的規範的。一塊土地的種植使用，通常不會超過三年，平均兩年就會離開墾地，讓土地休息。離開之前人們會在那塊地裡種植赤楊木（iboh）以使土地休養生息。赤楊木可以適應任何貧脊的環境而生長，它的樹幹可以砍下來種香菇，也可以用來搭蓋建築物。最重要的是，赤楊木是一種非常好的土地改良者，寄生在它根部的根瘤菌能吸收空氣中的氮氣，有固氮作用可以改善土壤的品質。當然，泰雅族的祖先大概不會知道「根瘤菌」或是「氮氣」，人們在使用過的土地上種植赤楊木的習慣，是經過一代一代與大自然共

同生活所得到的經驗。

　　一個部落的活動範圍之內，如果人口密度過高，那麼，墾植和狩獵的活動就一定會受到影響。這個時候，族裡的 mrhuw（意見領袖）和 bnkis（長老）就會提出應該有一些人離開部落，出去開拓新住居的建議。如果是這樣的原因，那麼，遷徙的距離、人口數和規模就會比較大。從古流傳至今的「qwas na Tayal」（泰雅族的歌）裡，對於泰雅族為疏散人口、開拓新疆域而遷徙的歷史，從發源地 sbayan（今南投縣仁愛鄉的發祥部落）開始，直到如今泰雅族的生活領域分布台灣中北部山區，以及歷代以來最重要的大型遷徙開拓史有非常詳細的敘述。

　　當然，大型的遷徙並不會經常會發生，因為一般泰雅族男人到深山狩獵的同時，他也會順便尋覓好的土地，適合居住的地方，如果找到了，也會和家族以及與自己志同道合的鄰居一起遷過去開墾，像這樣小規模的遷徙是比較常有的事情。泰雅族人取得新墾地是有一定的 gaga 要遵循，最重要的原則是絕不可以侵占人家「已經」或「預定」開墾的土地，那在泰雅族社會是很嚴重的事，輕一點的就要舉行正式的和解儀式，殺豬賠罪歸還土地使用權，嚴重的話甚至會引起一場流血戰爭。

　　在找到了一塊心儀的土地時，找到土地的人一定會先爬到地勢較高山嶺、稜線或足以眺望整座墾地的大樹上，朝墾地四周仔細的觀察瞭望，看看有沒有人煙的蹤跡。泰雅族人認為煙火不斷是吉利的象徵，所以在工地工作之前很習慣在工地旁先燃燒煙火，人們認為煙火除了可以驅邪也是向上天祝禱工作順利的意思。如果沒有看到煙火，他就會在土地四周走走，觀察有沒有人在這裡做了「預定」的記號，如果沒有記號，他就可以安心的在這塊地周圍作記號來「預定」這塊墾地了。墾地的

記號通常是在墾地旁的大樹幹明顯的地方用力砍下巴掌大的痕跡；或者砍一段樹枝幹，將它橫架在另一棵樹幹上呈十字型綁牢，砍下的樹枝幹朝著新墾地的方向指去，就像是箭頭指示的樣子。也有人會在墾地周圍用芒草的葉子打上一個大大的草結，每隔一百公尺左右就做上一個這樣的草結；若是在河川邊的土地，就會用三、五個大石塊相疊作記號。這些記號在泰雅族生活的山林領域裡是經常可以看見的，人們都知道這是記號也會遵守規則不去侵占人家的土地，這就是泰雅族取得新墾地的 gaga。

也許是泰雅族人勇於獨自開拓的性格，或是墾植方式的生活習慣使然，在台灣原住民族群當中，泰雅族群活動的傳統領域是最為廣闊的一群。南自南投 sbayan，北到台北烏來，在雪山山脈與中央山脈中部以北的中高海拔兩側，都有泰雅族群的生活領域。

"obeh tmasoq mhetay Hayung la,"

「哈勇快退伍了，」堡耐說，"mwah ngasal Hayung lru masoq sami kmloh pagay lga,musa sami lama Takaw ki Hayung la."

「等哈勇回家，然後我們在稻子收割完之後，我和哈勇就要先去高雄了。」

"aba,musa ta Takaw la?"

「爸爸，我們要去高雄了嗎？」伊凡本來靠著竹牆閉目養神，打著瞌睡的，突然醒來聽見父親說南下高雄，搞不清楚什麼狀況，嚇了一跳。

"sami ki Hayung nanak,kaki sqani kwara mamu hya ha,"

「只有我和哈勇去，你們全部都先留在這裡，」堡耐說，"say myan mita ha,maha blaq ki'an lga,tpucing mwah simu hya la."

「我們先去看看，如果那裡很好居住的話，你們隨後才過來。」

"ima mamu smoya musa ga,nanu hata uzi."

「你們有誰想去的話，一起去吧！」他看看其他人。

"aki aw balay ga,mama."

「如果可以話那還真好啊，叔叔。」父親剛過世，巴尙聽到他最喜歡的叔叔也打算要南下，感到無比失落，口氣沮喪極了。

"nway,haku lama kun hya,teta may nanu ha."

「沒關係，我先去，看看情況怎樣再說吧！」叔叔對巴尙點了點頭。

「啪啪啪……喔喔……喔……」凌晨，天光微亮，雞舍裡的公雞就醒來拍拍翅膀，高聲的啼叫。

"a……nyux klpaw la,hala sami la."

「啊！黎明時分了，我們先回去了。」堡耐起身準備回家，伊凡也站起來揉著眼睛，伸伸懶腰。

"mhway simu la, nana."

「謝謝你們了，小叔。」烏巴赫從雅悠房間走出來，眼睛浮腫著。

"baha su skal qa la,ktay nanu qu baqun maku sraw ga,qeri kmal." 「妳何必說這種話啊，以後你有什麼需要我幫忙的，盡量說。」烏巴赫點了點頭。

「喔喔……喔……」「喔喔喔……」公雞第二次啼叫，不遠處鄰居家的公雞也高聲應和著。東邊的山頭漸漸亮起來，堡耐和伊凡踩著草上的露珠返回家去。快到家的時候，兩人從清澈的小山溝裡捧起山泉水，洗洗臉、漱漱口，冷冽的泉水將一晚

沒睡的倦意一掃而空。

「汪……汪……汪……」狗兒早就聽到主人回來，從山路上跑了下來。「咿……咿……汪汪……」兩隻大狗搖搖尾巴，跟在牠們後面的是伊凡那隻黑色的 kuro，看到他回來，拚命擠進兩隻大狗中間，往伊凡身上跳、跳、跳。

出發

九月，楓葉轉紅的秋季，部落的農忙時期剛過。傍晚，阿慕依從屋後的斜坡走下來，手上提的竹籃裡裝滿了剛從坡上大岩石收下來的小白菜，最近 tbhi Tayal（泰雅白菜）大收成，就把多出來的白菜拿來做成酸菜。大岩石座落在屋子不遠處的斜坡上，就像饅頭形狀的小山，岩石表面很平滑，他們會把小米束、稻穀、或是需要曝曬的蔬菜，像是白菜、高麗菜、蘿蔔、地瓜籤……拿到岩石上曝曬。

"a……aya……u……agay wah……u……"

「啊……媽……嗚……好痛喔……嗚……」阿慕依還沒到家就聽到女兒的哭聲，"hmswa la?hmswa……"

「怎麼了？怎麼了……」阿慕依趕緊小跑步過去。

「嗚……嗚……」比黛一把鼻涕一把眼淚的哭著，還用雙手摀著嘴。

"nanu sngilis su?ha?"

「你為什麼哭？啊？」媽媽把竹籃放下，脫下左手的袖套，疊成一塊手帕幫女兒把滿頭的大汗給擦乾，正要幫她擦臉的時候，比黛卻轉過頭去不肯讓媽媽擦，"m……mxan……u……"

「嗯……很痛……嗚……」邊哭著雙手還是摀著嘴不放。

"inu mxan?ktay ta……ktay ta……"

「哪裡在痛？我們看看……我們看看……」媽媽把她轉過來，把摀著嘴的雙手扳開。

「哇！」阿慕依嚇了一跳，隨後卻又忍不住笑了起來，因為比黛的下嘴唇又紅又腫，像要翻過來似的，這時的比黛嘴唇厚厚的，看起來很像非洲的小黑人。

"swa mha sqani prahum su?nanu wal kmat isu?"

「你的嘴唇怎麼變成這樣呢？是什麼咬了你？」阿慕依忍住笑，關心的問女兒。

"u……bera……bera cyux maki sa qhoniq lapaw……"

「嗚……蜜蜂……在櫻花樹上的蜜蜂……」她皺起眉頭告蜜蜂的狀，哭聲漸漸平息了。原來比黛爬到櫻花樹上去玩耍，這時候的櫻花樹果實掉落的、被鳥吃的差不多了，樹上的果實已經剩下零零星星一點點，綠葉已經長滿櫻花樹梢，這些晚熟殘存在樹上還沒掉落的果實都躲在綠葉底下，因為是最後的果實，所以每一顆都由紅色轉成熟透的紫黑色，吃起來特別甜。比黛就爬到樹上很認真的尋找採食櫻花果，她看見較遠處的枝頭上有一團紫黑色的果實，高興的伸手把樹枝拉近身邊，嘴巴直接靠近那團黑色的果實，張開嘴將果實送進嘴裡，大口咬下去，突然「啊！」嘴唇像火燒一樣猛的刺痛一下，她痛得放開樹枝差點從樹上摔落下來，原來那團果實裡面竟然有隻正在吸食果汁的蜜蜂，是比黛一口把蜜蜂和果實一起塞進嘴裡去了，蜜蜂本能的螫了她的嘴唇。

"wiy wiy……ima nyux mngilis qani?"

「咦……咦……這到底是誰在哭呀？」鄰居瓦夏揹著滿滿一背簍的柴薪，從山上工作完正要回家，特別繞過來找阿慕依，卻聽見小孩子在哭的聲音。

"Pitay mu,nyux katun bera prahom nya,"

「是我的比黛啦，她的嘴唇被蜜蜂叮了，所以在哭。」阿

慕依笑著把比黛被叮的過程告訴她，她也咯咯笑了起來。對於住在山上的原住民來說，被蜜蜂或毛蟲之類的小昆蟲叮咬，實在不算是什麼大不了事情，就算不擦藥，過幾天自己也會好起來。比黛被叮咬的過程實在太滑稽了，兩個大人忍不住想大笑，又看到哭得一臉淚水的比黛抽噎的皺著眉頭委屈的看著她們，只好強忍笑意。

"han~yannasa ga,talagay yaqih bera qasa,nway,katun su nya lga,iyat pqyanux uzi la,baha hmswa purung betaq nya lga,phoqil uzi lru.Laxi ngilis lki."

「喔～原來是這樣的啊，這麼壞的蜜蜂，沒關係，它咬了你之後它自己也不能繼續活下去了，因為它的刺會斷掉，它也會死了。不要哭了喔！」瓦夏伯母摸摸比黛的頭，安慰她。小比黛聽說咬她的蜜蜂也有報應，心理平衡許多，吸了吸鼻子，睜大眼睛對瓦夏伯母點點頭。

"ana ga,baha ini betaq bera li lxun su m'ubus nyux iniqbaq ryax maniq lpi? inblequn mita nanak uzi ki."

「話說回來，蜜蜂怎麼不會咬你呢？它正吃得渾然忘我的時候，卻被你一口含進嘴裡了呀。不是嗎？自己也應該要仔細看清楚啊！」瓦夏伯母還是幫蜜蜂做了平衡的結論，也教小孩子要注意看清楚，比黛點了點頭，追著小黑狗 kuro 跑去玩了。

"nbah su mwah pi syq?"

「怎麼這麼難得你會來呀？夏。」阿慕依問，"ta nyux pingyan mu tbihi Tayal,agal cikay sey qmamas ma?"

「你看這裡有我剛曬完的白菜，你拿一點回去做酸菜好嗎？」說著從竹籃裡抓了一大把菜要拿給瓦夏。

"ay ay laxiy saku biqi tbihi,pyux balay tbihi maku ini suqi maniq la,qmasun maku uzi la."

「啊呀，不要送我白菜了，我自己有好多白菜吃不完了，我也要拿去做酸菜了。」她說。

"wah cisal ngasal gbyan suxan kwara mamu ki muy,"

「明天晚上你們全家都過來坐坐啊，慕依。」她說，"mosa mhetay Yupas mu kaxa lru, hata smgagay Yupas .bali cyux nanu ga, kal nana ru yutas wah kwara mamu balay ki."

「我的尤帕斯後天就要去當兵了，我們幫他送行，實在沒有準備什麼東西，但是請轉告姊夫（堡耐）和爺爺（雷撒），你們全部都一定要過來啊。」阿慕依答應隔天一定去送行，兩人便各自回家。

這一天，瓦夏跟大媳婦從中午就開始忙著準備晚上的筵席。她們蒸了一大木桶的糯米，還有鹹鯖魚，殺了幾隻土雞，又特別從穀倉裡拿出了醃肉、小米酒出來，兩個女人在廚房洗洗切切，忙得不亦樂乎。

尤帕斯下午就早早從山上的田園回家幫忙，趁著幫媽媽下山去買醬油和砂糖的機會，繞到吉娃絲的家。

"yaki,wah cisanl ngasal gbyan maha yaya mu,"

「奶奶，我母親請您晚上來家裡坐坐，」吉娃絲的奶奶正在家裡織布，"musa saku mhetay suxan la."

「我明天就要去當兵了。」尤帕斯邊說邊往屋裡屋外打量一番，看看吉娃絲會不會突然現身。

"ay~Yupas, iyat saku qbaq musa kun hya,cingay yaw maku ngsal na."

「啊～尤帕斯，我恐怕是不能去的，我在家裡有好多事情

要忙呢。」奶奶停下織布的手，抬頭看了看尤帕斯，

"kyalaw mu mama su Yukan,kya yaw niya ga hala gbyan."

「我會跟你的尤幹叔叔說，如果他晚上有空的話就會過去的。」

說完從頭到腳打量著尤帕斯，"wa, talagay kinzinga su krahu lpi,Pas.iyat kbsyaq lga pagal su kneril la."

「哇，你怎麼一下子就長得那麼大了，帕斯，過不了多久你就可以娶老婆了哩！」奶奶笑著說。尤帕斯心中正想著吉娃絲，突然聽到奶奶提到他的婚姻大事，心頭像被撞了一下，被人窺探了心事似的，使他手足無措的傻傻的笑了起來，奶奶則是低下了頭繼續左手、右手穿來穿去的在織布器上織布。

"a……aki,ungat ngasal Ciwas?"

「呃……奶奶，吉娃絲不在家嗎？」他看屋裡外都沒有吉娃絲的蹤影，奶奶很認真的計算著織布機上的彩色麻線，用挑

泰雅族織布的老奶奶

織棒小心的挑起算好的彩線，好像打算永無止境的織下去的樣子，尤帕斯只好鼓起勇氣直接問。

"a……Ciwas ga?wayal mqbaq smaqis lukus gako,ini usa sswe su hya pi?mwah gbyan hya la."

「啊……吉娃斯是嗎？她去學校的裁縫班學裁縫了，你妹妹沒有去嗎？她要到傍晚才會回來了。」奶奶停下手中的織棒，抬起頭意味深長的看著尤帕斯說。

"ini usa sswe mu hya,"

「我妹妹沒有去，」知道吉娃絲也在山下，尤帕斯興奮得想趕快飛奔下山。

"kya cikay yaw maku na wah,haku lki ki,sgaya ta la."

「我還有一些事要辦，奶奶再見了喔！」他邊說邊急著往屋外走去。

"aw~aw,thohuway musa,klokah nanak lki,Pas."

「好～好～慢走，自己保重了啊，帕斯。」奶奶說。

一離開老奶奶的視線，尤帕斯就像脫了韁的野馬，飛快往山下衝去。到了小店買完調味料，就直接跑到學校，找到了學洋裁的教室，教室裡有鎮上來的平地人老師正在教女孩子們基本剪裁。附近部落的年輕女孩幾乎都來到這裡學習，除了吉娃絲之外，也包括瓦旦家的雅悠、和那位很會唱歌的大姊姊，尤帕斯心裡急著想見吉娃絲又怕被其他女孩子笑，不知該怎麼辦。他隔著操場在室教對面的跑道上走來走去，一下子走到操場邊的樹下坐著，一下站起來在樹籬邊走一走，就是不知道要怎樣把吉娃絲叫出來。

教室裡的女孩們，有的正在報紙上用彎彎的裁縫尺畫曲線，有的拿紙在布上用粉塊描模型，動作快的已經在剪布上的

模型了。瑪雅第一個發現了尤帕斯，趕快跑到吉娃絲身邊告訴她：「喂！喂！喂！有人來找妳了。」指了指窗戶外面，小聲的跟吉娃絲說，「你看那邊，樹下啊！」用眼睛瞄了一下操場對面的尤帕斯。

「他又不是在找我，」吉娃絲心裡是甜甜的，又怕被大家看到會笑她，「喔！他來這裡做什麼呀？」

「老師，我和吉娃絲去上一下廁所喔！」瑪雅舉手跟老師說，「好！要快點回來唷！今天的進度有點慢了。」老師說完低下頭繼續幫學員修改模型的曲線。

"nanu nyux mamu skal?"

「你們在說什麼？」雅悠看見兩個朋友拉拉扯扯鬼鬼祟祟的，也跑過來湊熱鬧。

「沒有啊！」吉娃絲說。「喔！沒有……沒有什麼啊！我們去上廁所一下。」瑪雅拉了吉娃絲的手就往教室外面跑，「那我也要去，等等我啊。」雅悠追了出去。

一出教室，就看見尤帕斯已經從操場對面走過來了，「喔～～原來有人在這裡唷？」雅悠看著吉娃絲說，吉娃絲的臉一下子紅到了耳根。

「你們在學裁縫喔？」尤帕斯跟大家打招呼，「我明天就要去當兵了，要兩年以後才退伍。」他雖然是跟大家說，但主要還是在告訴吉娃絲。

「喔～明天就要走了啊？」瑪雅提高了聲音，「雅悠我們先去上廁所吧！給人家說話啦！」她一把拉著雅悠就往廁所方向跑了，留下兩個人站在原地有點尷尬，於是他們往遊樂場的方向移動。

「我明天就要走了，我是來跟你說請你自己要多多保重

啦！」尤帕斯說。

「呃……那……你也要自己保重啊！」吉娃絲覺得喉嚨突然一緊，想鎮定的說話聲音卻變得很小。說完這句話之後，就突然安靜下來，兩人都不知道接下來該說什麼。

「呃……呃……這個給你。」尤帕斯從口袋裡拿出一張紅色的鈔票遞給吉娃絲，「啊？這個我不能拿，」她搖搖雙手，「你帶去吧！你自己在外面會需要用到。」

「沒關係，我 yaya（媽媽）給我很多，當兵用不到什麼錢啦！」他抓起吉娃絲的手把紙鈔塞進去。冷不妨被尤帕斯粗糙厚實的手掌抓住，吉娃絲頓時感到天旋地轉似的醺醺然。兩人並沒有特別準備要送對方什麼東西，就是身邊剛好有的，直接拿來送給對方了。手帕是女孩子隨身都會攜帶的，而尤帕斯給吉娃絲的則是一張十元鈔票，對於住在山上沒有收入的少女來說，十元無異鉅款一筆，可以買非常多東西了。（尤帕斯去當兵以後，吉娃絲用這十元去買布料，一呎的花布才一元五角，她買了四呎，在洋裁班幫自己縫了一條花裙子。）

「那……這個……給你。」她從裙子口袋裡掏出了一條水藍色的印花手帕送給尤帕斯，「給你擦汗。」薄薄一條方巾，哪裡夠一個出操的阿兵哥擦汗，她自己也笑了起來。尤帕斯接過手帕，小心翼翼的摺好放進口袋，隱約還聞到手帕傳來一抹幽香，「我只要兩年就回來了。」他再說一次，吉娃絲點了點頭。

「講完了沒啊？」雅悠遠遠的走過來，邊走邊叫，瑪雅站在遠處跟他們揮了揮手，「噓……」吉娃絲怕被教室裡的老師和學員聽到，緊張的用食指豎在嘴唇邊示意雅悠不要張揚。

「那你去上課吧！我先回家去了。」尤帕斯很怕雅悠要糗他們，跟大家揮了揮手，轉身就跑。

晚上，阿慕依和堡耐一起去幫尤帕斯餞行。雷撒爺爺沒有去，小比黛因爲嘴唇還沒消腫，就留在家看爺爺用麻繩編織網袋，爺孫兩人點著煤氣燈，圍坐在廚房爐灶前，爺爺把火炭從灶坑裡鏟出來堆在地上，拿了幾個小地瓜給比黛，讓她埋在火炭裡面烤地瓜，比黛就邊烤著地瓜邊看爺爺編織網袋。

　　今晚雷幸家顯得很熱鬧，附近的鄰居親友來了不少人，在勞動的日子，很少有機會這麼多親友聚在一起，大家都很高興。他們用竹杯斟滿了酒，在酒喝之前每個人一定會用指頭在杯子裡沾酒往地上灑，這是讓過世的祖先先品嚐的意思。不只是喝酒，人們在吃肉之前，也一定會先捏下一小塊肉往外面丟。泰雅族人認爲，過世的人已經變成靈，靈對於食物的需要是跟人不一樣的，祂們只要用聞的就會飽了。

　　瓦夏釀的酒味道香醇甘美，尤帕斯被大家輪流敬酒，每個人都給他鼓勵，祝福他順利，"klokah nanak lki." 「自己多保重了啊。」、"inblaq mlahang hi su nanak ki." 「你要好好照顧自己的身體啊。」、"masoq su mhetay lga,p'agal su kneril la." 「你當完了兵，就可以娶老婆啦！」…………。

　　"ay,laxi sihmut mita kneril hogal ay."

　　「啊，不要隨便看上外面的女孩子喔！」雷幸喝得有點醉意，睜著大眼睛跟兒子說，"cyux misu slagu qutux blaq na kneril,masoq su mhetay lga,say ta smyay la,baqun su ga?"

　　「我已經幫你『預留』了一個很好的女孩子，等你當兵回來之後，我們就去提親，知道嗎？」他拍拍兒子的肩膀，很認真的告訴尤帕斯。

　　"aw!" 「好！」尤帕斯回答，但心中狐疑著父親說的那位好女孩到底是誰？不管了，反正離退伍還早，暫時就不必煩惱

了。夜深了，人們便告別尤帕斯，一個一個點著火把回家去了。尤帕斯在第二天清晨就出發到鄉公所去報到，和其他的役男一起下山，開始了他兩年的當兵生活。

十一月，山上的天氣變冷了，院子前的山櫻花葉子全部都落光了，樹上一片葉子都沒有，變成光有枝幹光禿禿的一棵樹。堡耐找了幾天的農閒，一大清早就帶著獵狗莎韻上山去狩獵，這次他要睡在山上三、四天後才回來。在外島服役的哈勇也該在這幾天退伍回家了，堡耐這次上山，也許就是想給回家的兒子打打牙祭。

"obeh mwah ngasal Hayung lay,tayta nanu s'aras su nya ki."

「哈勇快要回來了喔，我們看看他會幫你帶什麼東西呢？」媽媽告訴小比黛說二哥就要回來了，

"balay?knwan mwah Hayung?knwan mwah?……"

「真的嗎？哈勇什麼時候回來呢？什麼時候呀？」小比黛開心的驚聲尖呼，手舞足蹈不斷問媽媽二哥幾時會回來。

"kmal tegami nya hya ga.tehok zik sazing cyugal bingi qani la."

「他信上說的，大概就是這兩、三天就會回到家了。」媽媽說。

因為部落每戶人家之間相隔太遠，郵差很難一一送達，所以，信件都集中放在山下小店。哈勇偶爾會寫信跟父親報平安，他會用他那破破爛爛的日文寫給爸爸，而堡耐則是用「日語中文」回信給兒子。堡耐是個非常好學的人，他會把兒子寫的日文信用紅筆修改錯誤，連同自己寫的信寄回給兒子。哈勇也應父親的要求，把堡耐寫的中文信用紅筆圈出錯誤，改成正確的字寄還父親。這樣的信件往返了三年，堡耐和哈勇各自的

中文和日文都進步許多，修改的部分愈來愈少了。

　　這天傍晚，阿慕依照例在廚房忙進忙出的準備晚餐，爺爺提了木桶到屋邊的山澗洗冷水澡去了。小比黛拿著自己做的小花竹籃蹲在屋後採摘滿地開花的四角銅鐘花，又叫做「倒地蜈蚣」的四角銅鐘，她把一朵朵像小風鈴的紫色花朵裝滿了小花籃，還不斷忙碌的採著。

　　「汪汪汪……嗯……汪汪……嗯嗯……」小 kuro 突然大聲的吼了起來，應該是有人來了，這吼聲非常生氣，聽起來已經要上前攻擊來者。「吼……汪汪汪……吼……吼……」尤命低沉的吼聲也突然加入。尤命原本跟著雷撒爺爺到溪澗，爺爺洗澡的時候，他就喜歡跑進旁邊的竹林去玩耍，追逐小動物。尤命遠遠聽見 kuro 的叫聲，立刻從竹林竄了出來，直接抄直線往家的方向，箭一樣激射出去，"na~nu cyux su hbyagun yumin?"「你在追什～麼呀？」雷撒聽到狗兒的吼聲不尋常，從小水潭中站了起來，邊在身上抹肥皂邊問狗兒。當然，他說話的時候，尤命早就轉過一個彎不見狗影了。

　　快到家時，牠看見有個人正伸手對 kuro 作攻擊挑釁的動作，那人黑亮的皮膚長得孔武粗壯，嘴裡還發出「喝……喝……」的聲音，kuro 有所忌憚，往後退了幾步，但還是不停的狂吼。「吼……」尤命生氣的怒吼飛奔過來，當牠準備跳起來攻擊的時候。

　　「尤命！」那人開口叫了牠一聲，「嗯……」狗兒剎時停止攻擊，停了兩秒鐘，「咿……咿……」牠高興的狂搖尾巴，突然開心的往來者身上跳。Kuro 見情勢逆轉，莫名其妙的只好在一旁「嗯……嗯……汪……嗯……」的低吼著。

　　"ima qani hya la ？"

「這個是誰了呀？」阿慕依聽見狗兒狂吼，立刻把正在往滾燙的飯鍋裡切塊的地瓜和菜刀放在一邊，洗了洗手，一邊在圍裙上擦乾一邊走出來查看。

　　"ay ay,Hayung,nyux su lga?talagay su mqalux pyanga su ltxun na yumin la.ha ha ha……"

　　「啊呀！啊呀！哈勇，你回來了呀？你看你變得那麼黑，難怪尤命要吼你了，哈哈哈……」看見兒子回來，阿慕依高興得大笑起來。

　　"aya,nyux su lokah ga ya?"「媽，你還好吧媽媽？」哈勇看到三年不見的母親依然健康如昔，心裡很高興。

　　"Pitay、Pi~tay,nhay wah,ktay ima nyux ngasal la?"

　　「比黛、比～黛，快來，看是誰回家了？」媽媽往屋後喊著，把料理台上的地瓜拿起來，又繼續把地瓜一塊一塊切進飯鍋裡，哈勇跟進廚房，蹲在灶前整一整灶裡的柴火。

　　小比黛聽見狗兒在叫，又聽到媽媽叫她，停止摘花提了花籃從外面跑進屋裡，"aya……nanu sa……a？a……"「媽媽……什麼事……啊？啊……」她看到蹲在灶前的壯漢，陌生感多於熟悉，畢竟哈勇三年前離家當兵時，比黛才快要兩足歲。

　　"Pitay,isu Pitay lga? talagay rngu su krahu la?"

　　「比黛，你就是比黛了嗎？你怎麼長得這麼大了？」哈勇站起來低頭看這個小妹妹，她頭上編兩條辮子，手上提了一籃野花，不敢相信這就是當年小小的說話都說不清楚的小比黛。

　　"wiy……zingyan su qsuyan su Hayung lga?"

　　「咦……你忘了你的哥哥哈勇了是嗎？」阿慕依跟比黛說，

　　"baha nya ini zingiy lpi, yung,cikuy kya na i mmosa su mhetay gaw."

「她怎麼能不忘記呀，勇，當你要離開去當兵的時候，她還很小哩！」媽媽跟兒子說。

"nanu qani qu qsuyan su Hayung ga, tay,baqun su lga?"

「這個就是你的哥哥哈勇啦！黛，你知道了嗎？」跟女兒說。比黛抬頭看了看這個「好大好黑」的哥哥，雖然她還有比哈勇更「大」的大哥達路，但因為從小這個大哥就一直在身邊，所以不會感覺有什麼奇怪，二哥哈勇卻只是常聽到家人提起他，在記憶中的影像卻是很模糊，真實的人赫然出現，總是很難跟心中的印象做連結，

"ktay kya nanu cyux s'aras na qsuyan su?"

「去看看你哥哥幫你帶了什麼東西？」媽媽說。

「走，我幫你買了一個洋娃娃喔！」哈勇帶妹妹到大廳去，把背包打開來，拿出一個漂亮的洋娃娃，那是他在新竹火車站附近買的，是個藍眼金髮穿了粉紅色碎花洋裝的娃娃，她躺下來時，捲長睫毛的藍眼睛會閉起來，站直的時候眼睛又會張開，娃娃用透明玻璃紙包起來，還附送一把小梳子。

「哇……好……漂亮的洋娃娃喔！」比黛從來沒有看過這麼精緻的娃娃，頓時眼睛跟嘴巴都張得大大的，幾乎不能呼吸了。父母偶爾帶她下山到小鎮去的時候，鎮上賣的娃娃也只是一種塑膠製成的，全身包括頭髮都一體成型的娃娃。即使是那樣的娃娃，父母也沒有幫他買過，她第一次看到的時候就想要了，可是媽媽說，"hmit balay qasa hya,birun ta lga ungat pila ta mazi kwara nniqun ta la."

「那個是非常貴的，我們買了那個就會沒有錢買所有我們要吃的東西了。」比黛怕家裡沒錢，也就不敢吵著要娃娃了。

在家裡跟大哥的孩子在一起玩的時候，他們都拿枕頭或是小板凳當成小娃娃，抱著搖或是揹在背上用藤蔓綁起來，學大人揹孩子的樣子。

「洋娃娃送給妳，妳可以幫她梳頭髮喔！」哈勇把娃娃遞給妹妹，比黛接過娃娃，整個人興奮得都快飛了起來，高興得只會傻笑了，「yaba（爸爸）和 yutas（爺爺）去哪裡？」哈勇問。

「yaba 帶撒韻去山上打獵，yutas 去河邊洗澡。」比黛連著透明塑膠袋一起抱著娃娃，捨不得拆開來。

"ima cyux pltxun yumin soni maha saku,aw isu sa ga, yung."

「我在想剛才是誰被尤命吼的，原來是你啊，勇。」爺爺提了木桶進門就看見孫子回來了。

"yutas,nyux su mima qsya ltu na?talagay kinlokah su ga, tas."

「爺爺，您還在洗冷水澡啊？您是多麼健壯啊，爺爺。」哈勇接過爺爺的木桶，小比黛立刻過去把木桶搶下來，幫忙拿到外面小廚房旁的洗澡間裡放好。

"wah maniq mami lo!"「來吃飯囉！」阿慕依在廚房叫大家一起吃晚餐了。她特別從穀倉裡拿出醃肉給兒子加菜，哈勇吃到想念很久的家鄉傳統食物，覺得美味異常，媽媽不斷幫他夾醃肉，叫他多吃一點。哈勇跟他們分享當兵的甘苦，哈勇是在金門當蛙人，訓練的時候非常嚴格，還好他原本就有強健的體魄，再艱困的訓練也難不倒他，小比黛聽到哥哥這麼厲害，就更崇拜他了。

爺爺把堡耐計畫到高雄三民鄉去開墾的事情告訴哈勇，哈勇很願意跟父親南下。當兵之前，哈勇對於山上的工作已經很熟悉了，狩獵技巧也很純熟，他的個性率真，有話直說，

做事乾淨俐落，跟媽媽一樣。不過他年輕氣盛，脾氣比較暴躁，在做追獵的時候，一定要比別人快，當他追趕獵物時，總是不顧一切的非要追上不可。堡耐常常要提醒他，"yasan la Hayung,baliy su hozil."

「夠了哈勇，你又不是獵狗。」而他還是不放棄的勇往直前，非要追到不可。父親總是一再告訴他，

"iyat siga galun ta kwara qsinuw hya,kya ruma ga si posiy ha,baha blaq magal ta mxal hya lpi?"

「並不是所有的野獸都一定非要拿下不可，有時候也要先放過牠一下，萬一自己受傷了會比較好嗎？」長輩在山上狩獵都有自己的一套獵人哲學，人類跟獵物的公平競爭，在條件不利的時候不必強求，也是狩獵的一種態度。不過，像哈勇這種勇往直前，無所畏懼的個性倒是很適合出外去冒險的，父親計畫帶他南下開拓正適合他的個性。

堡耐帶了撒韻到山上去狩獵，他們從家裡往西南方向出發，爬了好幾座山，中午時分就已經到了苗栗縣泰安鄉境內。以政府劃分的區域這個獵場位於新竹縣和苗栗縣的交界，但以泰雅族人的眼光來看，這些劃分是沒有意義的，族人世代都以所居住的部落為核心，四周附近的幾十座山頭都是屬於族人的活動範圍。所以，就拿斯卡路部落來說，族人除了下山到竹東鎮上買日用品之外，也常會走獵徑下山到苗栗去買刀具或工作用的器具。因為部落連接苗栗泰安鄉，也跟新竹尖石鄉為鄰，所以這些部落的泰雅族人都會互相往來，也互相通婚而成為姻親。

堡耐找了一個適合搭營的地點，把身上揹的獵具和食物放下，很快就搭了一個暫時棲身的小獵寮，他從附近搬了四塊大

石頭，一塊比較扁平的，當成凳子，三塊大小差不多的，三足鼎立的做了一個簡單的石灶，以備晚上回來煮食之用，

"yaqani hngawan ta la."

「這裡就是我們休息的地方了。」他跟撒韻說，狗兒搖搖尾巴回應他。堡耐把阿慕依幫他準備的食物放進被壓得凹凹凸凸的舊鋁鍋，吊掛在獵寮的屋頂上，那是一小袋白米、一包鹽、蒸熟的小米加糯米、和油煎鹹鯖魚，他從附近收集了一些柴薪，堆放在屋裡。

"hata la yun!"「走吧，韻！」堡耐揹起獵具往山上走。撒韻撞了他一下，迅速超過主人往草叢裡鑽，一下子就不見了。這次不是典型的追獵，真正的追獵通常是幾個人一起，帶著幾隻甚至十幾隻獵狗，合作追捕獵物。這次主要是用裝設陷阱的方式，所以堡耐只帶細心又聰明的撒韻陪他上山。

「汪汪……」沒多久就聽見撒韻的叫聲，聽起來並不是很急，堡耐知道那是指示的叫聲，他快步尋去，看見撒韻用鼻子往地上嗅，嗅一嗅又叫幾聲。堡耐也看見了，草叢裡是一條獸徑，看腳印應該是果子狸的路。撒韻看見主人過來，又叫了幾聲才讓開，在一旁看主人在獸徑上裝設陷阱，沒等堡耐做完，撒韻又往林子裡跑了。就這樣，他們下午合作裝了十幾個陷阱。

天快黑了，堡耐準備回營休息，突然聽到撒韻在樹林深處狂吠，而且邊吠邊追，堡耐立刻往牠的方向跑過去，當他快要到達的時候，聽見撒韻齜牙咧嘴的低吼聲，堡耐小心翼翼的往牠的方向接近，「吼……嗯……嗯……」撒韻短促的吼了一聲，同時伴隨著「吱……嘎……吱吱吱……」鼠類慘叫的聲音，就看見撒韻一邊低吼一邊咬著還在掙扎的 qoli busus（高

山腹鼠），往堡耐跑過來，期間還一度把獵物甩下來，往牠脖子再咬一次，高山腹鼠斷氣不再掙扎，牠剛好跑到主人身邊，喘著氣搖尾巴。

"m ……nanu baq su balay,"「嗯……那麼你還真是不錯，」堡耐微笑稱讚撒韻，"ita,nbuaw ta ayang gbyan qani hya la."「拿來，這個就讓我們當成晚餐的湯了。」伸手從撒韻嘴裡把獵物拿出來，撒韻乖乖把沾著鮮血的嘴張開，搖著尾巴開心的笑著。

獵寮離這裡已經很遠，他們便加快腳步一點都不耽擱的往獵寮走，只有在半路順便採了幾支 tana（刺蔥）的嫩葉，要當成煮湯的佐料。經過一處山坳時，堡耐用竹筒裝了兩筒地底冒出來的山泉水，背回營地飲用。

回到獵寮時，天色已經暗了，堡耐把鋁鍋從屋頂取下來，將竹筒內的泉水注入鍋中，把鍋子跨在石灶上擺好，然後生火。他把網袋裡的 qoli busus 拿出來在火上烤，毛烤焦了就用竹片刮乾淨，剖開肚子清理內臟、切塊、下鍋……一貫作業，熟練而快速。當然，火烤的時候一定不忘將鼠尾巴和腳扭斷給撒韻吃。

才一下子，烤過的鼠肉便在鍋子裡滾了起來，肉香陣陣傳來，撒韻忍不住吞了吞口水，肉熟了堡耐就把刺蔥丟入鍋裡抓一把鹽灑進去，刺蔥的香味加上肉香，更讓人垂涎欲滴。他把布巾打開，拿出用野生香蕉葉包裹的小米糯米飯，拿了兩塊油煎鹹鯖魚，直接用手抓起來吃。他抓下一把糯米飯給撒韻，把魚骨和肉骨連鼠頭都拿給撒韻吃。以在山上狩獵來說，有肉有魚的晚餐簡直是太豐盛了，狗兒和主人都吃得飽飽的。

堡耐用竹子搭建的獵寮一邊靠著山壁，兩邊用連枝帶葉的

樹枝圍起來當牆，屋頂則用芒草覆蓋起來。晚秋的山林，夜晚是非常寒冷的，還好堡耐準備的柴薪很足夠，不必擔心灶裡的柴火熄滅。吃飽之後，整理了一下明天要用的獵具，就坐在灶邊的石凳上烤火，撒韻挨著主人坐下來。獵寮外山林的夜晚世界熱鬧開場，草叢裡的蟲鳴，樹林深處夜行動物的叫聲，冷風從遠處呼呼吹過樹林，枯樹枝偶爾斷落下來，發出了「喀啦……喀啦……」的聲音……撒韻兩隻豎立的耳朵警戒的動來動去。

"nway,hngawa ta la."

「沒關係，我們休息了吧！」堡耐叫狗兒不要管外面的閒事。於是撒韻乖乖的蜷在主人腳邊閉上眼睡覺，堡耐往火裡再加了幾根乾木柴之後，自己也用單手支著頭，側身對著火堆打盹。坐著睡覺並不是特別奇怪，泰雅族的男人出外狩獵，都是這樣睡覺的。他們用一邊身體側對著火堆保持溫暖，另外一邊感覺冷的時候，支著頭的手就交換下來，並轉過身換烤另外一邊的身體。所以，泰雅族獵人上山睡在山裡幾天幾夜，不必穿厚重的大衣，也不必揹了一大堆帳棚、睡袋（當然古時候沒有帳棚、睡袋）。既然沒有這些裝備，若偏要躺下來睡覺，高山上寒冷的氣溫，加上從地底往上冒的刺骨寒氣，上下夾擊肯定讓人消受不了。很多人都會用自己換了幾次手，轉了幾次身體來計算大概還離天亮有多久的時間。當然，泰雅族男人坐著睡覺跟他們喜歡蹲著坐的姿勢，還是有他不言而喻的意義，男人認為這樣才是 mlikuy balay（真男人）的表現，雖然日常生活中，大家都是躺著睡覺，也坐在凳子上，但是，只要是很多男人在一起的時候，特別是在狩獵時，誰要是動不動就拿凳子坐，就會被人說是 "yan kneril,siga hng'un thikan qciyen nya." 「像

個女人一樣，一定要把他的屁股沾在椅子上。」畢竟，蹲坐是比較吃力的，必須要有很好的腿力才能久坐不累，當然，還有一個原因是蹲著可以保持最好的機動性，不管是在狩獵、工作、甚至是作戰，蹲的姿勢是隨時可以站起來行動的，這也是一個人勤快的表徵。

山林草叢的露氣漸濃，夜愈來愈深了。堡耐換過三次手，加過一次的柴火，現在睡得正好。撒韻蜷著身體沒有動，但牠卻突然睜開眼睛，耳朵轉過來轉過去，像在注意聽什麼聲音。大約幾秒的時間，撒韻倏地站了起來，迅速往獵寮外衝了出去，牠沒出聲，動作異常敏捷快速，熟睡的主人一點感覺都沒有。

沒多久，「吼……汪汪汪……吼吼……汪……」獵寮外傳來撒韻憤怒的吼聲，「嘶嘶……」、「汪汪……」、「嘶……」、「吼……」……堡耐一聽就知道有狀況，他抽出獵刀，拉出一根燃燒的柴薪，起身衝出獵寮，"ay ay!"「啊呀！」在微弱閃爍的火光裡，只見撒韻嘴裡咬住一條又粗又長的蛇，用力搖動上半身將蛇往地上甩。桂竹粗細的蛇身上黑褐色的菱形斑紋，一看就知道是條毒性超猛的百步蛇。蛇在草叢裡大概是看到屋裡的火光，正要從獵寮簡單的樹枝牆下鑽進來，被狗兒發現了。

撒韻把蛇摔到草叢之後，立刻上前再往蛇身上咬，再甩，鼻中還不斷發出悶吼聲「嗯……嗯……」，撒韻第三次咬住百步蛇往外甩的時候，竟然甩不開了，撒韻拚命搖動牠的頭，上身也往左右拼命擺動，蛇身就是有一頭搖不下來，"mlhitung wah!"「百步蛇啊！」獵人想都不想，上前對準蛇身用力「喀嚓！」一聲，手起刀落，將菱形斑紋的百步蛇一分為二，甩不

下來的那一端，原來是百步蛇正緊緊咬住撒韻黃褐色的肚子，大概是咬得太用力，以致於身體都被砍斷了，毒牙連著上半段依然掛在狗兒身上，堡耐用刀把半條蛇撥掉。「撒韻！」他呼叫狗兒，撒韻輕輕搖了搖尾巴，腳步踉蹌的往前走了兩步，膝蓋一軟，前腳跪了下來。堡耐還刀入鞘，蹲下把狗兒慢慢抱起來，「咿……咿……」這時，撒韻才痛得哭了起來。回到獵寮，主人小心的把狗兒放在火邊，只見撒韻的臉上、肚子上都有明顯的腫脹，黃褐色的毛皮到處是血跡。堡耐輕輕把牠凌亂的毛往後抹順，手掌沾滿了血也不在意。「嗚……咿……」狗兒低聲哭著。

"ay!gaga nya ga yun,si sru cikay ha……"

「唉！這是自然的道理，韻。就忍耐一下吧……」，誰都知道在深山被百步蛇咬傷了，就是無藥可救的命運，堡耐當然也知道。只是，面對多年陪伴自己在各個山頭征戰無數的夥伴即將離去，心中是無限的痛楚與不捨。

"nbuw su qsya?"「你要喝水嗎？」他從牆上把竹筒拿下來，倒了一點水在竹筒蓋裡拿到撒韻嘴邊小心的餵進牠嘴裡，撒韻捧場的伸出舌頭舔了舔，繼續閉上眼睛低低的呻吟著。他把竹筒收起來，坐回狗兒身邊的石凳上，同樣一單手支著頭，側身靠火也閉上了眼睛。其實，他是睡不著的，整夜聽著撒韻輕輕嗚咽著痛苦的呻吟，心中非常不忍。有一次，他甚至握住獵刀刀柄，想乾脆幫狗兒結束這種凌遲，但終究不忍心這樣做。凌晨時分，撒韻全身用力顫抖起來，"hyaq su ga yun?"「你很冷是嗎？韻！」堡耐把外套脫下來，蓋在狗兒身上，牠突起的肚子在外套裡起起伏伏，不知是呼吸急促還是顫抖。

"sazyun,blaq su balay na hozil isu hya."

「撒韻，你是一隻真正的好狗。」堡耐摸摸牠的頭，撒韻連眼睛都沒力氣睜開了，就這樣，他的呻吟聲愈來愈微弱，次數也漸漸少了，直到完全無聲。

天亮的時候，堡耐把外套掀起來一看，撒韻冰冷的蜷在地上，整張臉完全腫得分不出眼睛鼻子嘴巴的線條了，肚子更是脹大了一圈。他穿上外套，把燃燒的柴薪打散弄滅，就在火堆的位置挖了一個坑，把撒韻放進去，找了石版蓋起來，然後用土把牠埋葬在這座臨時的獵寮裡。他到外面把昨夜大戰撒韻的兩段百步蛇撿起來，挖了坑埋在土裡。把蛇埋起來是因為蛇骨是兩排尖尖細細的刺，怕牠屍體腐爛之後，尖刺會刺傷打赤腳的人。特別是毒蛇，人們認為毒蛇連骨頭都是有毒的，被刺傷的人一樣會中毒。

處理完之後，堡耐就把昨天吃剩的食物吃了。撒韻的死讓他改變了這次的狩獵計畫，原本今天還是裝設陷阱為主，三天以後才去查看獵獲的，現在他要直接把昨天的陷阱收下來，準備打道回府了。

離開了獵寮，上山把昨天裝設的陷阱一一拆解下來，十幾個陷阱有七八個裝到了獵物，特別是撒韻找到的獸徑，幾乎都有獵獲，這是很令人意外的豐收，裝設陷阱之後通常要等個三天以上獵人才會去收陷阱，這樣隔天拆陷阱就有這麼多獵獲，堡耐自己也很意外。

堡耐揹著沉重的獵獲和獵具趕回家去，回到家的時候，已經是晚上七、八點鐘，家人都吃飽準備睡覺了。聽見屋外的尤命和 kuro 高興的又叫又跳，正在用竹片編織魚簍的雷撒停下工作，坐在旁邊跟爺爺聊天的哈勇同時站了起來。

「yaba~ 是 yaba 回來囉！」比黛從床上跳下來往屋外跑

去。

"wiy?swa zinga mwah ngasal la?"

「咦？怎麼這麼快就回家了？」雷撒覺得很奇怪，堡耐原本說要去個四、五天的。哈勇也出去迎接父親，進門時，他已經將父親背上的東西接過來扛在肩上。

"wa,Hayung swa su nyux mqalux la?"

「哇，哈勇你怎麼變得這麼黑呀？」堡耐看到兒子回來，變得又黑又壯，有點得意的笑了起來。

「aba，你看 Hayung 買給我的洋娃娃。」小比黛跑進房間抱著娃娃出來給爸爸看。

"aw su maha atu spayat ryax, ini ga magal ryax mwah su rwa? swa su mwah soni qla?"

「你不是說要四、五天之後才回來的嗎？怎麼今天就回來了？」雷撒問。

"wal mhuqil sayun shira, knat mlhitung lru, si ta uwah kira la mha saku."

「昨天半夜，撒韻被百步蛇咬死了，我就想乾脆今天回家算了。」堡耐說完，全場驚愕。

"ay ay……wal mhoqil sazyun la?siqan 'l lpi……"

「啊呀……撒韻已經死了啊？多麼可憐呀……」阿慕依從房間走出來就聽見這消息。「啊呀……aba，撒韻死了嗎？」比黛完全不敢相信，緊緊抱著還包在塑膠袋子裡的洋娃娃，不斷問父親。

"aw baq smhong uzi ga~ hozil, yasa iyat minhngaw smhung ru~ si tehok mskyut insina nya, hazi kmxyalan lga……."

「原來也是會呻吟的啊……狗，牠一直呻吟直到斷氣為止

哩，大概是牠太痛了啊……」堡耐苦笑著，故作輕鬆的說，男
人們在這個時候是絕對不會表現自己內心的感情的，但他整夜
陪伴狗兒聽著牠的呻吟直到斷氣，卻很明顯的說明了他對狗兒
的感情。

"hya ga,lokah balay mqenah ru lhbaw balay hi nya,sazyun
qasa."

「牠啊，跑起來很快又跳得高，牠的身體很輕盈啊，撒
韻。」雷撒笑了笑，右手在胸前比了一個狗兒跳過障礙的姿
勢，談論著過世的狗兒像在緬懷一個朋友。"aw wah!"「是
啊！」在場的人都點頭認同。

"Hayung, hali mita tegami snatu ni Utaw kya syubay suxan
hki! maha su baqun ga, aki blaq si su usa mita kya soni ha."

「哈勇，你明天到山下小店去看看有沒有伍道寄來的信，
如果早知道，你今天就可以先繞過去看看了。」父親對哈勇
說。

"musa su hogal lga,ziboq cikay si usa n'os maziy qeyqaya
Sinkina lru."

「既然你要下山，不如就早一點出發，順便到竹東去買點
東西吧。」阿慕依說。

第二天，天還沒亮哈勇就揹了兩張鹿皮和鹿骨，點著火把
出發下山去了。山上最近沒有在砍伐竹木，所以也沒有卡車上
山。畢竟是年輕力壯又剛退伍的他，步行的速度非常快，還沒
到中午就已經到了鎮上。他把鹿皮、鹿骨拿到老彭的雜貨店
去，老彭看到哈勇，覺得這年輕人很面熟：「唔～你是不是堡
耐子啊？」老彭說起國語，整張嘴像是剛吃完生柿子似的澀巴
巴的，有著非常濃郁的客家腔，「就那個五峰那裡的堡耐啊！」

「對啦！我爸爸說這個拿來賣給你就對了，因為你的價錢很公道啦！」當兵三年，除了來自四面八方的弟兄，營裡很多外省老士官長也是南腔北調的，雖然是鄉音無改的泰雅口音跟隨著，但哈勇倒是學了不少標準國語的口氣。

「老朋友咩！我當然會給你一個好價錢。」老彭打開鹿皮拿了皮尺量一量，又拿出鹿骨仔細端詳後，裝在布袋裡勾在秤子一端秤了起來，他把秤鉈在畫有刻度的秤桿上移過來移過去，秤鉈這端往上翹得老高，鹿骨這邊垂到快掉下來了。

「老闆，這個棍子快到打到你的頭了啦！」哈勇指了指往一邊翹的秤桿。

「呃……沒有啦……」老彭看了哈勇一眼，他的體格精壯魁武，很像祖父年輕時的模樣，即使不發脾氣看起來都有一股殺氣。老闆趕快把秤鉈往尾端移了一下，秤子才比較平衡了。其實，哈勇不是很在乎那些斤兩的一點點差別，只是他的個性直率是非分明，是個有話直說的人。

拿了賣獸皮、獸骨的錢，哈勇到五金行買了一些小五金，到市場買了幾條鹹鯖魚，和一大包的味噌，還特地幫小妹妹買了好多糖果、餅乾。中午，就在市場附近的麵攤吃麵。山上的人到了鎮上，很喜歡吃客家人煮的麵，有油蔥酥特別的香味，麵上面那兩片薄薄的瘦肉吃起來格外香甜，誰要是到鎮上沒吃個麵就回去，那他等於是沒有下山了。除了麵，還有豬血湯、貢丸湯，如果再切點豬頭肉、滷味什麼的，那就是非常奢侈的享受了，通常是遇到朋友時「請客」才有的手筆。

吃完午餐，哈勇沒有在鎮上多逗留，立刻啟程趕路回家。除了口渴在路邊停下來喝山水之外，他一路上也沒有歇息。經過山下小店時，他走進去，「唔～～哈勇，你退伍了喔？這裡

有你爸爸的信喔！」小店老闆阿明看到哈勇就立刻把信從櫃檯桌上拿給他。「這裡還有一封是你們部落的，你要不要順便帶上去？」阿明又拿了另外一封信，哈勇看是吉娃絲的就一起拿了。

阿明是客家人，從他父親的時代就到山上來開店了。一開始，客家人是來到山上開墾種田的，也種經濟作物賣錢。他們有些土地是自行開墾而來，有的是跟原住民租地，他們會把坡地墾成梯田種植水稻。

山上對外的交通不便，日常用品取得不易，後來，阿明的父親就在這裡開了一個小店，專賣一些以食物為主的日常所需的物品給原住民，就是一些調味料、罐頭、糖果、餅乾、菸酒、蠟燭、火柴之類的小東西。因為這些貨物都是以人工揹上山的，所以比山下的價錢還要貴個幾成。因此，部落的人除非不得已才跟他買，如果下山到鎮上去，就一定會在鎮上多採買一些日用品回來，就像出國的人會在免稅商店採購免稅商品一樣。

拿了信，哈勇繼續趕路回家，順便又繞到吉娃絲家拿信給她，這是一封「金門郵政……信箱」的信，當然就是尤帕斯寫給她的。吉娃絲剛好不在家，奶奶正在準備晚餐，哈勇把信交給奶奶，又把網袋裡買給妹妹的餅乾拿出來送給了她之後才離開。

畢竟年輕人體力了得，天還沒黑，哈勇就快到家了。他走著走著，忽然聽見父親在跟他說話。

"Hayung,nyux su rasun tegami Utaw lga?"

「哈勇，你把伍道的信帶回來了嗎？」就像是在附近用平常的聲音講話。

"aw la."

「是啊。」哈勇邊回答邊轉頭找父親，奇怪的是，他竟然沒有看到堡耐在哪裡？

"Hayung,nyux su rasun tegami Utaw lga?"

「哈勇，你把伍道的信帶回來了嗎？」父親提高聲音又問。

"aw la."

「是啊。」哈勇又回答。

"Hayung,nyux su rasun tegami Utaw lga son misu."

「哈勇，我是在問你說，你把伍道的信帶回來了沒有啊？」父親又再提高聲音問他。哈勇往聲音的來處找，終於看到了，堡耐是在隔著山溝的對面的山上跟他說話，距離那麼遙遠，遠得只看到父親穿著褐色上衣，看不清他的五官了，難怪他聽不見哈勇的回答。問題是，這麼遠的距離，父親卻像在跟身邊的人說話一般一點都不必用力喊就很清楚的聽到父親的問話，哈勇也搞不清楚，父親到底是因為「內力深厚」，還是剛好知道怎樣利用山谷的回音，可以這麼輕易把聲音傳到這麼遠的距離。

伍道的信裡說他在十二月十號那天要下山到甲仙去，就跟堡耐約在那一天中午在甲仙的客運站見面。

明天就是十二月九號了，吃過晚餐之後堡耐跟父親一起整理 rahaw（捕松鼠用）以及 tlnga（捕竹雞用）……等獵具的繩索，哈勇也坐在一旁幫忙。媽媽到屋後洗澡去了，小比黛把木凳搬到爸爸身邊坐著，她抱著心愛的娃娃靠在父親身旁，用小梳子幫娃娃梳頭髮，小耳朵卻注意聽大人在說什麼。

屋外寒風颳得屋頂「嘎啦嘎啦」響，煤油燈裡的火焰一閃

一閃的跳動著。哈勇把廚房灶裡燒剩下的的火炭用竹夾子夾進火炭爐中提到屋子中央。一大一小的兩隻黑狗蜷著身體窩在主人腳邊，肚子一上一下的起伏很安穩的呼吸，看起來非常舒服的睡覺。

雷撒停下手邊的工作，把菸斗從嘴裡拿出來，一縷輕煙隨著他的話語緩緩的從嘴裡吐出來。

"inblaq musa mtzyuwaw Sanmin go qasa,klhangay simuna utux kayal ru kinbkesan ta ita Tayal,laxiy lnglungiy kwara sami hya,baha nanu lungung qu nyux maki sa qalang nanak hya lpi?"

「你好好的去三民鄉工作吧！天上的神和泰雅族的祖靈會照顧你們的，你不必為我們大家擔心，對於住在自己的家鄉的人，還有什麼好擔心的呢？」雷撒雖然是七十幾歲的人，說起話來卻還是中氣十足，安靜的空氣中似乎還有他說話嗡嗡的共振。

"masoq sami mnayang ki Hayung lga,wahay simu magal la."

「等我跟哈勇開墾完成之後，我就回來帶你們一起下去住了。」堡耐希望穩定下來之後，就要把家人接過去住。小比黛已經撐不住自己的眼睛，打起瞌睡來了，剛好阿慕伊洗完澡，過來把女兒抱回床上去睡了。

"ay,nway knan hya,smoya suku maki sqani kun,"

「哎，我倒是沒關係的，我喜歡住在這裡，」雷撒把菸斗從嘴裡拿出來，眼睛往房間方向看。

"yaqu ina ki laqi qu son, tmasuq simu mnayang lga, wahiy magal lru, aras maki kya te ki simu qasa la."

「主要是媳婦和你的孩子們，你們在農地開墾完成的時候就該回來把他們一起接到那裡去啊！」他說。

雷撒爺爺共有四個兒子一個女兒，堡耐是他最小的兒子，妻子秀荷（Syoh）在世的時候最疼愛這個么兒，所以一直跟他住在一起，雷撒其他的兒子們也都住在部落附近，足以照顧父親了，何況他雖然七十幾歲了，身體還是非常硬朗。

　　"zingiyay su musa magal tryung lnagu maku lki, ba."

　　「您別忘了去把我『等待著』的那個虎頭蜂巢給拿下來啊，爸！」堡耐突然想起他在夏天發現的那個虎頭蜂巢。

　　"aras magal uzi Pasang,sinnwalan maku maha rasaw misu magal uzi."

　　「您也帶巴尚一起去拿吧，我答應過也帶他一起去的。」堡耐把蜂巢的位置告訴父親，提到這件事就讓他想起了過世的堂哥瓦旦，心裡一陣悲傷。

　　"mwah mhngaw ngasal Iban lga, rasaw maku magal kwara nha."

　　「等伊凡放假回家我帶他們兩個都去。」雷撒說。

　　夜深了，哈勇把火炭爐加滿了木炭，拿 zyup（竹製的火吹管）把火吹大一點，大家就分頭回房間睡了。

　　隔天一大清早，堡耐和哈勇一人一個揹網，阿慕依幫他們準備了鹹魚飯糰、簡單的衣物，以及隨身佩帶的獵刀出發了。雷撒右耳上插著竹菸斗，雙手抱胸目送他們。剛起床的小比黛頭髮還亂七八糟的，她左手牽著媽媽右手抱著她的金髮娃娃，依依不捨的跟爸爸和哥哥說再見，「aba，你下次回來要買糖果給我吃喔！」比黛把頭往一邊偏，很撒嬌的跟父親說。

　　「好！我們會買很多糖給你吃，」哈勇拍了拍妹妹的頭。

　　"pung ke na yaya ru yutas ki."

　　「你要好好聽媽媽和爺爺的話喔。」堡耐交代女兒要聽話，

說完揮了揮手就轉身離開了。

　　兩隻黑狗跟在他們後面，走到了山路轉彎處還繼續跟著。

　　"yasa la!usa mlahang ngasal simu hya."

　　「夠了！你們是要回去照顧家的。」堡耐回頭跟牠們說。

　　"usa la!"

　　「回去了！」哈勇用手往山上比了一下，兩隻狗才停了下來，兩雙眼睛看起來很無奈的樣子，就這樣站在路上看著他們兩父子走下山，直到兩人身影消失在山路盡頭。

初到那瑪夏部落

　　兩父子步行下山，今天早上算是比較晚啓程，但他們腳程非常快速，不到中午也就到了竹東小鎮。兩人是打著赤腳走路下山的，平常到鎮上大家還是打著赤腳的，但這次畢竟是要遠行，快到鎮上的時候，他們就在路旁水溝把腳洗洗乾淨，從揹網把鞋子拿出來穿上，堡耐只有這麼一雙黑色膠鞋，哈勇則是穿著當兵時的軍用皮鞋。從小習慣打著赤腳走路的兩人，即使哈勇當兵三年都穿鞋子，但他不管怎樣還是習慣打著赤腳走路，在爬坡的時候尤其是沒有路的山林草叢爬坡的時候，腳趾頭還可以幫忙抓地有平衡穩定的作用，所以泰雅族人的腳拇指特別大，整個腳板寬寬大大的，這樣的腳型穿起鞋子來就很不舒服。

　　兩人在客運車站附近吃了麵，就搭車到新竹，從新竹搭了普通列車南下高雄。冒著黑煙的柴油列車走走停停，他們對於車上那位提著大茶壺倒茶的服務生特別佩服，大茶壺裡面是熱滾滾的開水，壺身用厚厚的布包起來隔熱，那服務生就一手提了茶壺，一手從客人座位的茶杯架上拿起有蓋的茶杯，杯裡已經有一包茶包，他用手指掀開杯蓋準確的注入八分滿的熱開水，蓋上蓋子放回杯架上，熟練的動作完全是一貫作業沒有差錯的。

　　"wa,ima nanak qba nya qasa hya la,aki maku wal suqun tmakus kwara nyux mtama qani kun hya lwah."

　　「哇，誰能像他那個手一樣啊，要是我的話，大概已經把

這些坐著的人全部都燙傷了。」堡耐笑著跟兒子說。

"aw ga,iyat saku qbaq yan hya knan hya lwah,baq balay hya hya la."

「是啊，我是沒有辦法像他那樣的，他真的是很厲害了。」哈勇看著服務生的背影說。

車行到了嘉義時，天已經黑了，兩父子在車上把阿慕依準備的鹹魚和糯米拿出來，配著火車上的熱茶水吃了起來，他們沒有用筷子，直接用手抓著糯米飯糰吃的樣子，讓車上其他的客人感到很好奇，但又看到他們配著「蕃刀」加上深邃的雙眼、黝黑的皮膚、高挺的鼻梁和明顯的五官，就知道他們是「山地人」，一般平地人對於「山地人」並不是很了解，印象中會跟「野蠻」、「未開化」……聯想在一起，所以乘客好奇也只敢偷偷瞄一下，沒有人敢正眼瞧他們。

當火車終於搖到高雄火車站的時候，已經是晚上九點多，往甲仙的客運末班車早已開走了，兩人就在火車站的椅子上坐著睡覺。當然，對他們來說，在車站睡覺比起在山上的獵寮睡覺可舒服多了。

兩人睡到凌晨天微亮就起來了，到廁所洗把臉，沖下來的水都變成黑色的，才知道兩人臉上都沾了一層黑煤煙，昨天搭了整天的柴油車，當列車進入隧道時，冒出的黑煙從窗外飄進車裡，把臉都染黑了。洗完臉，哈勇跟父親說，

"rasaw misu maniq 油條 ru 豆漿 na theluw ba."

「爸，我帶您去吃外省人的油條和豆漿。」哈勇在外島當兵三年，已經算是見過世面的人了，知道要帶父親吃一點不一樣的食物。兩人找了一家豆漿店點了兩套燒餅油條，各一碗熱豆漿。

"nanu blaq niqun nniqun na theluw qani."

「果然這外省人的食物還眞好吃啊。」堡耐吃完抹了抹嘴稱
讚，這是他第一次吃到豆漿油條，他以前下山只會去吃麵，沒
有注意過其他的食物。

兩人吃飽了就到客運站去等車，他們起得太早，等了很久
才終於搭上第一班開往甲仙的客運車，老舊的汽車一路搖搖晃
晃，從市區出發越開越偏僻，經過了一些不知名的小村莊，終
於開到了甲仙小鎮，這時也已經快十點了。兩父子下車之後也
不敢走遠，就在客運站附近走走看看，這甲仙小鎮跟家鄉山下
的竹東小鎮比起來似乎小了一點，商店街短短的幾條交錯，一
下子就全逛完了。不過，他們也注意到了鎮上麻雀雖小，五臟
俱全，日常生活所需的貨物，鎮上都買得到。

快到中午的時候，伍道就出現在車站了。

"mama Bawnay,kya simu bsyaq mnaga la.ini sluwi na ga
milaw saku pnilaw ru yani maku na qani."

「堡耐叔叔，你們大概等很久了。我凌晨點著火把開始
走，直到現在才到啊！」伍道遠遠走來就大聲招呼著。堡耐介
紹哈勇和伍道認識之後，三人就在鎮上的麵店吃午餐。他們邊
吃邊聊，堡耐把瓦旦過世的消息告訴了伍道。

"blaq na squliq wah,mama Watan qasa."

「是個非常好的人啊，那個瓦旦叔叔。」伍道覺得很惋惜，
他說他的岳母妲芭絲還在醫院。

吃完麵雙方都搶著要請客付賬，拉扯之間，哈勇一下就把
伍道給擋開了，讓他感受到哈勇強壯的臂力非同小可，當然這
一餐就由哈勇成功付帳。

伍道先到打鐵店去拿他的鋤頭，因爲墾地不小心鋤斷了一

角，所以送來修理，他很快的去買了一些日用品之後，大約下午兩點就往山上出發了。

　　雖然是寒冷的冬天，但腳上的鞋子還是讓堡耐父子非常不舒服，於是把腳上的鞋子都脫了下來裝進揹網，三人便各自揹著揹網走。

　　"qenah yaqih mkangi mkyamil hya wah."
　　「穿著鞋子走路反而不好走。」堡耐說。

　　"aw ay!kun uzi,ini saku kbaq mkangi mkyamin saku hya la,"
　　「是啊！我也是這樣，穿著鞋子就不會走路啦！」伍道說。

　　他們離開甲仙小鎮沒多久就開始上坡，山路彎彎曲曲綿延不斷，點綴著幾戶人家，伍道說那是卡哈滋（閩南人）的房子，在新竹山上是比較少看見閩南人的，靠近山區的漢人大多數是客家人。

　　爬到山頂之後，就開始下坡往下走，來到山下就是一個比較平緩的小聚落。

　　"Syawring son nha sqani hya."
　　「這個地方人們稱作小林。」伍道說。

　　"kmukan nyux maki sqani hya ga?"
　　「這裡住著的是客家人嗎？」哈勇問。

　　"iyat pemukan kwara ay,kahat nyux maki sqani hya,"
　　「不全是客家人，這裡住的是閩南人，」伍道回答。

　　"ana ga,baq kmyap qulih ru musa smi t'tu uzi,ru mqumah qmayah uzi,ki'a Tayal na kahat hazi wah."
　　「不過，他們會抓魚、會放陷阱，也會做山上的工作，大概是閩南人的『泰雅』吧？」。

泰雅族自稱「Atayal」其實就是「人」的意思，後來泰雅族人說「Tayal」就泛指「原住民」，例如說到阿美族，人們會說他是「Tayal na Karingko」（花蓮的泰雅）就是「花蓮的原住民」的意思。

　　走過了小林村落繼續往北走，又是一座一座山路的攀爬，三人身強體壯，偶爾喝點山泉水，很少休息。兩個年輕人看起來有點較勁的意味，哈勇腳程最快，總是比其他兩人快個一、兩百公尺的距離，伍道有時候追上去，沒多久又會落後回到堡耐這裡。正值壯年的堡耐走得雖然比兒子稍微慢一點，但也一直保持平穩的速度一點都看不出累，即使正在爬陡坡，呼吸平穩一點都不喘，就像走在平坦的路上正常的說話，爬山對他們來說是很習慣的，畢竟，在自己的部落也是靠雙腳當交通工具的。

　　三人往山上又走了好久，左右兩邊都是綿延不斷的高山，他們一下子沿著河谷走，一下子又上山腰往上爬，從甲仙經過小林之後已經走了快五個小時，太陽慢慢往西偏。在天將暗的時候，他們正好走到一處四、五間房舍的小聚落，其中有一間小雜貨店，老闆是個退伍的外省人，他來自湖南，但對原住民來說都是「squliq minkahul suruw silung」（來自大海背後的人）。

　　小店的老闆姓王，大家都叫他「老王」。老王單身沒有結婚，來到這偏遠的深山開小店賣一些日常用品，他在小店旁邊弄了一個菜園種一些蔬菜。三人在小雜貨店歇歇腳，吃了一些從甲仙買來的碗粿當晚餐，也拿了一個碗粿給老王，吃完晚餐，老王給他們點了火把三人繼續趕路。

　　天暗，夜路本來就難走，而這條山路因人煙稀少，幾天沒有人走過，路邊雜草往往立刻往路中央長，所以更難走了，這

時三人腳程也比白天慢了下來。到達伍道山上的家時，將近十點鐘，伍道家的三隻狗兒聽見主人回來又吠又高興得搖尾巴，原本已經睡著的妻子早已被狗兒的叫聲吵醒，她把屋裡的蠟燭點燃，出來幫他們開門。

"tama cikay ha mama,Wagi maku qa hya."

「叔叔先坐一下吧，這是我的瓦郁，」伍道說。

"nanu hya qu son misu maha mama Bawnay ru, laqi nya Hayung qani hya."

「他就是我跟你說過的堡耐叔叔，這是他的兒子哈勇。」伍道跟妻子說。

瓦郁是個內向的女人，很小聲的叫了一聲，

"mama Bawnay,"

「堡耐叔叔，」打了招呼之後，就忙著收拾先生揹回來的物品。伍道安排了他們睡覺的地方，他們洗了洗腳就去睡了。

伍道的房子是木頭樑柱和芒草牆搭建起來的，長型的房子沒有隔間，進門整間屋子就一覽無遺，前面是客廳兼餐廳的大空間，矮木桌靠在房屋進門第一根豎樑柱旁邊，四周散著小木凳。大廳左邊是放工具的地方，右邊是廚房。堡耐很驚訝他們還在用三塊石頭的石灶煮飯，照明也只用蠟燭而沒有煤油燈。大廳往裡看就是整間屋子的床，ㄇ字型的大統鋪，在微弱的燭光之下，可以看見床上拉過來掛過去的簡陋布幔當成隔間，每一間都橫七八豎的睡著人。

"usa m'abi sqasa simu hya,mama."

「叔叔，你們在那邊睡。」伍道指了靠右邊牆的角落，那裡也用繩子圍起來披上一塊花布，父子倆就鑽進去躺在裡面。走了一整天的山路還真的疲倦了，不管身邊有多少此起彼落的酣

聲，躺上床沒有一下子兩人便沉沉睡去。

　　三年前，伍道跟隨家鄉的牧師搬到三民鄉，當時從復興鄉一起南下的有六、七戶大約四十個人。他們透過基督長老教會的協助，來到了三民鄉。當時在三民鄉民權村的長老教會裡面，牧師宣布了有一批「搭呀魯」（泰雅族）人要搬到這裡，請教友每個家庭幫助收留一家「搭呀魯」的人暫時居住。教友幾乎都是布農族人，沒有人聽過「搭呀魯」族，牧師也簡單的介紹泰雅族給他們認識，特別提到泰雅族有文面的習俗，請不要驚訝，教友們都很熱心並願意接納寄住的泰雅族人。

　　當老老少少一整批「搭呀魯」人爬上山來的時候，一些長輩臉上的文面卻還是嚇到了三民鄉的小孩子。有一個孩子看到臉上畫了線條的泰雅族人，本來走在路上的他，就直接跳到路旁的草叢躲起來，雙手蒙著頭等這批人通過之後才站起來跑回家，回到家告訴大人自己看到的，大人告訴他說那就是牧師提

我和文面的外婆

過的「搭呀魯」人。

「啊？搭呀魯是 paqpaq（鬼）嗎？」小孩子問。大人就好好跟孩子解釋說那是文面，是「搭呀魯」的習俗，不要害怕。後來在教會常常看到文面的泰雅族人，大家就慢慢習慣了。這批南下的泰雅族人到後來有的找到新墾地，有的是布農族教友送土地，於是大約一年左右，大家幾乎都有了自己的土地，搬出接待家庭自己獨立生活。

伍道剛來的時候跟妻子以及四個兒女寄住在布農族教友的家裡。一年半之後大女兒嫁給了教會裡認識的布農族教友，兩人結婚以後，伍道就搬過來跟女婿和親家住在一起。布農族人跟泰雅族比較不同的地方，似乎他們喜歡一大家族人住在一起，即使另外蓋房子也會蓋在旁邊，這樣比較熱鬧也可以互相照應。伍道的親家有四個兒子兩個女兒共六個子女，伍道的女婿是最小的兒子。所以，這一家除了親家夫婦、伍道夫婦之外、親家的三兒子夫妻和一個未婚的妹妹也住在這裡，總之這間屋子爺爺、奶奶、親家、女婿、兒子、孫子……住了一大家子人，非常熱鬧。每次吃飯不管是地瓜、芋頭，還是木薯、小米，總是要煮上一大鍋才夠吃，還好做農的人家，人口多就表示工作的人手也多，大家分工合作也不擔心餓肚子。

伍道的布農親家夫妻人很好，妻子也很老實，他們對堡耐父子非常客氣，雙方完全靠日語加手語溝通。親家告訴堡耐說最早來到三民鄉的是南鄒「卡那卡那富」群的人，這裡在日據時代叫做「瑪雅峻」，光復以後改成「瑪雅鄉」後來又改成「三民鄉」。

「這地方的名字改來改去的真是奇怪，」親家說，「其實，當初鄒族人稱這裡是『那瑪夏』，他們把山谷這條楠梓仙溪稱

為『那瑪夏』啊！」他說他的祖父是從隔壁的桃源鄉遷過來的。據說這裡曾經發生瘟疫，原先住在這裡的鄒族人折損了大半，使這裡一下子變得地廣人稀，布農族人在狩獵的時候發現這裡的土地很不錯，就成群結隊的遷移過來。原本居住在這裡的鄒族人耕種狩獵，不管是土地或是獵物，只取足夠生活的就好，對於其他人要來開墾土地，他們是並不排斥，反而認為有人願意遷過來居住比較熱鬧。

堡耐住下來之後，每天跟大家一起上山工作。這裡的土地土質不錯，但箭竹、芒草、雜木也很茂盛，墾植不易。當時，台灣南部山上的生活不論是物質條件還是人們對現代社會的知識水平，比起北部還是相差一大截的。堡耐可以很清楚的感覺到這裡的人對他這位來自北部的「搭呀魯」有一種特別的敬意，因為他們都用日語作溝通，有一些人會把他當成日本人一樣，遠遠走來就對他彎腰九十度鞠躬說：「歐嗨優～～」（日語：早安）。

一天過一天，堡耐慢慢的觀察到伍道不是他自己口中說的那樣，其實，他並沒有「很多土地」，所有的土地都是他女婿和親家的。在跟布農親家接觸當中，才了解原來當初伍道跟親家說堡耐父子是要來這裡幫忙工作的。這跟他當初的認知相差太大了。即使如此，堡耐依然勉勵兒子要忍耐，兩人默默努力的工作，等待可以改變的機會。

跟親家一家人愈來愈熟之後，堡耐發現伍道似乎心虛的愈來愈疏遠他，好像一直在逃避他。這時候雖有被欺騙的感覺，但想起自己的初衷，以及父親妻小的祝福與期待，便沉默不說，每天只是努力的工作、工作、工作，希望找到自己獨立的機會。

"hminas e'l qani hya la,say maku kmal Utaw."

「這實在太過分了，我去跟伍道說清楚。」哈勇三番兩次想直接找伍道談清楚，卻都被堡耐阻止下來。哈勇在金門是海軍陸戰隊的蛙人，個性剛烈耿直，嫉惡如仇，但對父親是非常順從，從來不敢違逆，這是堡耐家族對待長輩一貫的態度。

射下雄鷹

半年過去了，布農族跟泰雅族一樣，也會在做山、農忙的時候用換工的方式互相幫忙。堡耐父子就隨著親家的安排，幫忙做山或跟別人換工。他們這樣到各處工作，結識了許多布農族的朋友，其中阿浪（Alang）跟他最投緣，是工作和狩獵的好搭檔。

有一次，大家到比較遠的農地工作，晚上就睡在山上。晚餐後，天色剛暗下來，看見隔著河谷，一隻老鷹棲息在對面樹林一棵大樹上。五、六個男人便起鬨，「誰能射下那隻老鷹？」。在這裡，每個男人都擅長狩獵，也清楚知道自己的能力到哪裡，在那樣的天色、距離、目標，勝算有多少，全了然於心。大家平常雖是互助合作的，但在內心深處卻又有著暗中較勁的心態。要是出聲挑戰，必須是一箭命中才可以，否則，老鷹被驚動就沒有第二次機會了，誰能做到呢？每個人都躍躍欲試，但也不敢輕易出聲，於是，大家都盯著對面的老鷹看，全場卻靜默下來。

「讓我試試看吧！」堡耐率先打破沉默。他跟朋友阿浪借了 soriq（木槍），拿一支 slqiy（多針箭）穿進橡皮木槍管中，走出去面對著河谷站定。大家都跟他走出去觀看，堡耐舉起

槍，瞇起眼睛瞄準那隻幾乎快被夜色淹沒的老鷹，全場肅靜，屏息以待。

堡耐彎起右手食指一扣「碰！」一聲，前端多針的箭「咻～～」強勁筆直的畫過河谷，「啪！」的一聲，同時看見樹上的老鷹飛了起來，「啊！」、「啊呀！」、「飛走了。」……眾人驚嘆惋惜，可是，那鷹揮了兩次翅膀之後卻立刻直直往下掉落谷底而去，眾人的呼聲由惋惜變成了一連串的歡呼讚嘆，「啊！喔～～」、「厲害！厲害！」、「拍拍拍拍……」讚嘆與掌聲響遍整個山谷。這時，天色已經暗了下來，山谷看似近在咫尺，其實真要下去深山谷底可是沒有路的，於是堡耐決定等天亮才下去尋找。

清晨天剛亮，堡耐就獨自走下山谷，尋找那隻老鷹。他往老鷹掉落的地點前進，繞了好一段路終於到達目標附近，他在河谷雜樹草叢間仔細搜尋，終於看見那鷹右翅膀上插著一枝箭，蹲在溪澗旁不遠處草叢裡的石頭上，牠動也不動的像在打瞌睡的樣子。堡耐慢慢繞過草叢，從牠背後輕輕的走過去，走到牠身邊立刻用雙手壓住牠的肩膀，左手迅速抓住牠的雙腳，受傷的老鷹對這突如其來的變化無力反抗，雖是掙扎著想脫身，無奈全身被堡耐強壯的手臂箍得緊緊的，完全動彈不得只好乖乖就範。堡耐把牠抱回營地，這是一隻巨大的雄鷹，翅膀張開來比堡耐身高還長。鷹在山林向來是傲視群雄的猛禽，能夠獵下老鷹是獵人非常驕傲的事。堡耐射下雄鷹這件事，傳遍了山上的部落，特別是阿浪的排灣族朋友，聽了阿浪的話都說：「請把那個叫做堡耐的英雄帶來讓我們看看吧！」

又是黃葉飄落金風颯颯的深秋，一轉眼，堡耐南下已近一

年了。這一年當中，兩父子很認真的在伍道的親家達海家幫忙工作。堡耐蓋房子的技術在家鄉斯卡路就很出名，他趁著農忙空閒之際，也幫忙把達海的房子擴充了兩間睡房，其中一間就是他跟兒子睡。到這時候，父子才終於有了一點點自己的空間。堡耐還把他們的廚房、洗澡間都改善了，整間房子不但變得寬敞明亮，住起來也更舒適了，達海全家都非常感謝他，就連附近的族人看了都對堡耐刮目相看。

這時，雷撒決定獨自南下探視兒子的狀況，他們以書信相約在甲仙鎮上見面。見面的日子到了，哈勇凌晨便啟程下山到甲仙鎮上接祖父。兩人在鎮上吃過午餐就開始上山。雷撒雖然已經七十幾歲，但身體依舊非常硬朗，爬山對他來說也是家常便飯，所以哈勇揹著祖父的行李，兩人爬山的速度就差不多了。

爺爺特別喜歡哈勇這個孫子，因為他健壯的體格和勇猛的性格有自己年輕時的影子。他告訴哈勇，去年底他帶著巴尚和伊凡去摘堡耐說的那個虎頭蜂巢，那蜂巢果然非常巨大。

"kun mnwah mkaraw qhoniq ryungan hya,"

「是我爬上龍眼樹去的，」祖父有點得意的說，

"Iban ki Pasang mpanga muruw puniq ruma hya,"

「伊凡和巴尚兩人扛竹竿推火把燒蜂巢，」

"kya mamu bsyaq lomum rwa? tas."

「你們大概燒了好久啊，爺爺。」哈勇問。

"ini, ini qbsyaq lga suqun myan lmom la,wa,qutux kiri msyaw kinkrahu wah ubu'qasa."

「沒有多久我們就燒完了，哇，足足有一個揹簍多一點那麼大喔！那個蜂巢。」一個揹簍的蜂巢，大概像一個大水缸，

這麼大的虎頭蜂巢他們三個人就搞定，實在很了不起。

　　祖孫兩人中午從甲仙出發，一路上沒有多作停留，當他們走到老王的小店時，堡耐也剛到那裡等著他們一起上山了。

　　"nyux simu lokah ga?nay."

　　「你們都過得好嗎？耐。」父親見面第一句話就問他。這個問話讓堡耐突然不知該從何說起，這段日子，他們每天辛苦的幫人家工作，至今沒有自己的土地，他對伍道即使心中有所不滿，卻還沒有機會跟他好好說清楚。此刻見到父親，心中的不滿卻忍不住發了出來，"tqruw qutux Utaw qasa,ingat rhyan nya sqani,rhyan na yutas nya kwara. mkbrus balay qyaqih qasa wah."

　　「那個伍道是個騙子，他在這裡一點土地都沒有，所有的土地都是他岳父的，那個壞蛋眞是一個大騙子。」他大大的埋怨伍道欺騙了自己。

　　"laxiy hmut kmal ke yaqih na squliq,teta ini kpyut llaqi su krryax."

　　「不要隨便說別人的壞話，這樣你的子孫才永遠不會滅絕。」父親一聽立刻阻止他，堡耐很聽父親的話，馬上閉嘴不說。

　　親家夫妻看到堡耐的父親來訪，很熱情的接待他，他們使用日語溝通，一點都沒有隔閡。反而是伍道見到了雷撒爺爺，心虛得閃閃躲躲的。

　　雷撒看到兒子在異鄉奮鬥，又委屈又辛苦，心中非常不忍，找到機會便試著勸說。

　　"hata ngasal lku?baliy ungat nanak rhyan ta,tnaq mamu sqyanux lga yasa la."

　　「我們乾脆回家去好嗎？我們又不是沒有自己的土地，那

些足夠你們溫飽了。」他拿起不離身的菸斗，點燃菸草抽了起來。

"ini na ha,baha saku mwah kin'alay sqani lpi?"

「暫時先不要吧！我怎麼可以白白來這一趟呢？」堡耐想了想，還是決定繼續留下來，請父親再給自己一點時間。

"nanu pwah ina ki Pitay l'i pkaki su sqani lpi."

「既然你要留在這裡，那就讓伊娜（媳婦）和比黛一起過來住吧。」雷撒緩緩吐了一口煙說。父親見兒子心意堅定，不勉強他回去，建議他們一家人應該要住在一起。

雷撒在達海家住了幾天便準備北上返家。當他要回家的前一天，到附近的山上裝了一個 mrusa（陷阱），隔天清晨上山巡視成果，竟然揹回來一隻山羌，他把山羌交給伍道的岳母之後，便告別下山返回家鄉去了。

攤牌

　　雷撒回去之後，把堡耐在三民鄉的狀況大略告訴媳婦，

"kinnita maku ga,blaq balay na rhyan qu Sanmin go qasa hya,"

　　「依我看，那個三民鄉的土地非常好啊，」

"cingay balay qbsinuw nya uzi，"

　　「那裡的野獸也很多」，雷撒也把他在三民鄉獵到山羌的事告訴阿慕依。

"ana lingay ngasal ga ciriq para uzi.ha ha ha……"

　　「就在住家附近也可以抓到山羌。」自己想一想也覺得野獸就在住家附近生活，實在太不可思議，忍不住含著菸斗「呵呵呵……」笑了起來。

　　不久，阿慕依就帶著小比黛南下，她是一個勤快的女人，即使是寄住在達海住處，因為她能幹又聰明的特質，沒多久就成為家中婦女的主導人物。不管是菜園的栽種，縫紉的女紅，廚房的烹煮手藝，都令附近的婦女佩服不已，很喜歡來向這個「搭呀魯」女人請教。

　　阿慕依常會製作一些點心、甜食給孩子們吃，她會用地瓜做炸薯球、甜甜圈，或用舂得細細的糯米粉蒸熟之後，裹入自製的甜紅豆沙餡，製成紅豆丸子，這是她年輕時在日本老師家幫傭的時候，日本師母教她做的。阿慕依製作的點心對於完全沒有零食的孩子來說，無異是人間第一美味，只要阿慕依開始製作甜點，所有的孩子都圍在她周圍，睜著大大的眼睛，好奇的觀看並東問西問的。其實不只是小孩子好奇，連大人也會很

有興趣的過來跟她學做點心。

活潑的小比黛每天跟達海的小孫子、孫女一起玩耍，她原本就聰明伶俐，懂的事情又比這裡的孩子多了很多，沒多久就儼然是這裡的孩子王，大家都對她佩服得不得了。特別是她有一個金色長頭髮的洋娃娃，雖然那個娃娃的衣服已經舊了，原本光滑閃亮的頭髮也被她又梳又綁得變成打結又毛燥，本來會自動睜開閉起的藍色長睫毛眼睛，現在必須靠手指掰開、閣上，但那娃娃在這裡可還是每個孩子艷羨萬分的上品。每當小比黛抱著娃娃說起她搭火車的經歷，每個孩子都會很有興趣的睜大眼睛，張著嘴聽她形容。

「那個火車啊！很長很長喔！」她兩隻手臂張得大大的比出火車有多麼長。隔壁的女孩偏著頭問：「像 lumah（布農語：家）這樣長嗎？」。比黛比不知道 lumah 是什麼，不過她看了看女孩手指著房子就知道她說的是房子，「火車，它比這個 ngasal（泰雅語：房子）還要長啦！」她說，「就像那個 gong（泰雅語：河）那樣長 ~~ 長的。」她用手比了比山下楠梓仙溪，全部的孩子都順著她手指的方向看去，不但驚訝世界上有這麼長的「火車」，也學到了一個泰雅族的單字「gong」。

孩子們天真又單純，也剛好是學習語言的發展階段，所以他們互相學起對方的語言非常快。當然，布農族語在這裡有「主場優勢」，比黛又聰明，沒多久就學會了許多布農族話，交了新朋友每天都開心的不得了。

寒冬過去，溫暖的春風又吹起，遙望對面山上的山櫻花樹，光禿禿的枝椏頂端已冒出了粉紅色的花苞。堡耐來到三民鄉轉眼滿一年了，當初開墾新農地的期望至今依然沒有實現。

"iyat saku pswal son ta nya sqani hya la."

「我是不能接受我們被他這樣對待的，」個性率直的阿慕依終於忍不住了，她告訴堡耐說要找機會跟伍道攤牌。

　　禮拜天，吃完早餐大家都穿著整齊準備上教會。

　　"Utaw,naga saku cikay ha, kya skal misu."

　　「伍道，先等我一下，我有話要跟你說。」阿慕依把正要出門的伍道叫住，伍道知道這個女人不簡單，平常就躲她躲得遠遠的，雖然同住一個屋簷下，但因為家族人口眾多，工作繁重，若是刻意逃避，還真難找到機會找他理論。現在阿慕依直接指名要找他，伍道也只能硬著頭皮接招了。

　　"nanu yuwaw pi?"「有什麼事嗎？」伍道只好停下來問她，其他家人都一起先走了。

　　"aw su knal maha biqan sami rhyan rwa?ta qu Bawnay ki Hayung nyux mwah mtzyuwaw sqani qutux kawas msyaw qa lga,"

　　「你不是說過要給我們一塊地的嗎？你看堡耐和哈勇在這裡工作都已經一年多了，」阿慕依單刀直入。

　　"baha ini tehok ana qutux rhyan　pincyogan nha qani hya la,iyat pi?"

　　「他們所做的怎麼可能連一塊地都不值得呢，不是嗎？」其實，伍道當初說的是會直接送一塊地給他們，但阿慕依改成是兩父子以工作換取農作地，讓伍道更加愧疚。他原本就有點心虛，聽阿慕依振振有詞，說得他招架不住，只好拿出緩兵之計。

　　"a……a……yata, aki yasa qu inlungan mu uzi,biqun maku rhyan la,baha maku ini biqiy lpi?"

　　「啊……啊……嬸嬸，我原本也是這樣想的，我要給他一塊地了，我怎麼會不給他呢？」伍道結結巴巴的承諾。

"knwan biqun su?"「你幾時要給呢？」阿慕依要他給個具體的時間。

　　"aw nanu suxan pi,rasaw maku mita rhyan mu suxan mama Bawnay la."「好，那就明天吧，我明天就帶堡耐叔叔去看我的地了。」伍道答應隔天就去看地。

　　第二天，伍道果然帶著堡耐上山去看他的地。兩人上山走了好久才走到一座陡峭的山坡上。

　　"nanu qani qu rhyan maku,brwanay misu qani hya la, nanu qani wahiy mnayang isu la."

　　「這就是我的地，我把這塊地送給你了，這裡就讓你來開墾了吧。」他說。

　　堡耐放眼望去，這陡峭的坡地長滿了高大的芒草，而且是一種很容易 sluhiy（土石流）的惡地形，即使如此，他依然接受了伍道的心意，並且感謝伍道。

　　"nanu mhway su balay la,Utaw."

　　「那真是太謝謝你了，伍道」他說。

　　"pt'aring ta mnayang suxan la,Hayung."

　　「我們明天就要開始整地了，哈勇。」回到住處，堡耐告訴兒子他們有了自己的土地，就要開始整地燒墾了。

　　"mhway su la,Utaw."

　　「謝謝你了，伍道。」阿慕依特地跟伍道感謝。

　　"o ……baliy ktwa,baha su skal qasa hya la."

　　「喔……又沒有多少，你何必去提那些。」伍道平日喜愛吹噓，此刻卻突然變得客套起來，阿慕依也不介意。

　　後來，兩父子便上山很努力的開墾這片山坡地。坡地滿山的芒草叢，這些芒草都是原生在山林，從來沒有砍除過的芒

草，它們長得非常高大，差不多比房子還高了。父子很有耐心的把芒草、雜木砍斷、燒除，再把根一塊一塊挖除乾淨。

伍道給他們的這塊地非常的陡，有一天下午，山坡突然無預警的天搖地動起來，哈勇嚇了一跳，往山下跑了幾步覺得不對，又往山上跑了幾步，。

"laxi pzyuy……laxi pzyuy……psqquli tay kraya tmnga,ktay nyux mtaruy inu btunux lga,nhay pgyari la."

「不要亂動……不要亂動，抬頭看山上，看落石滾下來的方向往哪裡，你才跑開啊！」堡耐叫住兒子。

聽到父親鎮定的提醒，哈勇才靜了下來。這個地震還真大，他們開墾的坡地也夠陡，大大小小的石頭從山上「唰……唰……鼓咚……鼓咚……」不斷滾落下來，令人驚駭萬分。

就這樣，兩人非常努力的開墾，把山坡地一鋤一鋤挖成梯狀，搬石頭做坡坎。大約做了快一個月，雜草叢生的險坡地在他們的努力之下煥然一新，變成可以種植的山田。

不料，有天上午，突然上來兩個平地人，跟他說：「這是我們的地，你不可以在這裡種東西。」

堡耐覺得很奇怪，「這是伍道給我的地啊！」他說。

「我是有登記的，我有這塊地的所有權狀，你有嗎？如果你不還給我，我就告你們侵占。」兩位平地人雖然長得普通體格，要真的一言不合幹一場架，絕對不是哈勇和堡耐的對手。不過，他口中說的「登記」、「所有權狀」、「告」、「侵占」……卻像一顆顆的手榴彈，把堡耐和哈勇炸得一愣一愣的。

堡耐記得幾年前，在斯卡路，有人談起什麼「土地登記」的事情，其實大家都不是很有概念，他和父親雷撒也不知道要怎麼「登記」土地。「登記之後這個土地就是屬於你的了。」村

幹事說。在山上哪一塊地「現在」屬於誰都是很清楚的，誰在那裡耕作就是誰的，做完讓土地休息，再去找另一塊地開墾種植。所以，在「土地登記」的時候，很多人不知道要「登記」哪些土地屬於自己的，正在耕作的當然沒問題，以前做過的呢？同一塊地在十幾年之中有兩三個主人做過的要算誰的呢？有些口頭上答應讓人做的地，目前在土地上耕作的不是自己，登記的時候到底算是誰的呢？總之，那幾年，大家被「土地總登記」搞得莫名其妙。在同時，族人發現有很多土地，突然被劃為「林班」，在山上只要聽到「林班」就知道那裡是不能去開墾、狩獵，也不能隨便進去做採集的地方。然而，「林班」裡肥美的資源，在過去原本是部落族人生活所需的物資來源，如今「林班」把這個資源「關起來」，一樣讓大家莫名其妙。許多不知情的族人闖入「林班」採集、狩獵，被帶到警察局去，大家都嚇壞了。

現在，父子辛苦開墾一個多月的土地竟然是別人的，讓他傻眼了。怎麼自己變成侵占人家土地的人了呢？侵占別人擁有的土地在泰雅族社會裡，可是非常嚴重的事情。於是他只好把那塊辛苦開墾完成的土地還給那個平地人。

他失望又無奈，回去之後忍不住去質問伍道，

"aw rhyan na pemukan nyux su sbyiq knan ga, talagay kinmbrus su la,ima nanak si usa qmul tmabul rhyan na squliq hya la,hriq iyal uzi ryax pinnyangan myan ki Hayung lpi?"

「原來你給我的地是平地人的地啊，你也太會欺騙人了。誰能像這樣子直接去搶奪開墾人家的土地的，太可惜白白浪費了我和哈勇這麼辛苦努力開墾的時間精力啊！」自從在埔里認識堡耐以來，這位個性溫和的叔叔從來沒有像這樣生氣過。

"yan maku ungat cinrhyan ru,biqiy saku rhyan maha su lru,s'
usa misu hmkangi qutux rhyal lru."

「我以為那塊地沒有主人啊！你說要土地，我就幫你找了
一塊土地送給你啊！」伍道低下頭囁囁的說。

"isu nana maha uwah biqay simu rhyan maha su rwa?baliy
sami si uwah msina rhyan uzi,ta qu qutux kawas msyaw pincyogan
myan lru,swa sami lxun tqruw rhyan mukan lpi?"

「是你自己叫我們來，說你有土地的不是嗎？何況我們又
不是白白來要你的土地，你看我們不是辛苦的做了一年多的工
作嗎？你為什麼要用平地人的土地來欺騙我們呢」哈勇忍不住
也罵了起來。伍道被問得啞口無言，堡耐擔心兒子暴躁的個性
發作起來會一發不可收拾，也就不再說話了。

至此，堡耐一家人跟伍道正式攤牌，也算翻臉了。布農族
的朋友阿浪知道這件事，非常生氣：「到我家去住吧！我幫你
想辦法。」他說。堡耐夫妻特地感謝達海親家一年來的照顧，
便離開達海家，搬到阿浪家去住。

做揹工賺錢

　　阿浪有兩個女兒都已經出嫁，三個兒子有兩個結婚並在附近蓋房子，現在兩夫妻跟七十多歲的父母及小兒子住在一起。阿浪的家人早已認識堡耐一家人，特別是堡耐狩獵和射下雄鷹的事蹟，都讓阿浪家人佩服，當他們知道堡耐的遭遇，非常願意接納他過來住。

　　阿浪幫他們在住家旁邊合力搭建一間竹屋，讓他暫時有了棲身之所。在物資匱乏的年代，生活並不是那麼容易，住的問題解決了，吃的方面就得要他們自己想辦法了。

　　在當時的山上部落，交通不便，日常物資的運送補給，全都得靠人力背負。山上有平地人種植的生薑、芋頭之類的作物，需要靠人力運送到山下。而山上的小雜貨店的外省人老闆則會請原住民下山從甲仙小鎮揹貨上山，有些原住民就會去當揹工，賺取工資。

　　在當時，上山工作的工錢，男工一天的工資是二十元。當揹工則是算重量的，揹一公斤的工錢是一元，堡耐一次可以揹五十公斤，哈勇可以揹六十公斤。他們必須走來回共十六小時的山路，揹貨賺錢買米、買菜給大家吃（也會分給阿浪一家人）。由於他們兩父子做人勤勞又實在，所以常常有老闆喜歡找他們當揹工，這雖然是非常艱苦的苦工，但是報酬不算小，所以兩父子很願意做這個工作。

　　有一次，父子下山揹貨，順便也買些自己要吃的白米。不巧遇到一場大雨，在鎮上多待了一點時間等雨停才出發上山。

雨後的道路濕滑，只能慢慢的走，走呀走，天都快黑了，兩人更加快腳步的趕路。實在累了便找個石頭坐下來打個盹，醒來繼續走，一直到天色完全暗了，遠遠看見一戶人家的窗口，露出昏黃的燭光，他們便快步趕過去。這是個平地人的家，他們正好是晚餐時間，廚房傳來炒菜的聲音，空氣中充滿了豬油煎蛋的香味。

　　兩人已經又餓又累，於是走進去，主人看到兩個高壯黝黑又濕淋淋的原住民闖進屋裡，嚇了一跳。他們放下背上的貨物，很客氣的跟主人請求：「可不可以讓我們在你這裡煮個飯？」堡耐跟出來應門的男人說，「我們自己有米，你的鍋子借我們煮飯就可以了。」。

　　「呃……沒……沒關係，你們跟我們一起來吃飯好了！」主人看他謙恭有禮，就很大方的請他們進來，慷慨的請他們一起吃飯。他們知道堡耐要到三民鄉去，下過雨的山路很不好走，就留他們暫時睡在家裡，等天亮再走。於是，他們就在房子裡休息打盹，隔天凌晨天未亮，父子就醒來準備趕路。沒想到，平地人夫妻更早起床，已經把稀飯煮好了，請兩父子吃早餐，他們吃飽之後，拿出一包餅乾留給主人的孩子吃，便繼續揹著貨物，趕路回山上去。

颱風來襲

在山上沿路有幾戶平地人，有些是三、五戶聚集在一起，有些則零零星星住在他們開墾的田園中。這些平地人有閩南人，也有客家人。這裡的客家人多半是日治時代從新竹竹東鎮被日本人帶來當腦丁的工人的後代。當然也有一些外省人住在這裡，像雜貨店的老王就是。

其實，山區的住戶都是互相幫忙的，像是山腰上有一個外省人鄰居叫做「老張」，大家公認他很有學問，因為他會寫書法，他寫得一手好字，心情好的時候，常常把餐桌搬到外面，磨墨寫毛筆字。新年到了，他會買紅紙裁成長條形，寫春聯送給需要的人。原住民沒有貼春聯的習慣，通常都是平地人會去跟他拿春聯。老張還會用古音唸詩，常常可以聽到他抑揚頓挫的吟詩聲。老張的住家旁邊正好是部落的必經之道，所以他在住家外面有一個奉茶的茶桶，讓過路的人解渴，原住民習慣喝山泉水，但是偶爾也會停下來喝他的茶水。

老張有自己的發電機，所以他家是有電燈的，他還有另外一個手藝是部落人們最歡迎的，那就是剪頭髮。老張會免費幫人剪頭髮，當然，原住民去給他剪頭髮的時候，總是會帶一些東西去感謝他，一條獸腿啦、一隻雞啦、香菇、地瓜、芋頭、蔬菜……什麼都有，這些誠意老張是會收下的，但他就是不收錢。

有一年颱風，暴風雨的土石流衝倒了大樹，正好有一位布農族的女孩經過，被大樹幹壓住了，就在老張家上來一點的地

方。

「啊～～啊～～」女孩大聲哭喊著，老張聽見女孩呼救聲，冒著風雨跑過去，一看是這麼粗大的樹幹，只好又跑回家拿了鋸子，把大樹鋸斷。看到女孩流著鮮血的腿，二話不說，直接揹著女孩在風雨交加的晚上，走了好幾個小時的山路，下山求醫。還好女孩命大，沒有傷到大動脈，腿雖斷了但可以接好。老張救了布農族女孩的事情，傳遍了部落，女孩的父母很感謝他，特地殺了一頭山豬，專程邀請老張上山和族人一起享用，那天晚上，老張就像英雄一樣坐在中央，每個人都來向他敬酒。

住在山上的平地人很勤勞，他們種植作物收成之後拿到山下去賣，也會醃製麻竹筍、蘿蔔、高麗菜……等，曬乾了拿去賣。原住民會去幫忙挖筍或砍草賺取工資。堡耐父子和阿浪就常常結伴去打零工賺錢。平地人善於計算，小小的咨齬是有的，例如休息時間很短啊，收工時間很晚啊，因為計算工資是以一天為單位的。

有一次，鄰居阿文請堡耐他們上山種生薑，他們從天一亮就開始種，中午吃飽了就繼續種，下午太陽都下山了，連月亮都悄悄爬上山頭，老闆阿文還不讓大家休息。堡耐他們一面種生薑一面低聲討論著善於計算的老闆，「難怪他們平地人那麼有錢啊！」這是他們最後的結論。

眼看著天都要黑了，老闆還是沒有結束的意思，「阿文，阿文。」哈勇忍不住喊老闆。

「瞎咪啦？」阿文嘴上回答，卻還彎著腰拚命在種生薑。

「嘿是瞎咪呀？」哈勇指了指天上的月亮，（他們跟平地人溝通都是一點日語，一點台語、一點國語的，彼此聽懂就好）

阿文抬頭看看天，一輪明月高高掛在空中，他有點尷尬的笑了起來說：「呵……呵！好啦！這一排種完就收工了啦！」又低下頭喃喃自語的說：「我是說把這些種完，明天就不必再來了啊！」，即使這樣，原住民的慷慨性格，有了好吃的山豬肉，還是會拿去分給平地人吃，包括阿文。

有一年夏天，強烈颱風來襲，狂風暴雨席捲了堡耐家的屋頂，整片芒草屋頂都被狂風掀了起來，霎時暴雨如無數顆豆子紛紛灑下，屋裡全都進水了。

"nhay mgyara ta la."

「我們快逃吧！」堡耐大聲呼喊，全家趕緊往屋外衝出去，他們趕緊躲到了阿浪家。到了半夜，風雨愈來愈大，狂風吹得阿浪家的牆壁不斷搖晃，突然，「呼～～呼～～劈哩啪啦～～碰！」一陣狂風又把阿浪家的屋頂也吹開了。這下子，所有人只好扶老攜幼冒著狂風暴雨狼狽的往山下逃。好幾次在路上遇到強大的陣風，差點把人都給吹倒，所以狂風起來的時候，大家就蹲下來放低姿勢，等風稍微小一點的時候才站起來繼續往山下跑。他們大人揹著小孩，男人扶著婦女和老人，在狂風暴雨的山路上跑了快一個小時，即使身上包著雨布，也無法阻擋風雨的侵襲，每個人全身都濕淋淋的，好不容易才逃到了閩南人鄰居阿文的磚瓦房。

「碰碰碰……阿文……阿文……！」他們急急敲著門，呼喊著阿文，請他讓他們在這裡避難。

「你們怎麼跑下山來了？」阿文一開門就看到他們大大小小十幾個人濕淋淋狼狽的站在門外，嚇了一大跳。

「我們的房子都被風吹垮了，只好來你這裡躲一下了。」他們告訴阿文房子被風給吹垮的事情，「喔……進來……進來

……，沒關係啦！你們全部就先住在我們家好了。」阿文的老婆和孩子們也都跑出來，他們很大方的請大家進屋裡躲颱風，並且願意讓他們暫時住下來。

就這樣，大大小小一大群人就暫時在阿文家住了下來，雖然晚上只能夠擠在一張大床和打地鋪睡覺，但情非得已的狀況也只能將就了。大人們白天都回山上整修房子，小孩則在阿文家玩耍，阿文的老媽媽和阿浪的媽媽一起照顧一群孩子。她們一個是布農族人，一個是閩南人沒辦法互相交談，但她們用和善的態度和笑臉比手畫腳的溝通，這樣也相處得很愉快。

大約一個星期，兩家人的房子都整修完成了，他們才回山上去。雖然是平時斤斤計較的阿文，但在這樣特別的狀況之下，他卻免費讓一大群人在他家裡吃住一個禮拜，實在是令大家非常感動。而且，阿文知道堡耐一家人的信仰是不吃拜過的食物，就特別交代妻子要注意，尊重他們的信仰，很貼心的不讓他們吃到祭拜過的食物，更是難能可貴。

自己的土地

　　堡耐父子很認真的做揹工、上山工作，在這段日子裡賺了一筆不少的錢。有一次，兩父子揹生薑到甲仙，拿了工錢就到附近麵攤吃麵，隔壁桌坐著兩個女孩子，一看就知道是長得很漂亮的原住民。

　　「你的醬油借我一下啊，」哈勇走過去拿了他們桌上的調味罐子。

　　「沒關係，你拿去用啊。」女孩很大方的說。

　　「你們是從哪裡來的？」哈勇問。

　　「三民鄉啊。」，原來她們也是三民鄉來的。於是他們就邊吃邊聊起來，堡耐父子因為要趕路，所以先吃完了，在結帳的時候他順便也把兩位女孩的麵錢給結清了才走。

　　隔年，堡耐用揹工賺來的錢買了幾斤糯米，阿慕依親手精心釀製了糯米酒。

　　「我帶你去見一個人。」有一天，阿浪說要帶堡耐去拜訪一個鄒族長老巴武（Pawu）。他們來到了巴武家，堡耐就拿出自製的一罈米酒送給他，他非常高興，吩咐妻子燒一些菜，當場把酒打開來讓大家一起品嚐。這巴武長老長得高大英挺，雙眼特別銳利，不說話的時候，看起來很嚴肅，他擁有好幾座山的農作地。

　　巴武的女兒從外面回家，看到堡耐卻嚇了一大跳，心想：「這不是上次幫我付麵錢的那個叔叔嗎？」

　　「爸爸，他就是我說那個幫我付吃麵錢的那個好人啊！」

女孩告訴巴武。

「啊？原來是你請我女兒吃麵呀？真是謝謝你了。」巴武舉起酒敬堡耐。

「那也沒什麼啦！」堡耐很不好意思，「我只是順便而已。」

大家一起開心的喝酒聊天，說的是日語。巴武對北部的一切都很好奇，不斷問堡耐一些問題，堡耐也一一回答他，巴武和堡耐的對話當中，感覺這個人是個真誠而謙虛的人，對他的印象非常好。酒酣耳熱之際，堡耐說出了自己的遭遇，並透露好想擁有一塊農作地的心願，巴武聽完拍了拍他的肩膀，豪氣的說：「你來，我有地，給你！明天清晨，我們在山頭見面。」

第二天清晨，堡耐便依約前往山頭，巴武長老也到了。他帶著堡耐爬過了這座山，在山谷停下腳步。長老手往對面山坡一比：「這裡，到那裡，給你！」，堡耐隨長老的手勢望過去，是一整片茂密的森林，巴武這一比就是八甲地。

鄒族的巴武給了堡耐第一塊地，全家都非常開心很感謝他。隔天，堡耐迫不及待的去看他的新農地，他花了半天的時間步行巡視這塊地，看看這片山林的結構，土質、日照，哪裡可以種什麼作物之類的，最主要是在尋找一個適合蓋房子的地方。

堡耐走了很久，找到一個看起來比較平坦的地方，這裡左邊不遠處有一條山泉水經過，「嘩啦啦……」往山下流去。右邊有一塊扁平的大石頭，大石邊正好長著一棵山櫻花樹，「就是這裡了。」堡耐心裡想。於是他搬了四塊石頭在平地中央小心的擺設成爐灶的樣子，然後就回家去。

"cyux saku muluw qutux aki blaq ki'an na ngaal la."

「我有找到一個地方，應該是很適合蓋房子的喔！」他跟

妻子說。

"ktay mswa spi su gbyan la."

「看就看你今天晚上的夢怎麼樣了啊！」阿慕依很期待的說。

當天晚上，堡耐夢了一個象徵吉利的夢，於是便決定在昨天那塊地上搭建房子。

堡耐跟哈勇用木材、竹子自己動手蓋了一棟房子，全家就搬遷到這裡。到南部的第三年，他終於有了屬於自己的土地、自己的房子，雖然這個房子座落在偏遠的山上，離他最近的鄰居相距也在半小時的路程之外。即使如此，他們全家人還是感恩又歡心能夠擁有自己的土地和房子。

兩父子按照一般泰雅族火墾的過程來處理這片箭竹林，就是先把山上的雜木、草叢砍除乾淨，這種砍除新墾地的工作和平常幫作物砍雜草是不一樣的，泰雅族話叫做「抹那樣」（mnayang）；幫作物砍除雜草叫做「斯馬力特」（smalit）。「抹那樣」在砍除新墾地上的草木時，因為要把土地開墾成種植作物用的土壤，所以在砍草木的時候，必須砍在植物最底部靠近根部的位置。「斯馬力特」的砍草是幫成長中的作物砍除遮住它陽光的草木，只需把雜草攔腰砍下即可。過去的泰雅族對於生長在作物之間的雜草、雜木是抱著讓它們「公平競爭」的態度，菜園、稻田中的雜草用手拔除或單手拿的小鋤頭「把亞嗬」（pazih）一點一點鋤下來；竹木林裡的雜木就用砍草刀砍除。這樣的方式在現在的「有機耕作」裡是常見的，泰雅族人讓作物透過與身邊野草木的生長競爭之下，長得更強壯健康；長不過野草木的作物就會變得瘦小，人們在取種子的時候，一定會取最健康強壯的那棵作物種子，瘦小的就不會被流傳下來。

不只是作物本身要物競天擇，爲適者生存，不適者淘汰而努力生長；種植作物的過程中，人類也要和作物並肩作戰，一起跟雜草、雜木競爭，有時候，動作稍微慢一點的人在整片田園鋤草快要完成的時候，先前開始清除乾淨的雜草又長出來了，人們又得回頭重新開始鋤草，當然，這時候作物已經長高了，也不怕養分被雜草搶光。

　　開墾新地的「抹那樣」除了把墾地的雜草木砍除乾淨，還要把土地裡的大小石頭挖出來，堆成一推或在坡地邊疊成駁坎。在整地的時候，其實是同時在做農地規劃的，他們砍樹不會全部整個都砍光，會留下幾棵樹在田園中，砍去多餘的枝幹，將來可以把豆類作物種在這裡，樹的枝幹就可以讓豆類攀爬之用。

　　砍下來的雜木、雜草往田園中央堆在一起等它乾燥。通常是在七、八月的時候，就可以放火燒，焚燒之前要先在新墾地周圍砍出一條防火線，這個動作泰雅語叫做「smapoh」是掃的意思。在焚燒墾地雜草木的時候，會請人一起幫忙在墾地四周監控火勢，他們會觀察地勢以及當天的風勢決定從哪裡開始點火，並隨時掌控哪裡的火苗要暫時先撲滅。第一次沒有燒乾淨的木頭，集合起來再燒第二次，直到整座墾地乾淨爲止。土地在這樣的燒墾清理之後，變得非常肥沃，「抹那樣」功夫做得好的土地，人們用鋤頭在上面開墾的時候，土壤會發出「bux~~bux~~」的聲音，土壤被烤得酥鬆清脆，感覺它將來的作物一定非常肥美豐盛，人們鋤起來格外輕鬆愉快。

　　堡耐這一塊地長了滿山的箭竹，開墾起來格外困難。他們沒有很好的鋤頭可以把地底的竹根挖掘出來焚燒，箭竹那堅韌的根牢牢抓住土壤，用一般普通的小鋤頭根本挖不開來。於是

只能用刀盡可能從箭竹最底部一棵一棵砍除，放乾之後用火焚燒。他們就直接在箭竹之間的土壤播下旱稻種子，也種了一些小米、芋頭。等到箭竹發幼筍，就用手一棵一棵把它給折斷，長出來就折斷，長出來就折斷，用最原始的苦力跟箭竹比賽誰的意志力比較強。這樣比了無數回合之後，箭竹終於棄械投降，完全放棄不再發芽了，它便慢慢的死去。就這樣，兩父子在這樣困難的環境條件之下播種作物，硬是把叢林地種成了一片綠油油肥沃的農地。

「你的農地旁邊，我有一點點小小的畸零地，你就拿去種作物吧！」鄒族長老巴武看堡耐勤勞的把箭竹林墾成旱稻田，非常佩服他，而且堡耐做人誠懇實在，就把堡耐旁邊林地也送給他，長老口中的「畸零地」是一片大約五甲的山林美地，「畸零地」只是長老的謙虛之詞。巴武的慷慨贈地，加上父子日夜匪懈的努力工作，自助、人助、天也助，一家人終於有了穩定的生活。

伊凡在家鄉

伊凡在南投仁愛鄉念農校，沒有跟父親一起南下，寒暑假都會回到斯卡路跟大哥、大嫂、祖父住在一起。他其實是很希望可以跟著父母一起南下的，雖然是住在自己大哥家，但因為他跟大哥年紀相差十幾歲，感覺就像自己的長輩，而大嫂也許因為家事繁忙，自己有三個小小孩要照顧，脾氣不是很好。往往孩子們吵鬧時，橫眉豎目嚴厲的全部一起教訓，當然也包括她的小叔伊凡了。

伊凡因為正在成長發育，食量很大，常常覺得吃不飽。吃飯時間大家都像是在搶食物一樣，一下子就把盤子裡的菜餚全部掃光，飯鍋裡的地瓜飯永遠不夠吃，伊凡不好意思跟大嫂說還想再吃，所以幾乎每天都處在餓肚子的狀態之下。

伊凡常常跟祖父雷撒一起上山工作，不管是砍草、整地、或是收割稻作，他都很勤勞的工作。農閒之餘他最喜歡的事情就是跟爺爺一起上山狩獵，他們曾經帶著獵狗去 qmalup（追獵），記得那次他們跟鄰居大約有五、六個人一起去，獵狗就有十幾隻，那是 kuro 第一次真正上山追獵。

當大家看準了放狗的時機，「赫！」一聲令下，所有的獵狗像離弓之箭激射出去，「汪！汪……汪……」、「嗯……汪汪……」、「嗯……」，狗兒的怒吼聲；「thi……thi……!」、「hay……hay……!」、「usa……usa……!」主人的催促聲夾雜在一起，整座森林霎時成為大型競技場，有的狗兒跑得飛快，有的狗兒比較慢；獵人跑得快的，差不多跟跑得慢的狗兒速度一

樣，雷撒爺爺就是。

　　kuro 因為第一次做追獵，跑到一半就落後其他獵狗一大段的距離，雖然還是努力在跑，但牠累得開始「咿……咿……」哭了起來。伊凡追上牠，拍了他的屁股喊著「thi!thi!」要他繼續往前衝，有了主人的鼓勵，kuro 停止了哭叫，繼續用力往前跑。

　　那一次追獵，他們一共獵到了三隻山豬。原本應該是四隻的，其中有一隻，被追到了一塊大石頭旁邊，剛好跑到膽小巴尚附近，巴尚看見獵物內心又激動又怕受傷害，舉起長矛走近那隻張牙舞爪，被狗兒圍困的山豬面前，「嗯……」、「汪！汪！嗯……」、「嗯……」在一片獵犬的狂吼聲中，他就心慌意亂的用長矛對準了山豬的喉管……不知是被群狗怒吼和困獸的緊張氣氛給震懾了，還是不忍看到長矛尖刺之下噴血的畫面，巴尚竟把眼睛閉了起來，矛還是猛力的往前送去。他口裡還不斷喊著「啊……啊……啊！」雙眼緊閉著，雙手不停的猛刺……突然，雷撒問他。

　　"Pasang,swa su btaqan qu btunux hya la?"

　　「巴尚，你為什麼要刺石頭呀？」雷撒在後面看他拿著矛大吼著不斷往石頭刺去，搞不清楚他在幹什麼。狗兒早已追著逃竄而去的山豬離開了，他也不知道，因為他自己的叫聲讓他聽不見外面的狀況了。巴尚眼睛一睜開，哪裡有山豬了，他的長矛卻因為用力刺石頭太猛而斷掉了。

　　伊凡很崇拜爺爺，他總感覺爺爺就像武俠小說裡武功深不可測的高人，姑且不論爺爺過去砍過多少人頭，獵過多少大型野獸，不但紋面也紋了胸的肯定，就連已近八十的年紀，還是終年到頭洗冷水澡的耐力，光這一點伊凡就很佩服了。

爺爺總有讓人驚訝的事情，有一次，伊凡跟爺爺到山上工作，傍晚回家經過茂密的竹林時，突然天空下起大雨來，祖孫兩人全身都淋濕了，大雨依然沒有要停止的跡象，伊凡因爲穿得比較少，感覺好冷。就告訴爺爺說他好冷。

"hzyaq saku wah,yutas."

「我好冷啊，爺爺。」，

"hzyaq su ga?nanu pnhwa ta ha!"

「你冷是嗎？那麼我們先起火吧！」爺爺從竹林滿是落葉樹枝的地上捧起了一堆枯枝葉，點火燒了起來。

" tama ha, mlaha ta hru hata la."

「先坐下，我們先烤火再回去吧。」爺爺說。

　　伊凡伸出雙手往火堆裡烤，順便把濕淋淋的衣服給烤一烤，雖然衣服不可能完全烤乾，至少比較溫暖了。

　　雨勢「嘩啦嘩啦……」的下個不停，地上的火焰也「啪啦啪啦……」的燃燒著……，水火不容是常識，像這樣雨水和火焰共舞的景象，實在太令人匪夷所思，伊凡感到很困惑。

"swa su baq mnahu sa qwalax pi?tas!"

「你怎麼可以在雨中起火呢？爺爺？」他問。

"haha……ana nanu kinbaqan ga, mluw sa qba,baqun su nanak son nanu ga blaq."

「哈哈哈……什麼技術都是跟隨在手上的，你自己將會知道應該怎麼做才對。」爺爺回答。即使如此，伊凡依然不懂，爲什麼爺爺可以在雨中生火，直到他長大之後，還是不懂。

　　其實，上天賜給每個人不同的才藝技能，這些資質各異的人在群體中負責不同的工作，整個社會才能正常有效的運作。在泰雅族的社會也是一樣的，像雷撒爺爺這樣身懷多項絕技的

人不是沒有，但也真的不多就是了，爺爺的一身本領，誰只要具備一項就已經很了不起了。

　　伊凡住在大哥家，有時候遇到委屈，就會想起父母在遙遠的地方不能照顧他，心中感覺非常難過。當時有一首流行歌曲很紅，叫做〈我是一隻畫眉鳥〉，伊凡把歌詞改了，唱道：

　　「我是一個伊凡呀！伊呀伊凡，沒有那爸媽也沒有高雄……

　　沒有那高雄的伊凡，想要去也去不了，沒有那高雄的伊凡，想要去也去不了。

　　不是我不想去高雄，不是我身上缺少兩隻腳，只因為我是關在斯卡路呀，除非是自己有錢才能去。

　　我是一個伊凡呀，伊呀伊凡，關在那斯卡路，多呀多苦惱……」

　　他常常在工作的時候唱，無聊的時候也唱，被大嫂聽見了，就在寫給媽媽的信中，把這首改編的歌詞給寫上去，寄給婆婆阿慕依看。阿慕依看了心疼得流下眼淚，於是等伊凡畢業那一年的夏天，就把他接到高雄山上跟家人團聚。

　　就在這一年，堡耐在斯卡路的鄰居也有一些人陸陸續續搬到了三民鄉來，像是吉娃絲的爸爸尤幹，就帶著兒子、女兒吉娃絲、以及吉娃絲的奶奶一起搬到南部來了。他們是透過娜莉娘家那裡，從復興鄉第一批南下開墾的親戚介紹他們到三民鄉。

　　當初做決定的時候，高齡八十幾歲的奶奶非常反對離開自己生長的部落。

"nway saku si gluw Silan maki ngasal ta qani kun hya la,nanu maku mluw shriq kinholan maku nanak, ru musa t'aring mqyanux twahiq na qalang nyux saku bnkis qani lpi?kan."

「就讓我跟著喜濫住在自己的家吧！我何必在這樣老年的時候，還離開自己的家鄉到遙遠的部落去重新生活呢？幹！」老人家流著眼淚說。

尤幹的大女兒嫁到新竹縣的尖石鄉，剩下大兒子喜濫夫妻和他們的孩子留下來看守祖產。老人家希望能留下來跟大孫子住一起，在自己的家鄉終老。

"baha blaq pgyaran misu lpi? ya,"

「我怎麼可以拋下你不管呢？媽！」

"kun qutux nank laqi su mlikuy,qutux nanak ina su lru,pswa saku mita tayal sa qalang ta lpi?"

「我是你唯一的兒子，媳婦也只有一個。你這樣叫我以後要如何在部落做人呢？」尤幹說。

尤幹提到自己是獨生子，娜莉是唯一的媳婦，要他把老母親留在家鄉是萬萬做不到。老人家聽了兒子的話，了解兒子的難處，特別是娜莉是尤幹妻子過世之後再娶的，部落親友都會用比較審慎的標準去檢驗她，老人家爲了兒子的處境，也只好點頭答應南下。

出發的那一天，奶奶依依不捨的不斷回頭望。

"ay~ yan sqani nyux maku pgyaran ngasal kni'an mu sqani lga,iyat saku nbah mbinah mwah lozi la."

「唉～我像這樣一旦離開了我住的這個地方，就再也不可能回到這裡來了。」她紅著眼眶說。也許是她知道自己年歲已大，高雄的三民鄉對於交通極爲不便的當時來說，無異萬里迢

迢，要再回來簡直是困難重重。

　　奶奶流著眼淚不捨得離開家園；吉娃絲的心情更是千絲萬
縷一言難盡的辛酸。因為聽說她的意中人尤帕斯這幾天就要退
伍回來了，誰知偏偏在這個時候，她們卻正好離開，舉家遷徙
到南部去了。從知道尤巴斯就要回來那樣幾乎按捺不住的狂喜
當中，到突然發現自己就要離開的驚愕失望，兩種狀況完全不
同的情緒起伏，讓她感到難以言喻的酸苦，整個人內心無比的
失落，串串淚水止不住的落下。吉娃絲的眼淚，家裡的人都認
為是跟奶奶一樣因為捨不得離開家鄉而傷心，誰又知道她內心
真正的苦楚？

　　尤幹搬到三民鄉，是住在比較靠近山下的聚落。他們比較
幸運，娜莉的親戚送了一塊地給尤幹開墾，很順利的住了下
來。

　　尤幹的家離堡耐家很遠，要走一小時多的山路才到。堡耐
知道老鄰居也搬過來了，專程下山邀請他全家上山來，殺了一
隻土雞，拿出醃肉、小米酒，高高興興的請老鄰居吃飯，歡迎
尤幹又成為鄰居。從此之後，他們除了會在教會見面之外，也
常常互相換工幫忙做事。

教妹妹讀書

　　伊凡農校畢業之後來到三民鄉，每天跟著父親、二哥一起
上山工作，也去當揹工幫忙賺錢養家。現在家裡有三個男人工
作賺錢，生活也比較寬裕，堡耐又在屋子附近多蓋了一間穀
倉，以存放更多的稻作收成，他現在有兩座穀倉了。

　　九月，小比黛終於要去上學了，他們住在離聚落較遠的山

上，就學是非常困難的。離家最近的的小學只是一個偏遠的分校，學校的學生很少，校舍也不是很完善，即使是這間分校也必須徒步兩小時多才能到達。

爲了接受教育，小比黛還是每天五點鐘天還未亮就起床，吃了早餐，帶著用布巾裏著書本綁在腰上的「書包」，獨自一人走山路上學。她的學校是在家對面的山腰上，比黛必須先穿過茂密的樹林走山路下山，走到了河谷，河面上一座簡易的竹橋，她必須走過竹橋到對面河岸，然後再開始往上爬，一樣是穿過茂密的叢林，很辛苦的去到山腰上的學校。

泰雅族人的作息是早睡早起的，每天都要很早（大約清晨五點）就起床上山工作，主要是希望能搶白天的時間多做一點工作。到了三民鄉，泰雅族人發現自己上山的時候，早已經有布農族人在山上工作了，他們大概清晨四點就起來了。雖然沒有人在做評比，但是泰雅族人的個性就是不服輸，人家可以那麼早開始工作，自己也應該要早一點起床。後來泰雅族人也四點起床上山作，太陽升起的時候，山上的農地早就到處是勤勞工作的人了。大家好像在比賽誰比較早起床工作，也像在跟太陽比賽誰先起床一樣。

因爲家裡的作息就是這樣早起，所以，清晨起床上學對小比黛來說並不困難，倒是下午放學回來，她走到半路時，天就暗下來了。走在黑暗的山路讓她感到很害怕，小小的比黛還強忍著恐懼，拚命用力跑回家。這樣過了兩個月，冬天到了，比黛放學在回家的半路上，天色就眞的暗了下來。穿過茂密樹林、竹林的地方時，山路更是暗得伸手不見五指，寒風一颼，「呼～～呼～～呼～～」的，整座林子就像在低聲唱著恐怖的歌曲，令人非常害怕。她走過了河上的竹橋，在遠遠的地方，她

就一路高聲呼叫：「aba（爸爸）…….aya（媽媽）…….哈勇、伊凡…….」，雖然因爲離家還太遠，家人根本聽不見她的呼喊，但她還是一路大聲呼叫來壯膽。

接近家裡的時候，家人聽到她的呼喊也會高聲應答她。這時，狗兒尤命（他們也幫這隻狗取尤命的名字）或是哥哥伊凡便會跑下山去接她。小小女孩如此早出晚歸，非常辛苦，特別在寒流來襲的清晨，天未亮就必須綁著雨布出門，常常不小心在山路上滑倒，到了學校衣服就已經又濕又髒，這樣她整天就要穿著髒髒濕濕的衣服上課。等到放學，她又得辛苦的走過濕滑黑暗的山路，到家時可愛的小比黛早就一身的狼狽，大家看了都很心疼她。

「我的小孩上學很不方便，每天回到家都很晚了，有時候會在路上跌倒，不知道該怎麼辦。」阿慕依到學校去把這個困難的情形告訴老師，「這樣的話，讓我想想辦法吧！」老師說。

後來老師安排比黛寄住在學校旁邊的工友宿舍，讓她跟學校的工友一起住，工友老陳是一個單身的閩南伯伯。

「她會自己煮飯嗎？如果要住在這裡可以，我不負責煮飯給她吃喔！」他說。

「我會自己煮飯。」比黛說。她雖然年紀小小，但自從姊姊瑪雅到工廠工作之後，媽媽常常教她幫忙作家事，掃地、洗衣服、餵雞、澆菜……她都可以做得很好。至於煮飯，只是偶爾讓她參與幾個簡單的步驟，小比黛其實也沒有真正煮過一餐飯，都是媽媽在旁邊主導的。不過，爲了能順利上學，小女孩自告奮勇說願意自己煮飯，媽媽也就給她機會去試試看了。

於是，媽媽就幫她準備了白米，帶著書本、衣物搬到工友

宿舍。瓦頂土牆的宿舍很簡單，屋裡有兩個房間，一個簡單的小廚房；屋外用竹子搭了一個小小的洗澡間，裡面有貯滿水的大水缸和一塊扁平的洗衣石可以洗衣服。老陳把一間比較小的原本拿來貯藏雜物的房間清理出來讓比黛睡。

　　工友老陳很少待在屋子裡，一下了班就喜歡到處逛，找鄰居喝酒下棋，要到很晚才會回來睡覺。比黛放學之後，必須自己寫作業、煮晚餐、吃飯、洗澡、睡覺，自己照顧自己。

　　過了快十天，媽媽有點不放心女兒。於是，阿慕依帶了一些山上的食物去探望女兒。到了學校宿舍，正好是黃昏時分，她一進門見到女兒小小的身影正蹲在簡陋的宿舍廚房「煮飯」，她正彎下身子小臉靠近爐火「呼～呼～」不停的吹著爐底的火炭。

　　"Pitay!"

　　「比黛！」阿慕依叫她。

　　見到媽媽來了比黛非常驚喜，

　　"aya,aya, ktay nyux saku phapuy mami."

　　「媽媽、媽媽，你看我正在煮飯。」她把頭從爐子底下抬起來，很得意的告訴媽媽說她在煮晚餐。媽媽見到女兒凌亂的頭髮，微笑的小臉上這一抹、那一塊的染著黑木炭粉，頓時覺得這個家裡的小寶貝為了求學必須流落到這種地步實在太可憐了。

　　"aya,ini na ki.ktay baq saku phapuiy mami l'ay."

　　「媽媽，等一下喔！你看唷！我已經會煮飯了喔。」比黛說。女兒這麼熱心的想表現，媽媽就不插手幫忙，讓女兒好好表現了。

　　比黛把晚餐端上桌時，竟是一鍋底下燒焦上面卻半生不熟

的米飯，一碗湯是她自己到外面採的 wasiq（龍葵），幾片綠葉在碗裡漂過來漂過去的，原來這就是她的晚餐了。

"ay ay,ana ini pqwas yanqani hya la."

「啊呀！這樣乾脆不要讀書算了」媽媽看了好心疼，決定把女兒帶回家。

於是，阿慕依跟學校老師商量，讓比黛的哥哥在家教她唸書，等到月考和學期末的評量，就帶她回到學校考試。伊凡從農校畢業，在當時來說已經是很高的學歷了，一般人唸小學往往沒唸畢業就會因為各種原因而輟學不唸了。人們不懂為什麼要浪費六年的時間去讀書，特別是農忙時期，放著作物不幫忙收成，卻要孩子到學校唸書，畢業了還不是一樣要在山上工作。所以，山上有很多孩子都只唸到高年級就輟學，像伊凡這樣一路讀到高職畢業，實在很難得。教育有教育的制度，但是老師看比黛這樣下去也不是辦法，決定通融她，只好勉為其難的答應了。

就這樣，伊凡有了新的任務，就是幫妹妹上課，平常除非是山上工作忙不過來，伊凡大部分的時間都留在家裡教妹妹讀書。比黛很珍惜能夠學習讀書寫字的機會，很認真的跟哥哥學習，每次回學校考試，成績都是班上的最高分。

這樣讀了六年之後，比黛終於要畢業了。她穿著制服好開心的到學校去參加畢業典禮。在典禮的頒獎時，她好期待自己的名字被唸出來，畢竟，這幾年的月考、期末考的分數，她都是全班最高分的。令她意外的是，畢業典禮上，她並沒有拿到任何獎狀。

阿慕依看到女兒失望的表情，忍不住去問老師為什麼女兒考試成績這麼好，竟然沒有給她一個獎。

「沒辦法，除了學科之外，我們還有其他的學習，像是音樂、美術、體育……，以及孩子的德育、群育的學習。」老師耐心的跟阿慕依解釋。「她沒有到學校來上課，這部分的表現我們沒有辦法評量，因此，只能讓她拿畢業證書，請你們體諒了。」阿慕依是個講理的人，聽老師的解釋之後就了解了。她牽著女兒的手離開學校，直接到學校附近的小店。

　　"nanu szyon su,agal nanak."

　　「你喜歡什麼，自己拿。」阿慕依跟女兒說她知道她很認真的讀書，雖然因為沒有到學校上課而不能得到獎狀，但她的表現是媽媽心中的第一名了，所以讓她自己挑選想要的獎品。

　　其實，這間客家老闆開的小店非常小，比老王那個雜貨店的貨品還少了很多，比黛只能在幾種糖果餅乾中挑選「獎品」，天生活潑樂觀的她還是很開心的選了幾種糖果、餅乾、酸梅，帶回家跟「哥哥老師」一起分享。

　　自從堡耐有了自己的土地，又多了伊凡做幫手，他的稻作愈種愈多，經濟作物也種了不少。他在北部就有跟客家人做買賣的經驗，所以也會自己去找買主買他的農作物。作物有了收購的管道，他就種了更多的杉木、竹筍、生薑、香菇……，他需要的人手也就更多了，有時候，他用換工的方式已經不夠因應自己的工作量，山上有很多工作只好用錢請人來幫忙。至此，堡耐儼然是部落第一個原住民老闆似的，很多布農族的朋友都會稱讚他說：「你們泰雅族的頭腦很好啊！知道怎樣賺錢。」

　　每次到田裡工作的時候，一些年輕的男女總會有意無意的偷瞄其他的年輕人，很多布農族的女孩子最喜歡跟伊凡搗蛋，別看伊凡快二十歲了，手臂、腳筋肌肉強壯、線條清晰，完全

是個成熟勇健的男人；他被太陽曬得黝黑的臉頰上卻嵌著一雙醜陋的大眼睛，聽到女孩子叫他，內向的他總是假裝沒有聽見。原本他至少會回應一下的，可是以前他回應的時候，所有的女孩都故意搖搖頭說：「誰在叫你啊？沒有人在叫你啊！」然後哄堂大笑。此時，堡耐一定開口罵伊凡。

"Iban,inblaq mtzyuwaw,nyux mhtuw qehuy su lga?"

「伊凡，好好的工作，你是正在長犄角是嗎？」，長犄角，是因爲人們發現牛、羊、鹿等小動物在剛要長犄角的時候，會顯得特別不安分，這裡跑跑、那裡跳跳、磨磨頭頂、磨磨身體的，形容一個人不好好工作的時候，就會說「你是在長犄角嗎？」。這麼大了還要被罵，他覺得很丟臉，所以，伊凡吃了幾次虧之後，女孩子叫他，他也就不回應了。

尤幹也常常去幫堡耐工作賺錢。有一天，尤幹憂心忡忡的來上工，堡耐關心的問他怎麼了，他搖搖頭說沒事。阿慕依跑去問娜莉，娜莉告訴她說，奶奶做主要把吉娃絲嫁給教會裡的布農族年輕人伐伐，吉娃絲不答應，哭了好幾天，不吃飯也不說話，他們都很擔心。

"yaqih pi!qu aki pkyama qasa?"

「人不好嗎！那個原本應該是女婿的人？」阿慕依問。

"baha yaqih la,blaq balay qu aki yutas ru yaki qasa ay,blaq kwara inrasan nha qutux ngasal nha.ru lokah balay uzi sinnhyan nha, baha yaqih qasa lpi?"

「哪裡會不好呢？那個原本應該是親家和親家母的人也都是非常好的人，他們的家庭也帶的很好，他們的信仰也很深，怎麼會不好呢？」娜莉說。

"nanu swa su ini ragiy cikay mimu Ciwas lpi?teta blaq qnxan

nya babaw nya ru."

「既然如此，你為什麼不幫著勸一勸吉娃絲呢？好讓她以後能有好的日子可以過啊！」阿慕依說。

"ay,baha kya qu kkal myan qu yan sami tnapang hya lpi,muy?"

「唉，像我們這樣『用來補綴』的人啊！怎麼可能有立場說話呢？慕依。」娜莉搖搖頭，無奈寫在臉上。「tnapang」是指在破衣褲上補綴的那塊布，這裡形容男子妻亡之後再娶的女人。

"kiya cyux nanak qsliq nya mlikuy pi?"

「她有沒有自己中意的男子呢？」聰明的阿慕依突然想到，大概有此可能，非常謹慎而小聲的問娜莉。當時的男女是沒有人敢明目張膽的自由戀愛，但因為有機會上學、學洋裁、上教會，特別是山地青年訓練，所以傳統的禮教似乎愈來愈難以抵擋慢慢開放的新潮流。許多男女也會自己互相傾慕，運氣好的父母心知肚明，就去說媒提親成婚，有情人終成眷屬。有許多人卻依然扳不開嚴苛的傳統束縛，只得聽命於父母的抉擇，抱憾嫁娶做一對非自願的夫妻。所幸（或不幸）社會風氣很難接受離婚的事情，不管如何，成家的男女也就這樣兒孫滿堂，牽手一生了。

"ima baq lpi?"

「誰知道呢？」娜莉說。

其實，吉娃絲不願意嫁給伐伐，奶奶是知道的，以前在部落時，尤帕斯就常常藉故到家裡來找吉娃絲，兩人在院子裡有說有笑的，聽在老奶奶耳朵裡也知道這兩個孩子是互相愛慕的。但是，奶奶堅決做主要讓自己最喜愛的孫女嫁給布農族的年輕人，是因為她捨不得吉娃絲離開自己回到北部去。而伐伐

老實又勤勞，是個獨生子，家裡的土地非常廣闊，父母也都是很好的人。所以她非常堅持，要把吉娃絲嫁給伐伐。當雙方家長說好了婚事，伐伐就常常過來幫忙尤幹工作，甚至還帶了自己家裡換工的工人過來幫忙，尤幹得到了這麼好的幫手，就更喜愛這個未來的布農族女婿了。

對照尤幹一家人的熱情，吉娃絲卻是冷淡得出奇，她非常不喜歡伐伐看起來烏黑的臉上生了一隻那麼扁的鼻子，粗短的小腿走起路來一點都不英挺，咧著嘴笑起來的時候簡直像個傻子，反正，當一個女孩子討厭一個男人的時候，他小小的缺點都是要放到最大的。其實，以平常心來看，伐伐還真是個人模人樣壯碩的布農族帥哥哩！

隔天清晨，娜莉滿臉憂愁的趕來上工，卻不見尤幹一起來。

"ini uwah Yukan hya?"

「尤幹沒有來嗎？」堡耐問。

"ay,baqaw ta la,wal si khngan musa hmkangi Ciwas shera la."

「唉，我們誰知道呢，尤幹昨天連夜去找吉娃絲了。」娜莉說，"tehok sami ngasal gbyan hera lga,ungat ngasal Ciwas la,kiya tpucing sami musa hogal nanak lma yaki mu."

「昨天我們一回到家吉娃絲就已經不在家了，我婆婆說大概是在我們出門之後，她隨後就自己出門下山了。」娜莉又擔心又懊惱。

"wa,mosa inu yan hya qutux nanak kneril hya lpi?"

「哇，像她這樣一個女孩子可以去哪裡呢？」阿慕依聽了也過來關心。

"wayal rasun hmkangi Ciwas na Yukan uzi qu Baba,say

hmkangi sa Skaru,ini wayal ngasal na qsuyan nya ma yaki."

「尤幹也帶了伐伐一起去找吉娃絲，我婆婆叫他到斯卡路部落找她，或許她到哥哥家去了。」

"ungat lga, usa maqut Lesing uzi son na yaki mu."

「我婆婆跟他說如果沒有的話，也可以去問問雷幸。」娜莉說。

"han~Lesing ga?baqun mu la,knan saku Wasiq maha, blaq nya musa ngasal Yukan qu Yupas nya ma,"

「喔～～雷幸嗎？我知道了，瓦夏曾經跟我提到過說，她的兒子尤帕斯老是愛往尤幹家跑，」阿慕依想起瓦夏曾經跟她說過的話。

"ana ga,ya qu Yayut ni lkWtan qu aki syon magal ina ni Lesing hya,rima nya splagu Yupas sa ini hoqil na lkWatan lma Wasiq."

「可是，雷幸真正屬意娶來當兒媳婦的是瓦且的女兒雅悠，就在瓦且還沒過世之前，他就已經跟瓦且提過說雅悠是他要幫尤帕斯『預定；等待』的人了。」

"han~han~siqan balay lungan Ciwas lpi."

「喔～是這樣喔～～吉娃絲的心好可憐啊。」娜莉理解的點點頭。

吉娃絲那天比較晚才有機會下山，她腳程又慢，花了三天才到斯卡路部落，她在竹東小鎮的客運站遇到斯卡路的鄉居，才知道現在已經有客運車從竹東開到五峰鄉公所了。她搭車在鄉公所下了客運車，徒步上山，到達大哥喜濫的家時，正好是晚餐時間。妹妹突然出現，大哥大嫂非常驚喜，她在竹東鎮上買了一些糖果餅乾給姪子姪女們吃，孩子都非常高興。不停的叫她「yata Ciwas（吉娃絲姑姑）、yata Ciwas，你也帶我們去

坐火車到高雄好嗎？」開心的圍著她都不想吃飯了。嫂嫂比較敏感，發現小姑心事重重臉色不對，就阻止孩子吵姑姑。

"nhay qaniq mami la,laxi say tqlih yata mamu.smttunux simu balay wah."

「快去吃飯了，不要去吵你們的姑姑，你們真是吵得人頭痛啊！」三個小鬼才乖乖吃飯。

吃完晚餐，孩子們一個一個被帶去洗澡，吉娃絲在昏暗的燈光下坐在廳堂的矮木凳上跟大哥聊天，這時她才發現，部落已經有電燈了，大廳屋頂的橫梁上，正掛著一顆圓圓的燈泡，發出淡淡鵝黃色的亮光，照得整屋子溫暖明亮。

「這是在半年前就接好了，」喜濫說，「我們這裡現在每一家都有電燈啦！你沒有看到路上有電線桿嗎？」他問。

「我沒有看到。」吉娃絲搖搖頭，她一心趕回部落，完全沒有心情注意四週環境的變化。他們後來談了父母、奶奶、弟弟的近況，也交換了部落的最新消息。

「上個月，雅悠結婚了嘿！」喜濫說，「雅悠？你是說lkmama Watan（瓦旦叔叔）的雅悠？」吉娃絲很驚訝，明明是一件令人欣喜的喜事，但女人的第六感卻讓她感到有點不安。畢竟他們以前是在一起成長，一起參加活動，也都認識當時算是「部落王子」的尤帕斯，雖然尤帕斯當兵這幾年他們都有書信往來，但她在一年多前搬離部落，三民鄉的郵件更難收到，往往一封信拿到手上都快要一個月了。

「她嫁給尤帕斯，雷幸的尤帕斯啊！我們都有去幫忙啊！」喜濫開心的說。男人，在有關男女情愛的部分，只要是跟自己無關的，彷彿完全是個白癡，一點基本的觀察力都沒有。喜濫做哥哥的這麼多年了，還不知道自己妹妹的意中人是誰，還以

為以前尤帕斯每次藉故到家裡來找他玩石頭棋（用石頭當成棋子），是真的想來和他玩，殊不知人家有時故意讓他贏、逗他開心完全是看在他身邊的妹妹份上。

"a……aw……ga……?"

「啊……是這樣……嗎……？」吉娃絲臉色霎時慘白異常，連嘴唇都失去了血色，身體搖晃了一下，旋即強做鎮定坐正。

"cingay balay gluw nha mnwah,"

「他們來了好多的親戚啊，」喜濫提到這件事就興致高昂。畢竟，在泰雅族的社會，最大的事情莫過於男女的嫁娶了，這可是要由部落的 mrhuw（意見領袖）召集大家開會，分配籌備工作的大事。

"wa,kahul Nahuy gluw na ina Lesing,kahul Kapanzang gluw na yama lkWatan,ana gluw na yata Upah kahul sa Girang uzi ga mnwah uzi.wa, memaw sami moyay balay lwah."

「哇，雷幸媳婦從尖石來的親戚，瓦旦叔叔從復興鄉來的親戚，連雅悠的媽媽烏巴赫在宜蘭娘家的親戚都來參加。哇，我們大家都快忙翻了。」喜濫說得興高采烈，吉娃絲卻是青天霹靂痛得心如刀割，她努力忍住快要潰堤的淚水，毫無意識的點著頭。

"isu usa mima la,Ciwas."

「換你去洗澡了，吉娃絲。」嫂嫂在屋外喊她。

"nyux misu shakut qsya kilux sa baket la，pinbaq ay, tkusay su nya ki."

「我已經幫你提了熱水在水桶裡，小心！不要被它燙傷了。」嫂嫂抱著一個光溜溜的小孩，邊走進房間邊說。

吉娃絲起身迫不及待的衝進洗澡間去，關上門，她背靠在門後雙手就摀著臉傷心的哭了起來，她忍著不敢放聲大哭，從喉嚨深處用力的發出尖銳的嗚咽聲，指縫間不斷滲出熱燙的淚水。這件事無異宣告了她下半生的命運，一切都沒指望了，她必須遵照長輩的意思，嫁給自己不喜歡的人。

　　對於未來的生活，從小母親就過世的吉娃絲來說，獨立而勤快的她是不害怕生活上的困苦，最令她痛徹心扉的是心愛的人娶了自己的好朋友，很深很深的傷痛在於她感覺被背叛了，而且他們一個是朋友一個是她深愛的人，是雙重的背叛。

　　"Silan.nyux sqani Ciwas?"

　　「喜濫，吉娃絲有在這裡嗎？」廳堂傳來父親尤幹的聲音，本來還在洗澡間慢慢磨蹭的吉娃絲突然驚醒，父親居然追來了。

　　"aw ay.misan tehok gbyan qani,cyux mima hi suruw."

　　「是啊，她在傍晚的時候剛到的，正在後面洗澡。」喜濫看到父親也突然大駕光臨，還帶了一位黑壯的年輕人，覺得今天怎麼這麼奇怪，大家都是這樣突然出現的。

　　"swa simu si pbuci mwah?swa simu ini pgluw mwah pi?"

　　「你們怎麼各走各的，為什麼你們不一起來呢？」他搔著頭問父親，順便打量這位年輕人。

　　「Baba，這是我的兒子喜濫啦！」尤幹把兒子介紹給伐伐。

　　"Baba lalu nya,Tayal ni Sanmin go Bunun son nha,aki hya yanay su babaw nya hazi la."

　　「他的名字叫做伐伐，他是三民鄉那裡的『泰雅』（原住民），那裡的『泰雅』叫做『布農』，他以後也許就是你的妹夫了。」尤幹跟兒子說。

"ay ay yutas,swa su mkhngan tehok lpi?tama cikay ru hngawa saku ramat ha ki."

「啊呀！啊呀！公公啊，你怎麼這麼晚才到了呢？請先坐一下，我先去熱飯菜呀！」媳婦哄睡了孩子，跑出來接待公公和客人。吉娃絲洗完澡，提著空水桶怯懦懦的走出來。

"aw su nyux sqani ga,maymaw sami ini hngaw hmbyaw isu. aki su kmal cikay i pshriq su ngasal ki."

「喔原來你是在這裡呀，害我們馬不停蹄的追你。你離開家的時候也該說一聲吧！」父親剛到兒子家，在媳婦面前也不好意思直接發作，口氣卻聽得出他的極度不滿女兒私自逃家。

吉娃絲不說話，低著頭走進廚房幫嫂嫂熱飯菜，嫂嫂是個聰明的女人，從小姑進門的臉色加上一些蛛絲馬跡，就知道其中必有隱情。她們在廚房邊做菜邊聊起來，吉娃絲流著眼淚把事情都告訴了嫂嫂。「那個就是你未來的先生嗎？」嫂嫂問她，吉娃絲點點頭。「他看起來人不錯啊！我們女人結婚就是要嫁給一個好的男人啦！他又是教會的弟兄，一定會對你很好的，既然長輩的意思是這樣，我們做晚輩的就不能反抗啊！」嫂嫂講的道理是她從小聽長輩跟她說的道理，也是她一直信奉不疑的禮教，現在她也這樣說服小姑。

吉娃絲眼看一切都無法挽回，只好乖乖跟父親和伐伐回到了三民鄉，沒多久他們就在教會舉行婚禮，吉娃絲懷著無限遺憾嫁給了布農族的伐伐。

堡耐南下第五年的秋天，父親第二次來探視他們，雷撒看到兒子在這裡開墾的成果豐碩，心中非常安慰，嘉許他。

"nanu baq su mqyanux ga,nay."

「果然你還滿會生活的，耐。」他依然是抽著菸斗緩緩的

說。父親這次來，已經是八十歲了，臉上皺紋更深更多，身型也消瘦不少，但他還是堅持在小山澗洗冷水澡，只是不等太陽西斜氣溫降低的時候才去，他現在是比以前早一點去洗了。

當雷撒到山上去，看到兒子的農地開墾整理的井井有條，滿山坡結實累累金黃的稻穗，每一棵都是那麼豐美高大的時候，他忍不住跳進旱田裡，高舉雙手，大聲的讚嘆。

"pagay nanu qani hya la?ta kinwagiq ta kinkrahu ga,ana squliq lga obeh nya'mukan ini ktay la.ha ha ha ……"

「這是什麼稻子呀？那麼高，那麼大，人都快要被它掩蓋起來看不見啦！哈哈哈哈……」雷撒開心的哈哈大笑。

這次，他住到隔年初秋才回斯卡路，在這裡他會到農地幫忙工作，還會跟堡耐父子上山去狩獵。有一次，他們共獵到了一隻大山豬、兩頭鹿，還有許多松鼠、飛鼠、果子狸，獵獲頗豐，他們把獵獲拿給部落的族人分享，連聚落的平地人也都分到了。

這幾年，堡耐除了種植日常所需的傳統農作物之外，也種植杉木、竹子、生薑、香菇、木耳等經濟作物賣錢，加上他們靠著揹工、上山打工所賺的錢，加起來也不少了，於是他又買了十幾甲的土地種杉木。他土地最多的時候，在高雄的三民鄉總共擁有將近三十甲的土地，至此，總算實現了他當初南下開墾一片天地的心願。

山豬之父

　　堡耐家的男人都是體魄強健、勤於勞動的人，做山的工作不管是在新竹的家鄉斯卡路，還是高雄的三民鄉，開墾、種植作物、狩獵、捕魚、搭建房舍……，這些日常勞動對他們來說就是生活最主要的部分。比起開發較早的斯卡路山上，堡耐反而更喜歡南部這個樸實的深山部落，不管是人，還是自然環境，距離他所謂「文明」的干擾比較遙遠一點，這種生活是他所熟悉的，彷彿使他的生命能夠連結與更貼近祖先的足跡。

　　生活穩定了，堡耐便常和阿浪趁著農忙空隙的時間，出去從事打獵的活動，這幾年也交了很多排灣族和鄒族的朋友。大家會相約去打獵，冬季農閒時的狩獵活動，男人一出去往往要好幾天甚至半個月以上才會回來。

　　鄒族長老巴武的兒子巴倪（Pani）是個非常優秀的獵人，堡耐對他是非常敬佩的，哈勇後來娶了巴倪的妹妹。巴倪的腳程非常神速，跟同夥一起出發，他走在前頭一下子就不見人影了，等後面追來的人到達時，他踩過的草叢都已經恢復原狀，根本看不出他走過的足跡，宛如鄒族版的「草上飛」，所以巴倪擅長做追獵，總是帶著一隻獵狗，一把獵刀狩獵。

　　堡耐的個性穩重內斂，但他狩獵時的冷靜和膽識卻是讓人不能輕忽的。有一年，他跟布農族、鄒族、以及排灣族的朋友一起出去打獵，搭獵寮住在深山裡，有了較多獵獲的時候，他們會先揹回部落，然後再回來繼續狩獵。他們山上、部落來來回回共待了一個多月之久，很奇怪的，那次所有人的獵獲都不

太好，唯獨堡耐一個人大豐收，光是山豬就獵了七隻，其他還有山羌、山羊、山鹿多隻。大家都對他刮目相看，說：「啊！我從來沒有見過麼厲害的獵人。」

在山上獵到山豬時，他們會把山豬的毛用火燒了刮乾淨，然後剖開豬肚子，新鮮的豬肝沾一點鹽巴當場分食。豬內臟清洗整理抹上鹽之後，裝在竹筒裡面，竹筒是用粗麻竹製作，筒蓋仔細的削磨，蓋起來非常密合，即使倒著放都不會滴漏，他們把這些竹筒沉在冰冷的溪水中，回家的時候再帶回去。

他們會搭起架子，把剖開了肚子的豬肉整隻掛在架子上，架子四周圍著柴火把架上的肉烤乾，在烤肉下方用粗麻竹剖半，平放在底下承接從肉塊滴流下來的豬油，一夜放涼之後豬油結塊，將兩片盛滿豬油的麻竹合起來，用細蔓藤綁緊，就可以帶回去炒菜用了。豬隻烤乾之後再行肢解，烤過的豬肉保存較久，也可以減輕重量，方便揹回去。

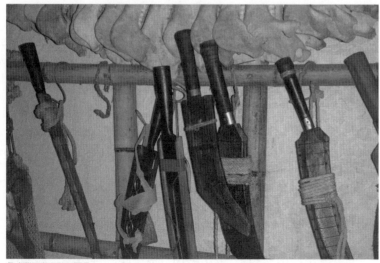

各式獵刀與山豬下顎骨

堡耐的排灣朋友處理山豬很特別，他會把整隻豬的皮剝下來，剝下來的豬皮，比人都還高，豬肉肢解之後就用這張皮包起來揹回去。

　　常去狩獵的兩年之間，堡耐總共獵得了二十八隻山豬，他學布農族人把每次獵獲的山豬下顎骨頭，串起來掛在屋簷做裝飾。他的屋簷串了兩層的山豬下顎骨，還有好幾串的山豬獠牙，每次風一吹，那些獸骨相撞，便發出「喀啦……喀啦……」的聲響，彷彿在提醒人們，這屋子的主人是多麼優秀的獵人。事實上，在當時聚落裡人們都尊稱堡耐是「yama buta no otosang（山豬之父──日語發音）」。

　　堡耐屋子的牆壁上，貼有許多鰻魚的尾巴，扇型的魚尾把牆壁裝飾得很美麗。鰻魚肉質鮮甜細嫩，泰雅族人認為能夠捕獲鰻魚是非常 mqoyat（幸運）的，所以會把牠的尾巴切下來留做紀念，而且客人來了可以看著鰻魚尾巴的大小來判斷當時捕獲的鰻魚有多大條，這也是主人跟客人之間閒聊的話題。

　　堡耐一家人在南部開天闢地努力耕耘，他們從無到有，匆匆也過了十年。比黛已經長大回到北部去工作；哈勇娶了鄒族恩人巴武的小女兒，她也就是堡耐初到三民鄉時，在甲仙鎮請她們吃麵的兩姊妹之一。哈勇在父親家隔壁蓋了一間自己的房子，也有了一個小壯丁。

　　堡耐看兒子哈勇終於成家感到很是欣慰，哈勇從小個性剛烈，爭強好勝的性格讓父親頗為擔心。記得有一次，哈勇跟父親一起上山收取前幾天架設的陷阱。到了獵場，父親便叫他往右邊收，堡耐自己往左邊走。

"pinbaqiy cikay cyux sa puqing yutas saping qasa hya ki."

「在『山棕樹爺爺』（老山棕樹）底下那一個陷阱，你要特

別小心啊。」父親說。

"knita mu rapar nya ga, aki hazi krahu na bzyuwak qsinuw wah."

「依那個腳印來看，我判斷牠是一隻大山豬喔！」父親要他特別注意。

"aw,baqun mu la!"

「好，我知道了！」哈勇回答，兩人便分頭走了。

哈勇走著、走著，才剛看到山棕樹的影子，就聽到「吼～～吼～～吼～～」的吼聲，山棕樹叢像是正在被暴風吹襲一般，劇烈的搖晃著，哈勇頓時呼吸急促、全身血脈賁張，睜大眼睛緊盯著樹叢，他雙手握住 sinhlingat（長矛），一步一步慢慢接近獵物，「吼～～」他看見了，果然被父親料中，那是一頭凶猛的大山豬。這時，山豬也看見他了，山豬看到人類更憤怒，用盡全身的力氣劇烈的掙扎，企圖掙脫緊緊箍在腳上的鋼絲陷阱，牠張著尖長獠牙的嘴對著哈勇猛吼。

哈勇一個箭步往前，將長矛對準山豬左頸部的動脈用力插了下去，「啪！」長矛尖竟應聲而斷，在此同時，大山豬也掙脫了陷阱往他衝了過來，這瞬間的變化太快了，實在令人意料不到。說時遲，那時快，「啊！」哈勇想都不想，雙手直接抱住撞上來的凶猛的大山豬就一起往山下滾，他們滾……滾……滾……兩人（一人一豬）滾到一棵大樹下，就被大樹的腳（根）擋下來。哈勇發揮在金門當蛙人的訓練，左手緊抱住山豬脖子，右手迅速抽起腰上獵刀，刀尖貼著山豬頸動脈處使勁送下去，「噗滋！」溫熱的豬血噴得哈勇一臉的黏稠，熱熱的鮮血泊泊流出來，也沾滿了他緊握獵刀的手，山豬企圖扭動身體幾次之後便漸漸放棄掙扎，終於投降在哈勇的懷抱裡。

" Hayung!Hayung!cyux su inu la!"

「哈勇！哈勇！你在哪裡啊？」父親在遠處聽到人獸的搏鬥聲，飛快趕過來，卻只發現斷裂的長矛在老山棕樹邊，和兒子滾下山的痕跡。父親整個人從頭頂涼到腳底，以他狩獵多年的經驗來看，哈勇這下子一定是凶多吉少了。

"aba,aba,nhay wah!"

「爸爸，爸爸，趕快來！」哈勇的聲音從山坡下方傳上來，堡耐聽見趕緊往下找，他邊跑邊滾的往山下去，終於在一棵大樹下找到了抱著山豬滿身是血的哈勇。

"ini su khswa ga,yung?"

「你沒有怎樣吧，勇？」堡耐著急的問。

"ini saku hswa ga,ba."

「我沒怎樣啊，爸！」哈勇回答。當他知道兒子平安的那一刹那，號稱「山豬之父」的堡耐忍不住高興的掉下了英雄淚。

排灣族巫師

　　有一年的秋天，哈勇帶弟弟伊凡，趁著稻作收成完畢的空閒，約了鄒族的小舅子巴倪和一個排灣族朋友，四個人一起上山去狩獵。他們只打算要去三天，所以也沒帶多少米糧就出發了，這次不是要做追獵，所以除了習慣一定要帶獵狗的巴倪之外，大家都沒帶獵狗去。

　　四人爬了好久的山，到了一座山的山頂，仔細望一望地形，覺得不太滿意，他們又從這座山開始往下走，走了快一小時，渡過一個小山澗就開始往上坡爬，終於爬到了一個比較平坦的土坡，他們便決定在這裡搭建獵寮。

　　在這裡自然就是最勇壯的哈勇做指揮了，他和巴倪負責搭蓋獵寮，伊凡負責撿拾晚上要燃燒用的材薪，排灣族的朋友則背著四根粗麻竹筒到山澗汲水備用。沒多久，簡單的獵寮就完成了，材薪也堆了一大堆，水也背回來了。於是，哈勇把伊凡留在獵寮負責出去找野菜和煮晚餐，三個男人便分頭去放陷阱。

　　深秋的午後，林子裡的風吹得特別猛，一下子，獵寮外就「劈哩啪啦」掉了一樹林的枯枝落葉，伊凡採摘野菜的時候，頭上還被一根枯樹枝給打中，嚇了一大跳。看看天色似乎比平常還要怪異，應該還沒到黃昏，怎麼西邊的雲彩變得那麼紅？依照他住在山上的經驗，這樣的天色好像是颱風要來的徵兆啊！伊凡心想我們大概不會就這麼倒楣遇到颱風吧，他砍了一棵黃藤，把滿是尖刺的莖剖開來，取出潔白脆嫩的藤心，然後

採了一些 Wasiq（龍葵），又在竹林深處的腐木上找到一堆肥厚的野生木耳，就回到獵寮起火煮晚餐了。

天黑了，伊凡的晚餐也煮好了，到山上去裝設陷阱的三人一狗陸續回到了獵寮，他們一起享用伊凡煮的地瓜米飯，龍葵籐心薑片湯，炒木耳，以及從家裡帶來的油煎鹹鯖魚，這樣簡單的晚餐也讓大家吃得不亦樂乎。爬了一整天的山，大家很快的就睏了，他們把石灶的柴火加滿之後，圍在火堆旁坐著打盹，巴倪的黑狗則是蜷在主人腳邊安心的睡了。

睡到半夜，獵寮外面起了大風，沒多久竟下起大雨來了。「呼呼呼……嘩啦嘩啦嘩啦……」大風夾著大雨侵襲著整座山林。

「咦？怎麼會這樣啊？這是颱風嗎？」大家都被這場風雨給驚醒了。獵寮原本就是簡單搭建的暫時樓所，沒多久頂上的樹葉之間就開始漏雨了。

「我們必須趕快離開這裡，」哈勇說，「去找一個安全的地方躲一下」。於是大家立刻起來把所有的裝備都帶齊了，風雨太大根本不能點火把，只好摸黑慢慢往山下移動。

走了不久，他們在樹林中隱約看見有一棵巨大的樹木，於是在大風大雨中跌跌撞撞的往那棵樹的方向移動。走到大樹附近，感覺雨水似乎比較小了，風也在比較高的地方呼嘯而過，原來這是一棵枝葉茂密神木級的老樹啊！走到樹旁又發現這粗大的樹幹竟然往樹心凹了一個大洞，樹洞開口正好對著山坡下方，所以洞裡面是乾的泥土。這個發現讓大家開心的歡呼起來，不斷感謝神的庇佑。

他們四人一狗鑽進樹洞，洞裡頭飄著一股令人神清氣爽的檜木香味，「這是一棵檜木啊！」巴倪說。這樹洞剛好容得下

他們四人一狗，大家一進去就把樹洞塞得滿滿的一點都不能再轉動了，即使如此，也讓每個人都覺得非常滿意。這樣過了風雨交加的一整夜，天亮的時候，風停雨也停了，太陽像完全沒發生過什麼事一樣，依舊從東邊的山坡優雅的升上來。

「昨天好險啊！」、「風雨終於停下來了，」、「巴倪你的狗一直撞我的屁股耶，」……一夜風雨之後，大家從樹洞裡爬出來，驚險過後恍如隔世。抬頭看看這棵巨大的老樹，果然是棵非常粗大的老紅檜木，這棵樹救了大家一命。

整夜的風雨交加，想來昨天裝設的陷阱大概也不會有好的收穫了，「我們去把陷阱收一收，先回家去吧！」哈勇說。於是，大家分頭去拿回陷阱，伊凡還是回到毀壞的獵寮，一面照顧物品，一面想辦法用潮濕的木材取火煮飯，潮濕的木頭很難燃燒，即使燒了起來，黑煙迷漫，薰得他眼淚鼻涕直流。此時，伊凡特別想起爺爺以前在大雨中的竹林幫他生火取暖的事情。

"ana nanu kinqbaqan hya ga,mluw sa qba ta."

「技術和能力是跟隨在我們手上的。」他想起爺爺告訴他的話，他看看自己的雙手，卻依然不能明白爺爺說的話是什麼意思。

"baqun su nanak son nanu ga blaq."

「你自己將會知道該怎麼做才對。」爺爺是這麼說的。他看了看雙手又看了看冒著濃黑煙卻沒有火舌的柴堆，突然想起長輩在山上最常使用 iboh（赤楊木）來起火。他趕緊到林子裡找了一棵赤楊木，砍下幾根樹枝，回到獵寮用細的赤楊樹枝重新起火。一般的木柴必須要等木頭裡的水分乾了才可以燃燒，赤楊木卻是可以生燃的，赤楊木可以在潮濕的環境中燃燒，也

是它的特性之一，這對泰雅族人來說是生活常識，伊凡只是一時沒想起來。用赤楊木起火之後，灶火不一會兒就成功的燃燒起來了。原來，爺爺說「在手上」的意思是要他自己動手的意思；「自己知道怎麼做才對」是要他自己懂得變通，會自己想辦法，他現在終於明白了。

還沒到中午，大家就都回來了，巴倪運氣特別好，抓到了一隻小山羊，算是最大的收穫者，其他人除了抓到小山鼠，陷阱幾乎沒有什麼收穫，吃飽之後大家就揹起裝備打道回府。一路上草木橫七八豎的，被風雨摧殘的林木枝葉凌亂疲倦的垂掛著，每一棵都像個張牙舞爪發了瘋的長髮女人。風雨過後的山林土石鬆動地面特別滑，他們小心的走了好久，終於走到當初山下的小山澗，通過山澗之後再上山頂，下山就可以回到家了。這時，大家驚訝的發現當初那條「小」山澗，經過了一夜的豪雨，沖刷成了一條夾帶污泥石頭的滾滾大河，把這座山分成了河岸兩邊，糟糕的是，這場豪雨帶來的大水，使得河水暴漲之外，也把原本的小山澗兩岸切得比原來更寬了，他們已經完全不可能涉水到對岸去了。

天色漸漸暗下來，雖然雨早已停了，但是湍急的流水把他們隔在這無援的孤島上，回不了家。

「我們趕快先搭獵寮吧！」哈勇說，「今天是不可能回去的了，」搭蓋房屋對不管哪一族的原住民男人來說都是基本的技能，他們七手八腳的一下子就把棲身的獵寮搭好了。原本帶來的糧食已經吃完，就在獵寮裡把獵到的小動物烤起來吃了，這一夜就睡在獵寮中。

隔天起床，河水消退了一點，但河面已經變寬河水也變深了，完全無法渡河，最怕是萬一又下起雨來的話，河水再漲起

來那就真的不知何時才能回家了。

　　吃過簡單的早餐，大家就開始想辦法如何脫困，「我們以前遇到這樣的情形，都會搭木橋的。」哈勇說，「只是搭木橋很費時，如果單方面搭過去，大概需要三、四天時間，如果兩對面搭過來，一、兩天就可以完成了。」大家想到所帶的糧食也快吃完了，若要等上三天，恐怕很難捱。

　　「啊！不管啦！我們自己先搭吧！如果有人找到我們，這樣也比較快完成。」哈勇說。

　　於是哈勇指揮大家去砍長得直的，大約手臂粗細的木材。他叫伊凡到樹林砍很多 whiy（一種很強韌的蔓藤植物）回來備用，整個上午他們就在整理砍下來的木材，把細枝葉砍除乾淨，粗樹枝一根一根堆齊，伊凡也揹了一大綑 wahiy 回來。

　　「汪汪汪……」突然，巴倪的獵狗像是聽見什麼聲音，往河對面吠，不久，就聽見有人在喊他們的名字。

　　「Hayung~Iban~」（哈勇 ~~ 伊凡 ~~）、「Pani……」（巴倪），真的有人在高聲呼喊他們。

　　「喔 ~~~」大家高興得狂吼起來。

　　"aba,aba,nyux sami sqani."

　　「爸、爸，我們在這裡。」伊凡大聲回應父親。

　　沒多久，堡耐、尤幹和阿浪都來了，原來那天是颱風來襲，夜晚狂風暴雨河水暴漲，堡耐看這超大的雨勢，只怕上山的孩子會有危險，所以第二天一早就找了阿浪和尤幹上山找他們。

　　然而，要在這「山海茫茫」的地方找四個上山狩獵的人，實在是不知道該從何找起。堡耐就帶著家裡的獵狗尤命從他目送他們出發的那座山的方向往山頂爬去。獵狗的嗅覺靈敏，即

使被暴風雨沖刷過的山林，依然可以從細微的蛛絲馬跡中尋找到主人的蹤跡。他們跟著尤命一路找人，一路高聲呼喊。巴倪的狗兒聽覺靈敏首先發覺遠處的呼喊聲，牠便「汪汪汪……」的狂吠著回應他們，堡耐這裡的尤命也已經衝往哈勇他們的方向，堡耐一行人便隨著狗兒找到了被困在河對面的人。

"kya simu m'uzyay lrwa?nyux naras myan mami leqi magal ki."「你們大概餓了吧？我這裡有帶飯糰給你們吃，好好接著啊！」

堡耐拿起一個用麻布包裹的包袱，使盡全力往對岸拋過去。「啪！」一聲，哈勇接了個正著。

他們把巴倪獵到的小山羊拿出來，烤除毛皮，對半切開，用野生香蕉葉包好，再用剛才包裹飯糰的麻布包裹起來。

"aba,tniriq na Alang uyuk na mit qani, szyuki sqasa nanak lki!"「爸，這是巴倪抓到的一隻小山羊，你們自己在那裡烤了

泰雅族搭橋圖示1

喔！」，說完雙手用力往對岸拋去，半隻小羊的體積和重量可不比飯糰，還虧得當過蛙人的哈勇有著過人的腰力、臂力，半隻山羊「咻～～」的順利飛過河中央，往對岸落下。對岸三個男人六隻手高高舉著，往包裹方向圍過去，「啪！」三人一起把半隻小羊接了下來。這時，河兩岸各自處理晚餐，天黑了就坐在火邊睡覺，養精蓄銳等待天亮之後的架橋工程。

東邊山際才剛出現灰濛濛的亮光，河兩岸就已經開始有動作了，堡耐這裡也在忙著砍樹，餓了就隨便拿昨天剩下的食物果腹，繼續忙了好幾個小時，終於可以開始搭橋了。

堡耐把五根樹幹一根一根併排，用 wahiy 把它們緊緊串編成一片，就像一般橫跨在河上的竹橋、木橋一樣。然後在岸邊找了一塊面對對岸的大石頭，把這排木橋，以大石底座當成支點將它深深埋入石底，這時，第一段「木橋」插在大石底部已經朝對岸斜斜的站穩了。對岸哈勇這邊因為沒有適合的大石

泰雅族搭橋圖示2

頭，就按照堡耐的指揮，把他們的「木橋排」對準父親這裡的「木橋排」的方位深深插入泥地中，然後搬來大石塊壓在底部四周。這時，兩片木橋在河兩岸遙遙相對。

接下來，堡耐用 wahiy 在「木橋」的腰上緊緊的綁一圈，他就攀著這圈 wahiy 爬上去，站穩後再往上綁一圈。等他爬到一半的時候，下面的人就遞上一根木頭，堡耐把遞上來的木頭像鋼琴的黑白鍵那樣穿插在第一段「木橋排」之間，小心的用 wahiy 把它們綁緊，這次共需要四根木頭穿插在第一段的「木橋排」之間與第一段連接起來了。第二段木橋完成之後，他再重複剛才用 wahiy 緊緊的圈綁「木橋排」，然後踩著 wahiy 再往上爬。第三段「木橋排」則只需要三根木頭穿插在第二段的四根「木橋排」之間綁緊。

像堡耐這樣在湍急的河川上空使力工作是非常吃力又危險的，沒有足夠的技能和膽識是絕對不可能完成的。這些高空的動作所有的平衡，完全只靠他掛著一根長竹竿，插在河底撐著，快要失衡的時候就用手扶一下竹竿做平衡。底下的同伴看到他的表現，都佩服萬分，這其間他也爬下來吃飯、休息了幾次。

堡耐是這裡最有經驗的架橋人，所以整個工程以他為主，對面哈勇那邊也同步進行，慢慢把木橋往父親這裡架過來。畢竟薑是老的辣，堡耐這裡架到第三段的時候，年輕人這邊才架了兩段，但這時兩邊「木橋」彎彎的已經在河上空接上了。

"bhul isu la yung,moyay bnkis hya la."

「你把它綁了吧！勇，我這老人可是累了。」堡耐故意把最後完成的「榮耀」做給兒子，掛著長竹竿踩在 wahiy 圈起來的結，一步一步踩在木橋上往對岸走下去。

左右兩端的「木橋」終於接上了，哈勇趴在橋面上把兩端樹幹穿插排齊，將它們小心翼翼用 wahiy 上下編綁起來，木橋終於大功告成了。「嗚 ~~ 優呼 ~~!!」雖然只是用臨時砍下來的樹幹搭建而成，但此刻見它一道弧形，彎彎的橫跨在滾滾惡水上空，卻是令人感動忍不住高聲歡呼起來。

　　木橋搭建完成天色也暗了，以一般架木橋的工程來說，他們這次的速度可以說是非常快速的，竟然一天就搭建完成。

　　"laxiy qhliy mwah nyux sman ini slwuy qani ha, 'uwah suxan la."

　　「先不要勉強過來，天暗了看不清楚了，等明天再過來吧。」堡耐對他們喊。於是，大家又在兩岸各自起火晚餐，準備到第二天才過橋回到對岸。

　　隔天，哈勇四人把全部裝備都背起來，木橋只能一個一個人走，必須小心的踩在圈綁住木橋的蔓藤結上，以免失足滑落水中。他們輪流拄著長長的竹竿，一步一步慢慢往前走。

　　快腳巴倪第一個走過木橋，當他跳下木橋的時候，「汪汪汪……」他的獵狗小心的跟在後面也跑過來了。接下來是排灣族朋友，然後是伊凡，哈勇在最後。當伊凡跳下木橋的時候，不知是沒算清楚距離，還是腿力不夠，竟然跳到岸上，又不小心滑到了湍急的河水中。

　　「啊……」岸上所有人驚呼，哥哥哈勇正好剛要開始過橋，看到弟弟掉到水裡，他想都沒時間想，直接從木橋這端「跑」到對面（竟然不用拄竹竿）。畢竟是蛙人出生的哈勇，他躍下河中抓住了伊凡的手臂，兩人雖然被水載浮載沉的沖了大約十公尺，但哈勇用力把弟弟往岸邊拉，終於碰到一段斜躺在岸邊的倒木，兩人才擱淺在岸邊站了起來，這突如其來的狀況

把大家都嚇壞了，全身濕淋淋的伊凡更是嚇得臉色慘白，還好哈勇反應快速，讓這意外的落水事件有驚無險的過關了。兩兄弟平安歸來之後，大家便整理裝備打道回府，結束了這次深山狩獵的秋颱驚魂記。

回到家中的當天晚上，伊凡整個人非常不舒服，吃不下飯，半夜發起了高燒。

"ki'a su nyux kyapun m'atu hazi,pinshoziq su mhotaw su gong soni la"

「你大概是因爲今天落進河裡浸濕身體而感冒了。」阿慕依看兒子整張臉紅鰲鰲的，摸了摸他的額頭，是正在發燒了。

其實，在山上偶爾生個小病，是人人在所難免的。可是因爲山上終年到頭的勞動工作，很難有時間專程爲了治小病痛而下山去看醫生，即使是到部落的衛生所去一趟也已經很不容易。所以，生病的人通常就是在家躺在床上休息，過個幾天，等病痛自己好起來。像伊凡這樣十幾歲的大男孩，小小感冒發個燒，大家都不認爲有什麼嚴重的，過個幾天自己就會好起來了。

第二天，伊凡躺在床上，整個人還是軟綿綿的非常沒有精神。當他嘗試著下床走動時，雙腿竟然不聽使喚的癱軟無力，整個人跪了下來，這下子把大家都嚇了一跳。

"aw,iyat yan qani hya lwah.aras pkita sinsiy simu ki yaya su ha,yung."

「哇，這樣子可不行，你和你母親帶他去給醫生看吧！勇。」堡耐也覺得兒子的病很不單純。於是，哈勇背著雙腳無力的伊凡下山到衛生所去給醫生看，媽媽也一起去。

因爲是背著弟弟，所以從家裡走到衛生所，比平常多花了

一小時多，他們快中午才到。打了退燒針，醫生讓他躺在病床上觀察，伊凡燒退了但還是全身無力，吃一點東西都會立刻吐出來，醫生拿了藥給他吃，請他們在附近找地方睡，因為明天還要再繼續觀察伊凡的狀況。

　　阿慕依上教會時，認識一位排灣族女人叫做樂葛安（Ljegelan），就住在衛生所附近，樂葛安年紀很大了，臉上皺紋滿布，走路慢慢的，說話慢慢的，但她眼神卻有一股令人說不上來的力量。樂葛安是不上教會的，教會裡的教友對她總是敬而遠之。阿慕依剛從北部南下，初到教會就在附近認識樂葛安，人到陌生的地方，朋友總是不嫌多，阿慕依主動跟她用日語打招呼，兩人就交談起來，後來她每次上教會，都會過去跟樂葛安聊聊天，打打招呼。後來知道樂葛安原來是一位排灣族巫師，所以她是不上教會的。巫師並不會隨便害人，但對於一般人來說，巫師還是令人感到害怕，敬而遠之比較好。大人都會跟小孩子說不要接近她，經過他的果園或是住家附近就遠遠的繞路過去，阿慕依才明白難怪大多數的人都不太接近她。不過，阿慕依不忌諱巫師，泰雅族也有巫師，他們大部分都是幫人去病解厄的，她把樂葛安當成一般人對待，一點都沒有疑慮。阿慕依到樂葛安家去，把伊凡的事情告訴她，希望能借住在她家一晚。

　　樂葛安仔細的看了看全身無力的伊凡，走進屋裡拿出一個光滑的葫蘆，從腰上的布袋掏出一粒無患子出來，她將葫蘆倒過來在弧形的葫蘆身上小心的把一顆無患子擺上去，同時口中念念有詞。要將無患子圓圓的顆粒放在弧形的葫蘆上很困難，她邊唸邊放，無患子掉了幾次之後，有一次卻穩穩的停在葫蘆瓜上一動也不動，這時，樂葛安心中似乎有了答案，她把無患

子拿下來放在手掌上，把手掌蓋在伊凡頭上一會兒，緩緩的說：「把他留在我家，我要收他做我的乾兒子，」樂葛安跟阿慕依和哈勇說：「你們明天先回家去，等他的病好了，我就會讓他回去。」

第二天，阿慕依母子兩人就先回山上去了，樂葛安叫伊凡還是要繼續接受衛生所的治療，她也會幫助他。

伊凡這次生的病非常奇怪，白天時人好好的，從傍晚開始雙腿就無力，眼睛弱視到了快要看不到的地步，有時伴隨發燒，這樣搞了快一個禮拜，衛生所的醫生也沒辦法了。

樂葛安每天一大早起床，就開始在唱歌，伊凡聽不懂她唱的是什麼歌，但他感覺得到那是一種咒語之類的歌。他以前就認識這個老婆婆，可惜不會說排灣族的話，兩人的日語也只夠最普通的溝通，所以伊凡在這裡只能安靜的按照這位巫師「乾媽」對她的照顧，乖乖養病。每天晚上，樂葛安會換上排灣族傳統服飾在伊凡床邊走來走去幫他「治療」，她拿一片樹葉擺好，一手拿著豬骨骸，一手用銳利的小刀在骨骸上一片一片削切骨片，嘴裡念念有詞，削下來的骨片一片片落在葉片上，然後把細小的骨片用這片葉子包裹起來，拿起來覆蓋在伊凡頭頂上，按著伊凡的頭，嘴裡繼續念念有詞，然後才慢慢停下來，這時，伊凡也就沉沉睡去了。

一個多月以後，伊凡身體狀況愈來愈穩定。

「明天你就可以回去了。」有一天晚上，樂葛安幫伊凡做了最後一次的「治療」之後，樂葛安告訴他：「你已經完全好了。」伊凡第二天起床，果然整個人精神都好了起來，就像過去一樣的健壯。他深深一鞠躬感謝乾媽這段日子的照顧，便獨自上山回家去了。幾天之後，堡耐帶著伊凡特地背了半隻山豬，一罈

酒去送給樂葛安，感謝她的救命之恩。

　　阿慕依一家人，因為跟巫師樂葛安有了這樣的密切接觸，使得部落裡的人，特別是教會的教友，對他們產生了某種距離。但是堡耐並不為意。

　　"ana phgup ga,ini si hmut uzi ki, blaq na squliq Ljegelan qasa hya."

　　「即使是巫師也不會亂來的，那個樂葛安是個好人啊。」堡耐說。

惡言中傷

　　南下開墾的第十年，堡耐在三民鄉的產業很穩定，連兒子都娶了鄒族妻子在這裡落地生根了。伍道眼看當初一無所有的堡耐，現在不但擁有廣闊的土地，「山豬之父」的名聲不脛而走，想想當初要不是自己把他帶來三民鄉，怎麼可能有今天的風光。他想起之前還被哈勇罵是「騙子」，如今堡耐一家人在這裡富足安定的生活，難道不是他的功勞嗎？想到這裡，心中一股怒氣和嫉妒的火苗油然而生。

　　有一次，他喝醉酒跑到巴武家去告訴他說：「巴武，你為什麼會把土地送給堡耐呢？你知道嗎？他當初送給你的酒是我釀的，你應該把送他的土地送給我才對啊！」，這段話讓哈勇的妻子知道了，轉述給哈勇，哈勇早就知道伍道說話誇大，也知道父親不會跟他計較，就不追究這個謊言。可是伍道最近散布惡意的謠言，告訴布農族的鄰居說：「堡耐很驕傲，他常常跟人家說布農族人很笨，不懂賺錢……長得黑黑的，看起來髒髒的，到底有沒有洗澡……」這些話傳到了堡耐的布農朋友耳中都非常訝異，他怎麼可以這樣說？大家都非常憤怒，認為堡耐表面上是個正直的人，原來背後是這樣驕傲自大，忘恩負義的人，竟然會說出這樣的話來，最不能接受這件事的就是他最好的朋友阿浪。

　　有一天早上，阿浪帶領了七、八個布農族男人來到堡耐家，要他給大家一個交代，哈勇的小舅子巴倪雖然是鄒族人但也被阿浪拉來了，每個人都很嚴肅，鐵青著臉圍坐在堡耐家。

「我們這樣對待你，你卻在我們背後說我們的壞話，這樣太看不起人了。」阿浪第一個開口說話。

　　「是啊！是啊！」、「怎麼可以這樣？」……其他的人也附和著，阿浪把伍道說的話，一一轉述給堡耐聽，要他給一個解釋。

　　堡耐聽完阿浪的控訴，沉默良久，最後才緩緩開口，用標準的布農族語說。

　　"sia maupacin tu is kukusu,nik asa palimatuk."

　　「對於這樣的控訴，我不想辯白。」他說。

　　"saikin hai mikua tu bunun,kata isang haiyap amin,"「我是怎樣的人，大家心知肚明。」

　　"ka mahtuang kamu sadung,tupa saicin halinga tu bunun, saiya sin zaku,sima tu bunun tuza kaviaz maka ma aupah,mazakamu ana haiyap maman tu mikua hai mazin."

　　「只請你們看一看，說這話的人。他跟我，誰的布農族朋友比較多，你們就應該知道真相是什麼了。」此刻，他感到從未有過的痛心，自己的族人誣陷他，最好的朋友竟也聽信讒言，他雙重的痛心，說完之後就緊閉著嘴，再也不說一句話。

　　坐滿了人的整間屋子突然沉靜下來，沒有人開口說話。聽了堡耐的回答，大家心裡才開始想他這些年在部落做人處世的態度；然後再想想伍道的為人，慢慢了解這應該是一個惡意的中傷。於是，還是由阿浪打破沉默，先跟堡耐道歉。「啊！我想我們大概是誤會你了，我怎麼會相信人家亂說的話呢？真是對不起啊！」阿浪打破了沉默，跟他道歉。

　　「沒關係，事情講清楚就好了。」堡耐立刻接受他的道歉。阿慕依看大廳的氣氛緩和情勢好轉，趕快從屋裡拿出家裡釀的

酒，煮了一鍋山豬肉，請大家吃。此時誤會澄清，大家就把酒言歡直到傍晚，眾人便返回家去。

布農族的朋友剛走，忍了很久的哈勇氣得雙眼都快冒出火來，他緊皺著眉頭，一把抓起牆上的獵刀，就往門外衝，伊凡看哥哥要出去拚命，也拿了一把獵刀跟出去，兩兄弟打算直接帶刀去找伍道算帳。

"lxani pucing mamu!"

「把你們的刀放下！」堡耐大聲斥喝。

"ana mamu ima, halay mamu mita Utaw ki."

「你們任何一個，都不准去找伍道。」父親嚴厲的斥喝，哈勇雖然極不甘心，但父親的命令他從來不敢違抗，悻悻然站在原地。

"saw saku ini swali posa?yaqih iyal Utaw hya la!"

「為什麼不讓我去？伍道實在太壞了！」，哈勇整臉漲得通紅雙手交叉在胸前，很不甘心。

"si swaliy la!pira ta Tayal nyux sqani pi?"

「放過他吧！在這裡（三民鄉）有幾個泰雅族人呢？」他已經把事情跟朋友們解釋清楚，堡耐顧念伍道同為泰雅族人，叫兒子不要再跟他計較。

"son maha kinbleqan na ita Tayal hya ga,iyat skahul nqwaq ta nanak kmal,skahul ta kinnita na squliq ita.nyux nha baqun mha hmswa qu zyuwaw lga,nanu qu si ga'halan su phaw hya lpi?"

「我們泰雅族人真正所謂的尊榮，不是靠自己嘴巴說的，而是要透過別人對你的肯定。現在，既然大家都知道了真相，有什麼非要你去懲罰他的呢？」他跟兒子說。

哈勇聽了父親的話，只好走回屋裡坐下來，伊凡趕緊把兩

把獵刀掛回牆上，堡耐就坐下來跟兩個兒子說了他年輕時的故事。有一次，他參加日本警察舉辦的相撲大賽，日本警察從新竹請了很厲害的好手，要跟斯卡路部落的泰雅族人比賽，比賽結果明明是堡耐把日本警察摔出場外贏了他，可是擔任裁判的日本人卻在最後舉起對方的手，宣布對方贏了這場比賽。

"baha yan nasa gaga hya la,aki isu maqux rwa!"

「哪有那樣的道理，應該是你贏了才對啊！」在場的族人都不服氣，幫他打抱不平。堡耐還是上前領了第二名的獎盃和獎品。

"nuway,baqun mamu kwara maha kun qu maqux balay lga yasa lru."

「沒關係，你們大家都知道我才是真正的贏者，那就夠了。」他跟族人說。

"yasa gaga ita Tayal hya."

「這就是我們泰雅族的道理。」堡耐說泰雅族人是「名譽」重於「名次」的，事實真相如何最重要，既然大家都知道他是真正的贏者，那麼，表面上的名次根本就不重要了。兩兄弟聽了父親的故事，怒氣漸漸平息，也就不再去找伍道算帳了。

瑪雅的婚禮

　　堡耐的女兒瑪雅，一直留在北部工作，這幾年換過兩、三個工作，但都是在工廠當作業員，至今還沒有結婚。對於泰雅族的女人來說，女孩子超過二十歲還沒嫁人，就是很嚴重的一件事，好像這女孩是沒人要似的令家人尷尬。

　　瑪雅本性活潑開朗，長得也很漂亮，在工廠認識過不錯的平地男孩子。可惜往往在交往過程當中，瑪雅因為是「山地人」的身分就會被對方長輩排斥，甚至禁止繼續交往。於是，瑪雅的終身大事就這樣蹉跎直到如今，二十五歲依然是孤家寡人一個。

　　這一年冬天，伊凡當兵去了，他跟哈勇一樣也被調到外島的金門服役。瑪雅趁著計畫轉換工作的空檔，來到了三民鄉的家。她剛回來沒有幾天，山下泰雅族聚落也來了一位年輕人，叫做喜佑（Sigyow），喜佑來到這裡住在他復興鄉的鄰居喜濫（Silan）家，喜濫搬到三民鄉已經好多年了，也是教會的教友，跟堡耐家人都很熟。

　　有一天下午，喜濫帶喜佑來到堡耐家，說是來專程拜訪。喜濫介紹這個過去的鄰居，說他們從小一塊兒長大，是很好的朋友。

　　喜佑自稱是在外面「做生意」的，這幾天剛好有空檔，就上三民鄉拜訪以前的鄰居。他長得高高壯壯，穿了一身剪裁質料都非常好的衣褲，這身打扮，在這窮鄉僻壤的山上可是難得的講究，的確令人眼睛為之一亮。喜佑幽默風趣、能言善道，

說他家在復興鄉可是大家族，父兄都是家鄉最有威望的人。他的話令樸實自謙的堡耐家人感到有點替他尷尬，但喜佑嘻嘻哈哈的一下子又把氣氛扳回來。

瑪雅畢竟長時間在外面工作，談吐見識跟一般生活在山上的女孩不一樣，她很大方的跟大家一起談天說地，跟喜佑很有話聊，兩人似乎一見面就很投緣，感覺像是原本就認識一樣。

"mniqa ta sqani gbyan ha"

「晚上在這裡吃飯吧，」阿慕依留他們在家晚餐。

"nway Sigyow maki sqani,kya zywaw maku na,aku lama kun hya."

「就讓喜佑留在這裡好了，我還有事情要先走。」喜濫把喜佑留在堡耐家，自己匆匆下山回去了。

阿慕依看這喜佑一表人才，瑪雅和他似乎很投緣，想想女兒已經二十五歲了，說不定這是一個不錯的緣分。於是很熱忱的招待喜佑，晚餐之後就留他住在家裡。

第二天，喜佑竟然不急著告辭，說他很喜歡這裡的環境，可以在這裡多留幾天。在山上，人們在家中招待長住的客人是常有的事，何況這喜佑如此討喜。

"qeri maki ngasal smoya su maki sqani,teta maki bes myan uzi."

「你喜歡在這裡就盡量住下來吧，也好讓我們有人作伴。」阿慕依開口邀請喜佑不妨就多住幾天。於是喜佑當天立刻下山去把他的衣物從喜濫家搬到了堡耐家來，並且真的住了下來。

雖然有客人住在家中，但山上必須做的工作，和一切的日常勞動都還是要正常進行的。起初，喜佑還會跟著他們一起上山幫忙工作，但他做起山上的工作不管是砍草、砍樹，還是整

地，總是笨手笨腳，一下子就累得跑到樹下休息。後來，他不是藉口留在家裡睡大頭覺，就是勉強起床跟大家一起上山，即使上了山，他多半時間卻是坐在旁邊看人工作，講講笑話。

　　當人家正在辛苦的工作，你不下去幫忙還坐在旁邊說笑，這樣的人在泰雅族部落裡，人們會說他是「mqelang na squliq」（懶惰的人），那是最讓人瞧不起的。只有瑪雅對他的笑話卻特別捧場，常被逗得哈哈大笑。喜佑住在堡耐家已經快一個月了，很奇怪的是他現在不急著離開，竟然也不必下山去「做生意」了。

　　"ay,maha ni Sigyow qani qu utux na Maya lga,aki nway uzi la."

　　「哎，如果瑪雅的緣分就是這個喜佑的話，好像也是可以的了。」有一天晚上睡覺的時候，在黑暗中阿慕依突然嘆了一口氣，跟旁邊的堡耐說。做母親的到了這時候，當然已經看得出女兒的心思，即使喜佑這個人與當初的印象落差愈來愈大，但女兒年紀大了，加上這麼多年女兒自己一個人在外面生活，自己沒有能夠好好照顧她，阿慕依心中對她是有著一點歉意的。

　　"maha baq qnyat cikay ga,aki blaq hazi wah."

　　「如果能夠再勤勞一點的話，應該就更好了。」堡耐有點無奈的語氣。

　　"maha smwal mwah cinsyuk ga,aki nway uzi.cyux kwara rhyal ,maha ini qqelang ga,baha iyat pthoyay mqyanux lpi?"

　　「如果他願意來入贅的話，也是可以的。我們有這麼多土地，如果不懶惰的話，怎麼會不能生活呢？」堡耐說。

　　瑪雅父母的想法透過鄰居喜灆告訴了喜佑。

"aw?baha yaqeh qa lpi?"

「是嗎？這哪有什麼不好？」喜佑很得意的回答。

　　泰雅族的傳統禮俗，當男子對一個女子提親之後，女方會讓男子住在家裡，幫忙女方家人工作、相處一段時間，讓女方家人對他有更進一步的認識，這段時間也就是對男子的一個觀察期，女方若是滿意，就會答應男子的求婚，進行結婚儀式。因此，經過喜濫的傳話，喜佑現在住在堡耐家更是名正言順的大方自在了，只是他依然整天游手好閒，也不上山幫忙工作。

"hata lmom pinnyangan maku sasan,wahay misu tmuliq suxan ki."

「明天早上一起去焚燒我整理好的農作地啊，我明天早上就來叫你起床。」好幾次都是哈勇直接去「邀請」他上山幫忙工作。

"aw……aw!"

「好……好的！」喜佑吃定了堡耐夫妻淳樸有禮，不敢對他直接指教，唯獨對眉宇間有著煞氣的哈勇他是戒慎的。其實，哈勇早已對喜佑的為人非常不以為然，只是看在父母和妹妹的份上，暫時忍下來罷了。

"baliy sami maha saw ta mha nanu kbalay qu yaw na laqi ga,"

「我們又沒有一定要怎樣把孩子的事情辦得如何的，」阿慕依上教會做禮拜的時候，跟喜濫的妻子瑪麗（Mari）坐在一起，兩人竊竊私語的談起瑪雅和喜佑的婚事。

"aki nya kblayun qu yaw hya lwaw."

「他實在也應該把事情辦一辦了吧。」她說。

"ima say su maha snqwaq lki,muy."

「你可別說誰（指自己）太囉唆了啊，慕依。」瑪麗皺起眉

頭，偷偷跟阿慕依說。

　　牧師在台上用布農族語講道，兩人聽不太懂，所以一直在討論這件事。

　　"pnung maku kmal Silan maha,Sigyow qasa mga,iyat pyang blaq na squliq ma. ini kblaq iyal『inbuyan』nya uzi ma."

　　「我聽喜濫說，那個喜佑啊！他不是一個非常好的人。其實，他的『連接處』（指出生）也不是那麼好的。」她特別強調的「inbuyan」是指一個人的上一代，也指家族而言。

　　"ay!ana sisay nanu lpi,maha yasa qu utux na laqi lga,si maku ani sbiq utux kayal,spngaw na utux kayal qu qnxan nha hya la."

　　「唉！無論如何又能怎樣呢，如果這是孩子的緣分，那我也只能把她交託給上帝，一切讓上帝去安排他們的生活了。」阿慕依說。

　　"aw,nanu kyalaw maku Silan ."

　　「好，那麼我會去跟喜濫說。」瑪麗說。

　　喜濫把阿慕依的意思轉告了喜佑，喜佑答應一定會把事情辦好。過了幾天，喜佑跟堡耐借錢，說他要下山去高雄拿他做生意的錢上山來辦結婚事宜，然後就下山去了。

　　第四天，喜佑果真「帶錢」回來了，他這次回來，在衣服外套裡面的腰部用布巾綁了一大疊看起來像是鈔票的東西在後腰，還真是所謂的「腰纏萬貫」了。喜佑腰上纏著這包「鈔票」不管在家或出門，吃飯、睡覺都不解下來。在部落裡從來沒有人看過這麼大疊的鈔票，沒多久，大家都知道喜佑從高雄「帶錢」到山上來，並且準備要跟堡耐的女兒瑪雅結婚了。

　　山上部落的生活，農作勞動就像現代人上班一樣，是日復一日最主要的生活型態。人們除了颱風下雨不能外出工作，幾

乎全年都在爲溫飽而不斷勞動。一點點的農閒空檔，男人會用來狩獵或做一些特別的採集，像是摘蜂巢、捕魚之類的活動。女人則終年到頭沒有一天是「空閒」，總是在爲生活勞動不已。除了勞動工作之外，要說有什麼是泰雅族部落最令人興奮期待，最大規模的慶祝活動，那一定非「婚禮」莫屬了。

在傳統的泰雅族社會，常年的祭典儀式，像是播種祭、收割祭、祖靈祭，都是嚴肅而且不予外人參與，完全以家族或是家庭爲單位的祭典儀式。所以除了過去迎接獵頭歸來的慶功宴之外，「婚禮」可說是唯一參與人數最多，規模最盛大的公開慶祝活動了。一場圓滿完整的婚禮，往往必須傾全部落之力協助完成。部落長老會召集各戶代表開會，宣布迎親的日期，規定每戶必須提供多少白米（以麻竹筒爲單位，每戶準備幾個麻竹筒的白米），支援多少柴薪（以揹簍爲單位，每一戶要幾個揹簍），男人上山狩獵，女人釀酒，整個部落的人都會爲了這場婚禮而動起來，大家要爲準備迎親的族人忙上好一陣子。

迎親之所以必須動用這麼多人力、物力，主要是因爲女方送嫁的親友通常也是部落總動員的來參加婚禮，送嫁的人往往是上百人以上的規模。在過去的時代，婚嫁兩地的交通完全靠徒步，女方除了幫忙扛嫁妝的壯漢之外，浩大的親友團扶老攜幼來參加婚禮，他們走在蜿蜒山間的羊腸小道上，可以綿延好幾公里不斷。男方則是充分準備了豐盛的美食醇酒，雙方親友開懷暢飲、歌舞歡慶。若是累了隨便找個角落閉目養神，或在男方附近親友住處稍微躺一下休息，這樣通宵達旦至少要三天才結束。

堡耐南遷已十年有餘，大多數的親友都住在北部，而喜佑「很有聲望」的家族也在北部，所以堡耐沒有特別的要求，只

希望喜佑能請他在三民鄉的親友們喝個喜酒，舉辦一場簡單隆重的婚禮就可以了。可是，日子一天天過去，喜佑「帶錢」回山上都已經十幾天了，別說準備婚宴，就連他先前跟堡耐借的車費錢都沒還給他，每天就是到處晃過來晃過去，沒有看到他進一步的動作。

「你總該把婚事辦一辦了吧！」哈勇終於忍不住找喜佑攤牌。「啊……我剛好要跟你說了，我這幾天就要去山下買結婚要用的東西了。」喜佑對哈勇忌憚三分，就是不太敢跟他賴皮。

「好，那我找人後天就跟你一起下山買東西。」哈勇直接幫他押上日期。

第二天，哈勇下山到聚落去通知親友們，隔天請各家派人一起下山幫忙扛結婚用的物資。隔天天未亮，尤幹、巴倪、阿浪和一些泰雅族的親友都到了，他們準備了要捆綁東西的繩索、要裝酒的塑膠桶子、要扛東西的粗麻竹竿。十幾個壯漢點著火把浩浩蕩蕩出發了。喜佑沒有往南邊的甲仙走，反而往西北方的山路走。

「我們到嘉義去買吧！」喜佑說。三民鄉的西北方與嘉義縣的阿里山鄉和大埔鄉為鄰，他們偶爾也會往嘉義縣去採買，但通常是往甲仙去。既然喜佑決定要去嘉義買，大家就跟著他往嘉義方向的山路走去。喜佑的腰部綁了一大疊的鈔票，每個人心中都很好奇，這麼龐大的金額，到底是要買多少東西？喜佑走山路的速度比這些慣於爬山的族人慢了好多，他愈走愈慢，慢到隊伍常常必須等在路上，好久好久才看到他的火把遠遠走過來。

"nhay hazi, yow.Pkhngan ta mwah la."

「要快一點啊，佑。我們會摸黑回來了。」哈勇跟他說。他們走走停停的走了兩個多小時，天就亮了。天亮比較好走，眾人下山的速度更快了，卻發現喜佑的速度反而變得更慢，一點都不像是積極籌辦婚禮的新郎，彷彿猶豫著什麼一樣。有一次，他們又停在路上等落後的喜佑，等了好久才看到喜佑跟在很後面的山路上慢慢走來，大家只好等他。等他快要跟上的時候，等了很久的人起身正要繼續往山下走。

「等一下，」喜佑這次自己快步追了上來，「我有話跟你們說。」眾人停了下來，不知道喜佑有什麼事要說。

「我們先回去吧！」他說，「我覺得這件事情太快了，我還要再想一想。」

「啊？」哈勇和所有的人都感到錯愕萬分。

"nanu son nya 太快 hya la?"

「他說太快是什麼意思啊？」他們互相小聲的問著。

「我們今天先不要下山去買東西了，等我想清楚之後再去吧！」喜佑請大家還是先回去。既然出錢買東西的主人都這麼說了，大家也只好無奈的帶著空的塑膠桶、粗竹竿和繩索敗興而返。

從來沒有人遇見過這種事情，哪有人準備辦結婚喜事辦到一半突然喊暫停，還要「想一想」的？哈勇真是氣得想直接痛揍喜佑一頓，但想到這些親友被無緣無故的叫來又叫回去，白白浪費他們上山工作的時間，對他們感到很歉疚只好先忍下來，跟著大家一起往回走。

回到家，阿慕依、瑪雅和堡耐已經上山工作去了。哈勇忍著就要炸開的情緒，等眾人都回家去，就找喜佑興師問罪。

「你這是什麼意思？」他皺著眉頭瞪大眼睛，氣得鼻子、

耳朵都要冒白煙了，他抓住喜佑就往牆壁扔過去，「碰！」喜佑撞到竹牆，整座房子被震了一下。

「我不能先考慮一下嗎？」喜佑被撞痛了，生氣的大聲回過去。

「考慮什麼？」哈勇抓住他又往牆上撞去，這次連掛在牆上的工具也「乒乒乓乓」紛紛落下，「怎麼從開始都沒有考慮？已經宣布要結婚了才考慮？」哈勇真是氣壞了，一次又一次把喜佑用力往牆上扔去。喜佑本身也是很強壯的，但怎麼抵得住孔武有力且正在火冒三丈的哈勇，喜佑完全招架不住，鼻子被撞到噴出血來，他整個人被摔得腳都軟了，他臉上、衣服上染滿了鮮紅的血。

「我妹妹～不嫁給你了！這件事～到此為止！」哈勇對他怒吼，指著大門說：「你！給我滾出去，不要再被我看到。」哈勇赤紅的雙眼，脖子上青筋爆起，嚇得喜佑全身發抖。他喘著大氣，驚懼的往大門慢慢移動。「碰……唰……」哈勇跑到房間把他的的衣物抱出來往門外甩出去，衣物亂七八糟的散了一地。「滾～～!!」他真的是氣炸了，喜佑嚇得趕緊撿起地上的衣物狼狽的往山下逃去。

喜佑帶眾人下山辦貨卻突然喊停的事情傳遍了部落；哈勇把喜佑趕出家門的消息又讓大家談論了好一陣子。這段日子，瑪雅每天都傷心的吃不下飯，也不願意上教會見人了，阿慕依決定讓女兒回北部老家，等心情平復了再找工作，於是讓哈勇帶妹妹回去。

哈勇才剛離開三民鄉北上，堡耐就聽喜濫說喜佑對於被哈勇痛揍之後趕出去的事情非常憤怒，揚言非要報仇雪恨不可。

"kun qu yaqih uzi la,"

「我也有錯，」喜濫對堡耐感到很抱歉，他說喜佑是他們的鄰居沒錯，但不是像他自己口中說的是個什麼「生意人」，他在家鄉是個無賴流氓，從小就常常偷鄰居的東西，有一次他偷抓人家的羊拿到河邊去烤來吃，被警察逮個正著，被關了起來，所以他是個有案底的流氓。喜濫說他自己以前也常跟喜佑玩在一起，他長大成熟就改變了，不再跟他鬼混，後來喜濫下山到平地工作，又出海去遠洋了幾年，就沒有再跟喜佑在一起了，之後，他順利的結婚生子。

　　據說前幾年，喜佑不知道為什麼原因又被關進監獄，他這樣的人在家鄉是令人瞧不起，是非常不受歡迎的。出獄後他在部落也很難立足，他聽說有一批人族人遷徙到三民鄉，他就找了過來。到了三民鄉他遇到了兒時玩伴的喜濫，他告訴喜濫說自己在高雄做生意，喜濫看他說話有禮貌、穿戴也人模人樣的，想他大概是已經變好了。後來是喜佑要求他，才會帶他上山去堡耐家拜訪的。如今聽起來，似乎結婚這件事情是喜佑老早就計畫好的。難道，喜佑跟瑪雅在山下早就已經認識了？按照喜佑能言善道、舌粲蓮花的功夫，哪個女孩子不被他騙得團團轉呢？只是，事情都到了這般地步，這些已經不重要了。

　　"laxi snqwaq ki isu,"

　　「你不要囉唆喔，」喜濫說喜佑警告他。

　　"maha skal su kwara yaw maku raran lga,si su qbaqiy son maku nanu kwara kneril su ru llaqi su lki."

　　「你要是膽敢把我過去所有的事情說出來，你就會知道我要怎樣對付你的老婆和孩子們了。」喜濫說他害怕老婆孩子被傷害，也就不敢把喜佑的底細告訴堡耐，卻沒想到最後會發展成喜佑要跟瑪雅結婚了，事情已經到了這個地步，喜濫即使知

道不妥卻也無法阻止這樁婚事進行下去了。

"kun balay yaqih la."

「是我眞的不好了。」喜濫感覺非常很抱歉。

"laxiy yaqih qsliq su,bali su inqihan,"

「你不必難過，這並不是你的過錯。」堡耐說。

"nway,ini saku kngungu,baliy myan wal hswa'un.nyux nanak utux smpung."

「沒關係，我不怕他，我們又沒有對他怎麼樣，自有上天在評斷。」他請喜濫不要自責，他並沒有怪罪他。

既然假面具被撕破，喜佑就不必再裝好人了，既然他裝模作樣的期望自己因此被尊敬的希望已經落空了，索性回復本來無賴流氓的面貌，讓大家都懼怕他也好。於是，喜佑常常神出鬼沒的出現在部落族人家中，特別是在晚餐時間，他一進門就自己添飯坐下來大吃一頓，順便跟錯愕的主人說一些警告的話。

"lha tqru kun,lha nanak wal hmiriq sinnonan nha."

「是他們欺騙了我，毀約的人是他們自己。」喜佑說他一定會報復。

"si ktay ki,"

「看著吧，」他說。

"baqun mamu babaw nya la."

「以後你們就會知道了。」

後來，喜佑果然展開了一連串的報復行動。首先是趁堡耐他們上山工作的時候，在他家四周圍掛上了萬國旗，一長串五顏六色的萬國旗圍滿了堡耐的房子，萬國旗裡赫然看見「共匪」的五星旗也在其中，這在當時戒嚴的時代是非常嚴重的事情，

重者可以「通匪」論，是要被關進牢裡的。喜佑在房子旁邊的石頭上寫了字說「誰敢動旗子，就殺他」。

堡耐傍晚回家發現屋子四周圍著萬國旗，嚇了一跳趕緊叫哈勇立刻下山到派出所報案。兩名警察跟哈勇一起上山來查看，連夜把他們夫妻和哈勇一家人都帶到警察局去問筆錄，當夜就把他們留置在警局「保護」起來，隔天才回家。

過了幾天，堡耐他們上山工作，傍晚回家的半路上，遠遠的就看見他們房子的方向冒出一大片濃煙火光。

"nanu cyux sheloq qasa?"

「那個在冒煙的是什麼啊？」濃濃的黑煙迷漫在房子上空，烈焰閃著邪惡的火舌直往上衝，阿慕依不敢相信自己眼睛，那不是家的位置嗎？果然，當他們愈走愈近時，看見了自己的房子已經完全被烈火掩蓋起來，熊熊大火一下子就把竹木建造的房屋給燒個精光，隔壁哈勇家也無能倖免。

堡耐全家人直接往山下派出所去報案，警察又把他們都留置在警局，問完筆錄就請哈勇和堡耐一起上山去查看。他們到了堡耐家，在焦黑一片的火災現場赫然看見一面「共匪」的五星旗插在房子正中央，旗子上還寫著「堡耐是匪諜」五個大字。此時，堡耐心中終於明白這是怎麼一回事。他告訴警察這是喜佑挾怨報復的行為，但是警察卻認為連續發生的事件顯然不單純，還是把他們父子都帶回了警局，他們全家都被留置在警局，說是「保護」，實際上也是「看管」了。

堡耐家連穀倉都被喜佑燒個精光，這件事不但在部落傳了開來，造成了轟動。也因為那面五星旗的出現，這個原本單純的火災燒房子洩忿的事件，因「五星旗」和「匪諜」字眼的出現，牽動了戒嚴時期最敏感的政治神經，使這事件加倍擴大，

竟躍上了報紙，喜佑的照片也刊登在報紙上，警方並發布全國通緝這個人。遠在金門當兵的伊凡也看到了報上刊登的消息，知道自己三民鄉的家被燒光了，他為父母家人擔心不已。

鬧出這麼大的事件，喜佑從此不再明目張膽的出現了。不過，他顯然還在三民鄉境內活動，因為人們常常發現他在石壁上留的言，有指名喜濫要小心的，他認為喜濫把他的底細告訴堡耐，是他出賣了他。他也列了一串名單說這些人不必害怕，他不會傷害他們，其中包括尤幹、莫利、哈告和一些泰雅族人。至此，不管是泰雅、布農還是鄒族、排灣族甚至是平地人，整個部落人心惶惶，深怕出門遇見逃亡的喜佑而遭到不測。警方則是發布全國通緝喜佑，喜佑的照片在各地到處張貼，派出所集合了三民鄉的山青展開搜捕喜佑的行動。

有一天晚上，喜濫全家都入睡了，黑暗中突然傳出「咻～～啪！」的一聲巨響，兩人都被這不尋常的聲音驚醒。

"nanu ma pak sqasa?"

「是什麼東西『啪！』的一聲？」喜濫點上蠟燭高高舉起來往聲音方向照，赫然見到一支利箭穿過茅草築成的牆壁，前面一半插進房子裡後面一半還留在外面，這箭的位置剛好就在他睡床的位置，只差一點點就射到他了，顯然射箭的人熟知他家格局，這一箭也是衝著喜濫來的。

"ima sa?"

「是誰？」喜濫往屋外喊，沒有人回答。他為了保護妻兒忘了害怕，直接衝出房子往外追去。

"ima isu?uwah,pcriqa ta!"

「你是誰？出來，我們打一架吧！」喜濫往屋外黑暗處喊，卻沒有任何回應。他走到被箭刺穿的地方查看，那支箭的

尾端綁上一條白色手帕，喜濫把箭拔出來，回家用蠟燭照亮一看，手帕上面寫著「你出賣我，要給你好看。」這時喜濫才想到這是喜佑在報復他。

隔天一早，他就去派出所報案，並且把箭和手帕交給警察當證物。喜佑這次的報復行動又傳遍了部落，不安的情緒升高瀰漫了整個三民鄉，人們都暫時不敢上山工作，晚上睡覺時，家裡的男人枕頭底下枕著獵刀，隨時都保持機警狀態，一點都不敢大意。

警方會同山青的搜捕行動沒有停下來，他們兵分多路在各個山區尋找喜佑的足跡。天晚了，山青們會借睡在民宅，人們也歡迎他們睡在家裡，多了這些壯漢在家，感覺比較安心。山青們很多都是經驗老道的獵人，輕盈如鳥雀的腳印都逃不過獵人的眼睛，何況是一個男人的足跡。他們很快在山林找到他的腳印，沿著足跡發現了幾處喜佑曾經停留過的地方，有起火煮食的痕跡，也有吃剩下的食物殘渣，只是他從來不在同一個地方久留，出沒無常的一個山頭換過一個山頭的躲藏，卻也不離三民鄉境內。

幾天後，有人說曾經在山上遠遠的看見過他的身影，據說他身邊多了一個同伴，好像也是泰雅族人。知道他又多了一個同伴，部落的人更害怕了，就連白天都不敢單獨出門，晚上就更不必說了，上個廁所都要結伴同行（廁所都建在離房子一段距離的屋外）。

喜佑到處逃竄，使得全鄉的族人備受威脅，日常工作都不能按照平常正常進行。山區廣闊，家裡所有的壯漢都被警方調去到處搜捕喜佑，家中剩下的老弱婦孺都不敢隨便外出。

有一天，娜莉看家裡實在沒有柴薪可供起火煮飯，只好鼓

起勇氣趁大中午背著 kiri（網狀揹簍）冒險上山去砍柴。她邊走邊四處張望，深怕喜佑突然出現。她在樹林中拚命加快速度砍柴，她想既然上了這趟山就多砍一點回去，揹簍塞了比平常多很多的柴薪，真的塞不下了才停下來。娜莉沒注意自己是把揹簍放在平坦的地上，等她蹲下來把揹簍的帶子套在頭上準備站起來的時候，才發現這塞滿了柴薪的揹簍重得像是裝滿了鐵塊一樣，根本就沒辦法起身。她剛才應該要把揹簍放在比較高的地方，這樣蹲下把揹簍背起來就比較不費力了。娜莉上山砍柴已經是冒著生命危險的行為，砍柴的過程整個人都處在忐忑不安的狀態，現在只想快速揹起柴薪離開危險的山區。她把揹簍的帶子套在頭頂上，蹲在地上用力往上站，一次、兩次、三次……她不斷用力，心中想到如果這時候可怕的喜佑出現了該

青山段：高雄線與嘉義縣的界碑

從青山段俯瞰那瑪夏鄉

怎麼辦？她彎著身子用力，頭都快要抵到地上了。突然，眼前出現一雙鞋子，是一雙大大的男人的鞋子，就在她鼻子下面，這不是喜佑還會是誰？

「啊～~!!」、「請問一下，」娜莉驚呼的同時，男人也正開口很有禮貌的問她，「這條路可以到嘉義嗎？」原來是個問路的平地人。

「喔……這裡過去是青山段，再下去就是往大埔的路。」她鬆了一口氣回答。

「大埔？那可以到嘉義，謝謝……謝謝……」男人道謝之後就走了，娜莉這才發現不知道什麼時候，自己已經揹著揹簍站起來了，不過她被嚇得雙腿抖個不停，站在原地好久好久才能慢慢跨出腳步邊抖邊走下山回家。

兩個多月了，警方聯合山青的追捕的行動依然持續著，喜佑一天不落網，部落族人就一天不能安心的過日子。他和一個同伴在逃亡快滿三個月的時候，終於在南投山區落網了。據說他們逃避追捕，一路往西北方向逃亡到了南投山區。他們來到一戶人家，剛好是泰雅族人，家中只有一個老婆婆在。

"yaki,ikay cikay buwax su ru cimu su ma?"

「奶奶，給一點你的鹽巴和米好嗎？」喜佑跟她要米和鹽巴。

"aki sami musa smi rahaw lru,nyux sami mtkari sqani lga."

「我們本來是要去裝設陷阱的，結果卻在這裡迷路了。」他說。

老婆婆一看喜佑那長長的頭髮和滿臉的鬍渣，她感到這人似曾相似，突然想起到處張貼的通緝犯照片，不就是眼前這個人嗎？

"ay ay……siqan simu pi,yama.nyux saku trang aki musa maziy cimu uzi ga."

「哎呀……哎呀……你們真是太可憐了，女婿（老人家對年輕男子的暱稱）。我正好也要去買鹽巴啊。」老婆婆很鎮定的告訴喜佑說家裡剛好沒有鹽巴，正要下山去買。老婆婆請他們在家等一下，她買了鹽巴回來就給他們。逃亡了這麼久，兩人又累又餓，跟老婆婆要了剩飯剩菜，就狼吞虎嚥的吃了起來。老婆婆一出門就火速前往派出所去報案，警察一聽立刻動員所有的警民上山，把亡命天涯的兩人一舉成擒。

喜佑被抓之後，在警局的筆錄上供出他那天燒房子的過程。原來他下山買了一桶汽油，趁堡耐全家上山的時候，先把屋子裡的米和鹽，以及獵槍、刀和箭這些有用的東西都拿出來，再把他家所有的衣服、棉被都拿出來圍在屋內四周，然後澆上汽油。隔壁哈勇家也如法炮製，他拿了一把乾芒草點上火，把芒草分別投進兩棟屋裡澆上汽油的衣物上，「轟！」火苗碰到汽油，整座房子就炸開了。喜佑等火勢變小的時候，把預先準備好的五星旗拿到堡耐房子中央插下去，然後逃離場。

當喜佑被抓到的消息傳到三民鄉，全鄉的族人都非常高興大家終於鬆了一口氣，從此可以回復正常作息。

堡耐和哈勇的房子被燒個精光，所有的家當也都化為烏有。只好在自己家附近找了一塊地，動手重新蓋起房子，哈勇的房子也一樣蓋在父親家附近，山下部落的人不管是布農族、鄒族、還是排灣族都一起上山來幫他們重建家園，甚至連阿文、老張、老王和一些平地人鄰居，都很關心他的狀況，還會自動上山送食物給幫忙工作的人吃。這樣不到一個禮拜兩棟房子就蓋好了。除了房子，他們還幫堡耐蓋了一間穀倉，教會的

教友拿出家裡的米糧、工作的工具等等送給他，堡耐全家非常感動。

"ulung blaq tayal nha sqani,"

「還好這裡的人很好，」兩夫妻睡在新蓋好的房子裡心中充滿了感恩，躺在床上想起了這段日子掀起的風暴，阿慕依有感而發。

"maha ta maki sa qalang ta Tayal lga,aki ta naha wal rima qlupun la. "

「如果我們是在泰雅族的部落，我們大概早就被掃地出門了。」阿慕依說。事實上，在傳統的泰雅族社會中，部落若是連續有人遭受意外或者受傷，就是表示部落有人犯了什麼過錯（男女私通、偷竊……）才導致這樣的噩運。一定會找出元兇，讓他承認過錯之後做個和解的儀式解厄，這是泰雅族一直遵循的「gaga」。若是有人犯了令人難以接受的大過錯，不但要做和解儀式，也會被族人要求必須搬離部落，離開到至少隔一條河之外的地方居住，阿慕依說的就是這個「gaga」。當然，喜佑這件事並非他們的過錯，但也跟他們有些牽扯，在喜佑逃亡的日子裡，實在也讓整個三民鄉的男女老幼惶惶終日，無法安心的正常作息。結果，他們不但沒有被趕出部落，還受到這麼多人熱心的幫助。

"ay!cingay e'l ryax wal ta hriqun sa yaw na babaw rhyal sa wayal la,"

「唉！過去的日子，我們花了太多的時間在有關世界上的事了，」堡耐說。

"aring sqani lga,yaqu yaw na utux kayal qnyataw ta mtyaw la."

「從今以後，我們應該要勤於為天上的神工作了。」他也有

無限的感慨。

　　這幾年，他們的確是爲了開墾農地、打工賺錢養家而忙碌不已，又因爲他家住在離聚落遙遠的山上，去教會要走上兩個小時多的山路，所以他和家人並沒有常常上教會。這個事件讓他的房子和所有家當在一把火當中灰飛煙滅；原本風光的好名聲也因此蒙塵，使他和家人都變成了人們茶餘飯後議論的對象。雖然整個事件發展成全鄉的災難並不是他能控制的，但這事件跟他的確是有一定的連結關係。

　　堡耐從來沒有這麼沮喪過，心中也對族人充滿了歉疚，族人事後給予他溫暖的協助和接濟，更是讓他感動。特別是教會的弟兄姊妹，給予這麼多的支持。在教會裡，每當大家雙手合十、閉著眼睛爲他禱告的時候，堡耐總是感到無比的溫暖和感動，想起這幾年都忙於山上的工作，對信仰方面的精進是疏忽了。果然，從此以後，他們每個禮拜都上教會，起床、吃飯、工作到睡覺，一定會帶領家人禱告，祈求或感謝上帝。

伊凡回家鄉

　　伊凡退伍了，回到三民鄉的家。在外島服役兩年，伊凡體格訓練得更加健壯，人也變成熟穩重了。在部落，一個男子當兵退伍之後就是成人，應該要準備成家了。男婚女嫁在傳統的泰雅族社會都是由父母決定的，男女即使有心儀的對象，既不敢公開交往，也不敢讓長輩知道，很多人到後來所嫁娶的對象，都不是當初的意中人，這也是無可奈何的事。

　　伊凡從小跟隨父兄在山上工作狩獵，山上的生活技能都非常上手。退伍之後他就幫著父親上山工作，也能獨自帶領工人上山種香菇，一去就是好幾天，這時候的伊凡已經是堡耐最得力的助手了。

　　"aki ta s'agal ina la."

　　「我們應該幫他娶一房媳婦了。」最近，父母常常在討論該給兒子物色一個好女孩了，伊凡自己卻是沒有想到這些，在山上狩獵他是一個勇敢的獵人，但他看到女孩子的時候，就立刻變成一個膽小害羞的小男生了。每次上山工作，即使有一些布農族或是泰雅族的女孩子對他有意思，故意找他說話，他卻總是臉紅到耳根，回答的時候，眼睛都不敢看女孩子。

　　兩年後，娜莉在復興鄉的親戚瓦浪來三民探親，尤幹請堡耐夫妻一起吃飯。瓦浪是個忠厚誠懇的人，尤幹說瓦浪跟堡耐一樣是狩獵高手，他在復興鄉的部落是個非常受人敬重的人。席間，他們天南地北的聊著部落的事，也互相交換狩獵心得，兩人一見如故，一直聊到了半夜，兩夫妻才點著火把回山上的

家。

　　幾天以後，尤幹上山來找堡耐。

"aki hmswa pslpyung ta ma Walang."

　　「瓦浪說，如果可以，我們做親戚怎麼樣？」尤幹說瓦浪很欣賞堡耐的做人，希望他能把女兒比黛嫁給他的兒子。

"brwanay maku laqi su mlikuy qu laqi maku kneril hya ma."

　　「他說，我也把我的女兒嫁給你的兒子。」瓦浪打算兩家乾脆親上加親，雙方的兒子、女兒互相交換嫁娶。

"wa,baha yaqih qani hya la."

　　「哇，這哪有什麼不好。」堡耐想伊凡已經二十幾歲了，比黛在外面工作了幾年，也該定下來嫁人了。當初大女兒瑪雅就是在外面工作多年，沒有及時嫁人，把青春都給蹉跎了，還鬧出了喜佑這個天大的事件。所以他希望幫比黛找到一個好人家就趕快嫁人，瓦浪的兒子當然就是很好的對象。

　　比黛從小就活潑可愛，喜歡唱唱跳跳的，長大後一樣歌聲優美也擅長舞蹈。她回到北部唸書，國中畢業之後，由一位親戚介紹去考「山地文化工作隊」，考上了就隨隊從事表演的工作。當時，政府招考了一批原住民青年，成立「山地文化工作隊」，訓練他們話劇、歌唱和民族舞蹈等等的表演，然後前往全省各處的原住民部落作巡迴演出。他們在台上表演看起來雖然輕鬆愉快，實際上卻是很辛苦的，原住民的部落都在交通非常不方便的群山峻嶺當中，所以，每個團員必須自己扛著表演道具和日常裝備，他們從這個部落走到那個部落，完全是靠著雙腳一個山頭、一個山頭的徒步穿梭在各個部落間。

　　山上的生活，唯一可以媲美婚禮的盛大活動，就是一年一度觀賞「山地文化工作隊」的表演了。這項演出對偏遠的山地

部落來說，是每年最令人期待的嘉年華會，在三民鄉也是一樣的。演出的那一天，所有人都會放下手邊工作，打著火把走上幾小時的路，無論如何也一定要去觀賞。

人們對於工作隊所表演的舞蹈和亮麗的服飾穿著，都感覺非常的新奇有趣。他們會唱民謠（當然是唱「中國民謠」），表演「老背少」、「蚌精女之舞」、「小放牛」、「苗女弄杯」……等等民族舞蹈。

工作隊最後總會表演一段重頭大戲，應該也是「文化工作隊」最重要的任務吧！話劇內容千篇一律是有關「萬惡的共匪殘害大陸同胞，英勇的國軍解救大陸同胞……」之類的劇情。雖然台上說的國語許多老人聽不懂，但話劇誇張的肢體表演讓觀眾對劇情是一目了然。

有一次，台下觀眾大概是太入戲了，看到飾演女匪幹的演員拿著鞭子在抽打可憐的大陸同胞，看得觀眾非常生氣。

「qyaqih qa……」、「壞人……」、「巴格亞魯……」……，群情激憤，觀眾罵出各族的「壞人」族語，連日語也出來了。他們為台上可憐的大陸同胞洩恨，撿起地上的小石子紛紛往台上的女「匪幹」丟。這時，台上的話劇只好喊暫停，主持人慌張上台請觀眾冷靜。

「各位觀眾！不要這樣……這只是在演戲啦！」主持人趕緊阻止觀眾。

「這位演女匪幹的演員，她是我們鄒族的女孩子啊！」嚇在一邊的漂亮「匪幹」這時才慢慢站出來鞠個躬。此時，觀眾才如夢初醒，全場給「鄒族女匪幹」鼓掌喝采。總之，原住民熱情純真的性格就是很直接表現在行為上。

比黛隨隊到各處演出，因表現優異被調到高雄的「海軍

陸戰藝工隊」，這是在山下各個城鎮做演出的「平地文化工作大隊」，比起需要扛道具徒步穿梭在山區做表演的「山地文化工作隊」，比黛現在是輕鬆太多了。他們隊上的成員都是平地人，才藝出眾的比黛不管唱歌、跳舞或演戲比起隊上的平地人是有過之無不及的。她活潑可愛，單純善良的個性，在隊上也贏得非常好的人緣。

"ay,baha son sqani 'miyuw laqi hya la?"

「哎，怎麼可以把孩子這樣做交換呢？」阿慕依搖搖頭說。

"saxa nha ki Iban, Pitay,iyat iyugung hya la."

「比黛和伊凡兩人之中選一個，交換是絕不可以的。」阿慕依不同意「交換」。她知道泰雅族是可以兩兄弟娶兩姊妹的，沒有聽過兩兄妹嫁娶對方兄妹的，她認為這樣不妥。堡耐聽了妻子的話覺得有道理，也就不堅持了。或許是因為大女兒瑪雅晚婚慘痛的經驗，他們傾向於比黛嫁給瓦浪的兒子，至於伊凡的婚事就暫時先擱著。

堡耐南下的第十二年秋天，雷撒第三次來三民探望兒子，這時候，他已經八十七歲了，這位當初剽悍無比的泰雅族勇士，腳力還不錯，可以從甲仙跟下山來接他的孫子伊凡一起徒步八小時爬山路到兒子家。不過，這次上山，他的身體已經受不了冷冽的山澗水，不再去河邊洗冷水澡了。

雷撒這次在三民鄉住了一年多，到隔年秋末才回斯卡路。他準備回去的前幾天，堡耐架了一個山羌的陷阱在附近的山上，放了幾天都沒有結果。父親上去幫兒子把陷阱稍微調整了一下，隔天，馬上抓到一隻大山羌。

要回故鄉的前一天晚上，他幫堡耐在住家附近架了一個山

豬的陷阱。隔天清晨堡耐跑去查看，果然抓到了一隻大山豬。這時候的堡耐早已經是人稱「山豬之父」的優秀獵人，在部落裡人人敬佩，但在他的心目中，父親雷撒狩獵的功力和幾乎百發百中的好運氣，只能用超乎常人、有如神助來形容，是他永遠望塵莫及的。

雷撒真的年紀大了，高大英挺的身型日漸佝僂消瘦，已不復當年的雄壯威武，當堡耐看到父親年老的背影即將離去，想到老人家這一去大概也不會再下來了，心中無限惆悵。

"aba, sblaniy kung kwara qoyat su lma?"

「爸，可不可以把您狩獵時那麼好的運氣全部傳承給我呢？」，堡耐羨慕父親得天獨厚的好運氣。

"teta saku yan isu kinmqoyat uzi musa saku mlata rgtax ga."

「好讓我去狩獵的時候，也能夠像您一樣擁有這麼好的運氣啊！」他很誠心的請求著父親。

父親慢慢轉過身看著堡耐，把嘴裡的菸斗拿下來，一縷縷清煙隨著他的話語從嘴邊飄了出來。

"ay,cyux inu qu mqoyat hya?"

「哎，好運氣在哪裡呢？」他把菸斗往嘴裡放，吸了一口菸。

"khwayun ta qu squliq lga,khwayun ta na utux kayal uzi la."

「當我們對別人慷慨的時候，上天也就會對我們慷慨的。」說完，點點頭微笑的看了看兒子，轉身就往山下走去。

事實上，雷撒早已用身教影響了堡耐。在山上，只要有要上山工作的人路過進屋休息，不問那人吃過沒有，阿慕依一定直接先煮飯，務必要讓這人吃飽了再上路。在住家附近半小時路程之內，只要有人在工作，阿慕依也一定自動多煮他們的

飯，在中午吃飯時間，就上山喊他們下來吃飯。

因此，部落不管是布農族人或是泰雅族都知道，如果要到堡耐家附近的上山工作或打獵，沒有帶食物也沒關係。

"nway ta ini aras cingay nniqun,cyux sqasa Bawnay,pktngyan ta nya pqaniq."

「我們不必帶太多食物，有堡耐在那裡，他會讓我們吃飽。」人們都會這麼說。

畢竟是歲月不饒人，這次下山，雷撒已近九十的腳步，真的無法再像之前那樣輕盈了，走了大概半小時就明顯的看出他的腳程已經落後兩個正當壯年的孫子一大段路。

"nway ta si 'an spanga yutas lma?"

「我們乾脆把爺爺背起來走好嗎？」哈勇說。

"aw ga,nanu pspngaw ta,ima ta lokah mkangi mpanga yutas kiy?"

「好啊！那我們來比看看，背著爺爺誰走得比較快好嗎？」伊凡說。

於是，兩兄弟乾脆輪流背著爺爺下山，年輕力壯的孫子在路上互相較勁看誰背爺爺走得比較快、比較遠，祖孫三人一路談笑下山，走了八小時才到甲仙。這次伊凡是要帶著爺爺回斯卡路的家，並且留在斯卡路幫忙大哥山上的工作。

伊凡回到北部幫大哥工作，故鄉這時候的交通已經方便許多，早在幾年前橘色的新竹客運車已經從竹東開到五峰鄉公所站。產業道路繼續往山上開闢，斯卡路部落的人下山雖然沒有客運車可以搭，但現在有專跑山上的計程車每天固定在竹東和斯卡路部落之間載運人，現在下山比起過去徒步動輒四、五個小時要方便許多了。

跑山路的計程車都是經過特別改裝，車子的底盤加高的車。開車的司機幾乎都是部落的年輕人，他們在竹東市場旁邊的天主堂對面排班，要上山的族人都知道要去那裡搭車。而下山的車都在清晨從斯卡路部落出發，大家也都知道在哪裡搭車下山。計程車的費用每個人是四十五元，必須坐滿四個人「以上」車子才會開，這個「以上」是沒有上限的，就看車子塞得下幾個人爲準。

　　伊凡有一次下山買工具，回去的時候搭了一輛計程車，這一趟車總共塞了十八個人，連後車箱都塞了四個人，司機左邊也坐了一個人，司機只坐三分之一，排檔的地方也坐一個人，總之十八個人塞進計程車裡之後就完全動彈不得了。

　　車子經過檢查哨，值班的警察把車攔下來，「你這樣超載不可以喔！」警察對這些跑山上的計程車狀況是非常了解的，山上交通不方便，計程車開在蜿蜒狹小又顛簸不平的山路，一趟就要兩個多小時，司機也是很辛苦的，有些警察就睜一隻眼閉一隻眼的讓他們過去了。這次不知道爲什麼會被攔了下來。

　　「長官，不好意思啦！我叫多的人下車走路，你不要罰我好不好？拜託一下啊！」司機是五峰的原住民，跟這裡的警察也很熟。「嗯……」值班的警察十分爲難，但他想了一下，說：「那你們全部下車，重新再坐回去，我就不罰你。不過，以後再超載被我看見，我一定開你罰單。」他大概也好奇，想知道十八個人怎樣擠進這輛車裡的。

　　至於以後呢？當然，專跑山路的司機是不可能不超載的，就像警察先生剛剛說的，只要不再被警察「看見」就可以。這很簡單，超載的乘客可以先在檢查哨之前下車，步行通過檢查哨之後再上車就可以了。那天，伊凡和其他人很辛苦的「擠」

出車外，又很困難的一一塞回車上，連司機共十八個人（還有貨物）開回山上部落。據說，這十八個人並不是計程車載客的最高記錄，還有人曾經搭過一輛計程車載了二十幾個人的，總之，山上能有這樣的交通工具，下山不必大清早起床點著火把走山路，對於部落的族人來說，已經是非常滿意了。

在三民鄉這裡，產業道路也開始一小段一小段的開鑿，道路斷斷續續遇到河川就斷了，因為沒有架橋，所以從甲仙到三民鄉也有專跑山上載運客貨的計程車，他們開在狹小的產業道路上，遇到河川就開下去走河道，所以計程車只在冬季枯水期才能跑上山。

哈勇當兵的時候曾經跟一些駕駛兵朋友學駕軍車，當時只是學著好玩的，後來哈勇自認已經學會開車了。山上開始有計程車的時候，他就跟父親要求買一輛計程車給他。

"maki turuy maku lga, pquyut saku turuy, plamu saku pila babaw nya la."

「我有了車子以後，我就可以開車『撿錢』（賺錢）了。」他跟堡耐說。父母商量之後，決定賣掉一塊山林地，幫兒子買了一輛計程車。

於是，哈勇不再上山工作，開始當起了計程車司機，在部落和甲仙小鎮之間載運客人賺錢。說哈勇是賺錢不如說是在做義工比較貼切，因為他每次載客，部落的人不是親戚就是朋友，客人要拿車費給他的時候，他卻不好意思跟人家收錢。

原住民生活在山上，家裡有什麼好的東西都會跟親友鄰居分享，沒有人會用錢去跟親友「買」什麼東西的，頂多是用交換或是借的。以哈勇的個性要他跟認識的親友、鄰居拿錢，簡直是要他的命，實在讓他非常尷尬，這樣經常不跟客人拿錢，

所以他幾乎都在做白工，連加油的錢都賺不到，更別說還有保養車子的錢了。車子行駛在狹窄的產業道路和克難的河道，加上客貨的載重，很快就舊了，整輛車被撞得凹凹凸凸，除了喇叭不響之外，全身都會響。當然，哈勇開車的三腳貓技術也是使車加速老舊的重要原因。

其實，哈勇沒有正式學過開車，也沒有去考駕照，當時無照駕駛的人，警察似乎也沒有很認真在取締，所以哈勇山上山下的跑了好幾個月也沒有被取締。倒是過了半年，哈勇自己跑去考駕照，考取之後，他就把撞得東凹西凸的計程車拿去送給修車廠老闆。這幾個月，父親賣林地買來的車，和他辛苦載運客人上下山的勞力，換了一張駕駛執照和駕駛技術。哈勇在三民鄉的計程車生涯，終於畫下句點。不過，哈勇現在不一樣了，他可是有駕照的人了，哈勇決定帶著妻兒舉家北上找駕駛的工作。

他為什麼要把車送給老闆呢？因為這幾個月，哈勇就像是在練習開車一樣，這條山路原本就是克難的狹小產業道路，有的地方沒有路，還得從乾涸的河道開上山，車子在這樣的路上蹦蹦跳跳，零件經常故障，哈勇開車又沒什麼經驗，車身老是東擦西撞的，他就一天到晚跑修車廠去修車，修車費用愈欠愈多，沒錢還給老闆，最後乾脆把整輛車抵修車費送給老闆了。雖然哈勇的計程車賺錢之夢完全破滅，但他也因此而找到了不同於父親以傳統方式作山的另外一條路。

伊凡和雅外

伊凡回家鄉已經快一年了，除了忙山上的事情，他和大哥一家人每個禮拜都會上教會做禮拜。伊凡因為唸過書識字，教會負責人就請他幫忙做泰雅族語的翻譯。

這一天，伊凡如往常一樣大清早就先到教會準備今天的福音翻譯，教會負責人一看到他就很高興。

"Iban,cyux misu swayaw qutux blaq balay na kneril la."

「伊凡，我已經幫你挑選到了一位非常好的女孩子，」牧師笑咪咪的說。

"laqi ni Tali · Temu cyux maki sa Nahuy."

「是達利·帖木的女兒，住在尖石鄉。」伊凡聽了他的話，心中歡喜，但遇到有關於女孩子的事情他總是不知所措，臉上熱熱的，還好他已經被山上的太陽曬的皮膚黝黑，臉紅也看不出來。

"a……aw ga……"

「啊……是嗎……」伊凡這時只會傻傻的笑。

牧師說的女孩叫做雅外·達利，住在五峰隔壁的尖石鄉葛拉拜部落。雅外是達利的大女兒，她從小就是一個聰明又認真讀書的女孩子，會做家事，也會上山幫忙工作。

國小畢業的時候，她得的是第一名的縣長獎，在典禮上非常榮耀。

"nanu baq su balay,Yaway."

「你果然不錯啊，雅外。」鄰居親友都豎起大拇指稱讚她。

沒多久，家裡收到了國中的入學通知單。

"ay,yasa qu mqwas hya la.aki blaq rmaw mtzyuwaw ngasal hya."

「哎，讀書這件事是夠了，她留在家裡幫忙工作還比較好。」父母決定不讓他繼續升學。雅外非常傷心，因為她喜歡學習，希望能繼續唸書。於是，她跑到學校去請他六年級的老師到家裡來，說服她的父母讓她升學。

「老師，我想要讀國中，我爸爸媽媽說不讓我唸了，請老師去跟我爸媽說好不好。」雅外急得都快哭了。

這個班上的高材生怎麼可以不繼續升學呢？「你放心，老師會去幫你說的。」老師很熱心的答應幫她。

晚上，達利和妻子里夢從山上工作回來，老師就已經等在家裡了。雅外在廚房煮晚餐，她一面用刨刀削大黃瓜的皮，一面不斷注意客廳裡傳來老師和父母之間的談話。

「現在讀國中是義務教育，讓孩子多唸點書是好的，希望你們讓她繼續升學吧！」老師說。

「老師，謝謝你那麼關心我的女兒……」達利很客氣的說，「讀書也是不錯的啦！」他說。雅外在廚房尖著耳朵仔細聽，一顆心緊張得「噗通！噗通！」的跳著，索性放下刨刀，走近門邊仔細聽。

「可是啊……我們覺得女孩子不必讀那麼多書啦！她以後要嫁人，在家帶孩子、上山工作，讀這麼多書要幹什麼呢？」達利搖著頭說，「是啊……是啊……」妻子里夢也附和。

「啊！」雅外聽了失聲一叫，眼淚立刻奪眶而出，她多麼希望老師能夠說服父母答應她升學，可是他們的決定似乎已經不能改變了。她轉身去回去繼續刨大黃瓜，低聲哭泣著，模糊

的眼光卻落在爐灶一旁的角落，那裡擺放著幾瓶農藥，此刻的雅外絕望的想乾脆喝農藥自殺死了算了。她放下刨刀，走過去蹲下，拿起一瓶農藥……。

"ay ay……Yaway,nyux mtkalux mami su la,ini su sokiy?"

「哎呀！哎呀……雅外，你的飯燒焦了，你沒有聞到嗎？」媽媽送走了老師，從外面就聞到了一股燒焦味，趕快進來把爐灶裡的柴火從爐底抽了出來，然後，從火堆裡夾了幾塊燒得火紅的木炭丟進飯鍋裡蓋好，木炭會吸收燒焦的味道。

"pgey,say pqsya kwara ramat isu,pcyakay maku kun la." 「走開，你去把菜園裡的菜全部澆一澆吧！這裡我來煮就好了。」媽媽讓她去菜園澆菜自己接手煮晚餐。

升學夢碎的雅外最後也只能無可奈何的接受這個事實。她七月就在山下的竹東鎮上找到一個車布娃娃的小小代工廠，每天清晨就搭乘客運車去上班，下班再搭車回家。到了九月開學之後，雅外在清晨的客運車上都會跟一群國中學生同車，有許多以前國小的同學也一起搭車，雅外看到她們都無憂無慮快樂的唸書，非常羨慕她們，她多麼希望自己現在也像他們一樣，是要去上學而不是去工作。

慢慢的，她發現在工廠車娃娃賺錢，好像也不錯，至少比在山上工作好多了。上山工作要在天沒亮就起床，爬好遠好遠的山路才到農地，總是日曬雨淋的勞動，必須做到太陽下山了才摸黑回家，日復一日非常辛苦。相對於山上的苦工，在工廠車布娃娃顯然輕鬆多了，還可以賺錢幫助家計，於是雅外愈來愈喜歡這個工作，很認真的做了好幾年。

後來，有同事找她一起去桃園的拉鍊工廠應徵作業員，聽說那裡的薪水比這個布娃娃代工優厚，也有很多福利。於是她

把工作辭了，到桃園中壢的拉鍊工廠當作業員。這是一個大型工廠，雅外住在員工宿舍，宿舍窗明几淨，比自己山上的家還要「豪華」。她在工廠認識了許多好朋友，大家相處愉快、情同姊妹。雅外非常滿意這個工作，很認真的在拉鍊工廠做事，每個月都拿錢回家給父母，父母認為當初不讓雅外升學的決定是正確的，也很滿意這個女兒。

前幾個月雅外放假回家，聽說有人到家裡來提過親了，這是她的終身大事，內心是無限的期待又有點害怕，但她知道女孩子的婚姻都是父母長輩在決定的，這個部分她就沒有太多自己的想法了。

在部落，特別是教會，女孩子對於自己的終身大事是只能服從長輩的決定的。

「聽說有人來我家提親了。」她回到工廠就告訴自己的好朋友阿菊。阿菊是來自新屋的客家女孩，在宿舍跟雅外住在同一間房，兩人感情非常好。

「他是在做什麼的？」阿菊問。

「我不知道。」雅外說。

「那他是哪裡的人？」阿菊又問。

「我不知道啊。」雅外回答。

「你怎麼什麼都不知道呀？這是你的婚事耶！你不會問嗎？」阿菊覺得很奇怪，雅外也太不關心自己的婚姻大事了。

「何必問呢？反正以後就會知道了。」雅外說。其實，她當然會想知道對方的事情，但是泰雅族的女孩子是不能自己開口去問長輩這些事情，這是會被笑的。

泰雅族的習俗，男子到女方家提親，女方沒有第一次就答應的，總要至少去個三、四次，女方慢慢考慮之後才會有結

果，有些人甚至要提親七、八次才會有結果。達利是教會裡的執事，妻子里夢是個明理能幹、待人有禮的人，是泰雅族部落典型的「mtkneril balay」（真正的女人），達利的家族在葛拉拜部落是受人敬重的好人家，女兒要出嫁了，一切的程序自然就要按照泰雅族的 gaga（禮俗、規矩、律法、禮貌、祭典、自然規律……的總稱）來進行。

伊凡的大哥達路和家族的長輩到達利家提親已經四、五次了，雙方愈談愈親近。他們來提親的時候，雅外多半在工廠不在家裡。就算偶爾放假回來，正好伊凡他們來提親，女孩子也不能去聽長輩談論自己的婚事。她好奇的時候也只能躲在房間從門縫中偷偷瞄一眼自己的未婚夫。雅外從房間門縫裡看見那個男子高挺的鼻梁和一雙炯炯有神的眼睛，是一個精壯黝黑的青年。他總是專心聽長輩說話，自己很少開口，看起來是個靦腆而老實的男孩子。提親那麼多次，雅外已經偷偷看過伊凡了，伊凡卻還是沒有看過自己的未婚妻。

訂婚的日子到了，雅外帶了朋友阿菊和另外兩個同事一起來參加她的訂婚喜事。化好妝的新娘在房間裡，雙方長輩和親友代表在客廳談話。

「雅外，你去問他是做什麼的，叫什麼名字啊！」朋友比她好奇，不斷慫恿她去問伊凡。

「喔……好啊。」雅外說。

伊凡剛好坐在靠近房間門旁邊，雅外輕輕把門打開來，半張臉露出去小聲問伊凡：「欸！欸！你叫什麼名字？」伊凡轉頭突然看見一個化了妝的女孩在問自己，心想這大概就是未婚妻了，這樣一想，他臉上立刻發熱冒汗，結結巴巴的回答：「我……我叫做伊凡‧堡耐。」

「你是在做什麼工作的？」雅外又問。

「我是在做山上的工作。」伊凡一本正經的回答。雅外立刻把門關起來，轉回房間把伊凡的回答告訴朋友，這就是他們第一次的交談。

訂婚儀式是在教會舉行，但禮俗還是依照泰雅族傳統殺豬，並且把豬肉分享給女方所有的親友。訂婚的豬肉是有專門的名稱，叫做「撒巴特」（sapat），女方每一戶親友都可以拿到一份「撒巴特」，這是把整隻豬肢解成幾個部分，像是排骨、上肉、五花肉、肥肉、腿部……每一部分都平均切成一塊一塊的，然後把切好的肉塊平均分成一份一份的「撒巴特」。所以每一份「撒巴特」都有會包括豬隻各部位的肉塊，這就是「撒巴特」的特色。

泰雅族人在訂婚之後，男子便會偶爾住到女方家幫忙工作，這是泰雅族傳統的「養婚」。養婚最主要是讓女方家族認識這個 yama（女婿），看看他的工作能力是否足以養家活口，也觀察他的做人做事態度是否符合泰雅族的 gaga，以便讓女方家人放心將女兒託付給他。通常在這樣的養婚期間，女方是可以反悔的。不過，反悔的代價可不小，因為提親成功之後卻被女方悔婚，這對男方來說是非常沒面子的事，男方為了「面子」掛不住，就會對女方獅子大開口要求巨額的賠償。如果雙方一直沒能達成協議，甚至會演變成男女兩家族的流血衝突事件。既然是反悔的一方，立場上比較理虧，為了避免衝突發生，女方一定全力配合男方的要求，加倍償還男方這段日子以來的損失。有些人甚至因為悔婚而債台高築，龐大的債務還了好幾年才還完。所以，訂婚之後，養婚時期的觀察，只要男方的人品能力不是太差，女方是不會輕言悔婚的。

訂婚之後伊凡按照泰雅族傳統習俗來到雅外家幫忙工作，伊凡從來對女孩子都是靦腆害羞的，沒想到他對長輩卻是非常幽默風趣。伊凡在山上工作很勤勞力氣又大，很贏得雅外父母的喜愛。有一次他們上山去做翻土的工作，翻土是很吃力又辛苦的工作，伊凡卻邊做邊唱歌，達利被他的歌聲感染了，也開心的跟著他大聲唱起歌來。雅外的母親工作到一半突然聽到先生引吭高歌，極為驚訝，不敢相信達利竟然在工作還開口唱起歌來，因為她從來沒聽過達利唱任何教會以外的歌，這個伊凡竟然可以讓嚴肅的達利開口唱歌，可見在他心中對這個女婿的喜愛與肯定真是不在話下。

　　雖然是養婚期間，雅外依然在桃園上班。雖然已經訂了婚，但男女雙方還不是很熟悉。有時候她放假回家，若剛好伊凡在家裡幫忙工作，媽媽便會派她送便當去工作的地方。

　　有一次，伊凡他們在山上砍竹子，雅外背著便當去送飯，他們有五、六個男人在一起砍竹子，她還沒到竹林，就聽到大家在起鬨。

　　"Iban,nhay ktay,'nyan kneril su la."

　　「伊凡，趕快看呀，你的老婆來了。」雅外聽了很不好意思，趕緊把便當放在山路旁，就轉身急急忙忙跑回家去。伊凡也被大家笑得很不好意思，不敢往山路方向看，低著頭猛砍竹子。

　　養婚大約半年之後，雅外和伊凡就比較熟了。有一次，雅外放假回家，伊凡想帶她去斯卡路的家走走，他們徵得雅外父母的同意之後，兩人就準備隔天一同前往。

　　第二天早上，伊凡很開心的帶著雅外出門，正要離開家門，雅外的堂哥給素（Qesu）就追了上來。

"yanay!"

「妹婿！」他叫住伊凡。走到伊凡身邊右手重重搭在伊凡肩上。

"inbleqi smru inlungan su ki,nay.laxi balay sihmut ki."

「請你好好按捺住你的心啊，妹婿。千萬不要逾矩喔！」給素在伊凡的耳邊說。

泰雅族男人對妻舅是非常尊敬的，雅外沒有哥哥，給素等於是她的哥哥一樣，所以叮嚀伊凡的責任就由給素擔任了。伊凡承諾他絕不會亂來，請給素放心，兩人便搭車下山，這是雅外第一次去伊凡家。

兩人在鎮上搭乘專跑山上的計程車上山，一輛車擠了好多人。雖然山路崎嶇不平，坐起來很不舒服，但雅外還是忍耐。大約兩小時後，他們到達一個小聚落便下車，從這裡開始就要步行上山了。

兩人走了好久，雅外覺得伊凡家怎麼這麼遠？感覺上比離她家最遠的農地都遠了還沒到。這時，雅外對於這個婚姻微微有點「後悔」的感覺，但是對於教會和長輩的決定她只有遵從的，何況父母和家族的長輩們對伊凡都稱讚有加，沒有任何理由讓她反悔的。

好不容易終於到了伊凡家。雅外看見那是一個傳統的泰雅族家屋，由竹子搭成的房子，客廳——應該說是個「廣廳」，裡面什麼也沒有，左邊進去是房間，右邊有階梯往下，廚房就在那裡。廚房一進去讓人印象最深的就是料理台旁那泊泊而出的山水，「嘩啦嘩啦……」的水聲好大，豐沛的水就是廚房最好的資源，表示你不必辛苦的出去提水清洗、烹煮。

伊凡家的狀況，比起雅外家是相差很多的，雅外因為住在

離平地比較近的前山，接觸現代化比較早，所以一切的生活文化都受到平地較深的影響。伊凡家住在後山，現代化的腳步比前山是落後許多的。

如果以泰雅族傳統的價值來看，伊凡家可說是非常富有的，他們有兩個常滿的穀倉，表示這一家的男人很勤快；家裡面的人穿著都是很好的麻布衣褲，表示這家的女人善於織布；菜園裡的菜都長得肥美清脆，表示這家的女人很勤勞。只是，這樣的標準對已經在都市工作多年的雅外來說，完全不是從這樣的角度來看的。

當她看到伊凡家的廁所還是用兩片木板架在橫生在山壁上的大樹枝幹上時，真是嚇了一大跳。他們上廁必須踩著兩片木板，走到中間處蹲下來，屎尿就直接往下墜落掉到山谷下，當成是大自然的肥料。雅外在工廠的宿舍，廁所已經是現代化的抽水馬桶，甚至她葛拉拜的家，也已經是有門有牆的蹲式廁所了，伊凡家的這個廁所看在雅外的眼中真是原始簡陋到了極點，使她非常不習慣。那天晚上雅外跟伊凡的大嫂北拜一起睡，伊凡果然把自己的心按捺得很好，完全沒有「亂來」。

這樣的養婚過了一年，伊凡家族的長輩就來談結婚的日子了，結婚的日子決定了之後，雅外就把工作給辭掉。堡耐夫妻因為遠在高雄三民，北部只有爺爺、兄嫂以及伯父幫他張羅，他們就在教堂舉行隆重而簡單的婚禮，伊凡終於把雅外娶回家。

雅外的堅持

雅外結婚以後，跟伊凡來到五峰後山的斯卡路部落，

日常生活除了做家事就是忙山上的工作，他們跟祖父、兄嫂住在一起。雅外常常要上山幫忙砍草、墾地，有時候伊凡去砍杉木賺錢，她也上山幫忙。砍杉木必須清晨出發，他們扛著運送杉木的兩輪車，爬好遠的山坡才到杉木林。雅外會幫忙背一個輪胎，減輕先生的負擔，伊凡身強力壯，每次都能載運很多的杉木，賺了很多錢。

　　不管是在南部跟父母住在一起，或是回北部跟爺爺、大哥住在一起，伊凡在沒結婚之前，從來都是只知道工作，不知道自己存錢。回北部之後，他工作所賺的錢都是嫂嫂直接去跟工頭領的，伊凡只要有吃有住就很滿足了。

　　雅外跟伊凡一起出去工作那麼多天，賺了不少錢，到了領錢的時候每個人都在算錢，工頭卻只給伊凡一些零錢。

　　「我的怎麼只有這些呢？」伊凡接過工頭給的零錢，不敢相信自己辛苦了這麼多天只有幾元的工錢。

　　「其它的都被你嫂嫂先領走了啊！」工頭拿了記帳本給他看，果然看見自己的工錢被扣了整數，還有嫂嫂的簽名。

　　「怎麼可以這樣啊？」雅外對這件事非常不以為然，想到自己先前在小店賒欠的債，現在也沒錢還了，就很生氣。

　　「我還要拿這些錢去還帳啊！」她說。那些賒欠小店的款項絕大多數都是為了買一家人吃的、用的。她這樣每天起早趕晚的辛苦工作，好不容易賺的錢卻被嫂嫂拿走了。

　　雅外在娘家是排行老大，能幹又負責，多年在城市工作，比起山上一般年紀的女孩懂更多事，她就像她母親里夢一樣，是個很有想法的女人。

　　"aw,kun wal magal pila qasa."

　　「是的，那錢是我去拿的。」一回到家，雅外就直接找嫂嫂

北拜攤牌，質問嫂嫂是不是把工錢都領走了，嫂嫂倒是一口承認，覺得這是理所當然的事。

"isu wal magal pila lga,nanu isu say psyuw kwara alu ta cyupuw l'ay."

「既然你把錢領走了，那你就去把我們在小店賒的帳給還了吧！」雅外也理所當然的請嫂嫂拿錢還帳。

"inu pila psyuw maku alu su lpi?"

「我哪裡來的錢去還你欠的帳啊？」，嫂嫂說那些錢花在全家的日常所需，已經用完了。她可沒錢去還「雅外的」帳。

"si su ga pira pila minthan mamu ga?"

「你以為你們賺了多少錢嗎？」北拜眉頭皺了起來，很不高興的轉身就走回房間。

下午與嫂嫂有了這樣不愉快的互動，雅外整天心裡很不舒服。晚上睡覺的時候，她就把整件事告訴伊凡。

「我們應該有自己的錢才對。」她告訴先生，「我們以後會有自己的孩子要養，我們也要蓋自己的房子，這些都需要錢啊！」雅外認為既然成了家，在經濟上就應該要有獨立自主的規畫，以後還要養孩子，孩子長大了也會需要教育費，這些是伊凡從來沒有想過的事。他們一直按照泰雅族人傳統的方式在生活，一家人一起工作，一起分享成果。蓋房子也很簡單，全家通力合作，一下子就蓋起一棟房屋，根本用不到錢。他沒想到時代在演變，要過現代化的生活，不管是食衣住行都需要用錢，更別說還有孩子要教養了。伊凡聽了妻子的分析才覺得自己與家人這幾年的模式應該要改變了。

從那時起，兩夫妻開始會爭取經濟上的自主權，工作所賺的錢會先留一部分存起來，再拿一部分交給北拜家用。這樣，

他們在經濟上才開始獨立自主，雅外內心才覺得踏實一點，但卻也因此跟兄嫂之間的關係愈來愈緊繃。北拜就常常藉故為了家用不足而找老公達路吵架，憨厚的伊凡夾在兄嫂和妻子之間內心感到非常為難。

"nway,gaga nya qasa hya,"

「沒關係，那是自然的事，」雷撒爺爺坐在矮木凳上抽著菸斗，房間裡傳來北拜尖銳的吵架聲，伊凡坐在爺爺對面，難過的低頭眼神空洞的望著泥地。

"tay ana ta hmali ga katun ta kyaruma uzi rwa,"

「你看就連舌頭有時候也會被我們自己咬到，不是嗎？」，爺爺瞇著眼吸了一口菸斗，緩緩吐出白煙。

"ima ini psayu cikay lpi?laxiy qyaqih inlungan su,bali su inqehan ki."

「誰不會吵點架呢？你心裡別難過，這又不是你的過錯。」爺爺安慰難過的伊凡。雷撒已經九十幾歲了，雖然沒什麼大病痛，但也真的老了，耳朵愈來愈聽不清楚，但對於兒孫的狀況卻還是常清楚。他知道雅外是個聰明且對未來有想法的女人，也知道北拜為什麼找達路吵架，老人家已經無力、也不想花精神去管這些紛爭，只希望孫子不要太難過。

幾個月之後，有一次，嫂嫂又去把伊凡兩夫妻上山種香菇的工錢先領走了，結算工錢的時候，雅外看著伊凡手掌上的零錢更是生氣，想起兩人在山上種了十幾天的香菇，每天起的比太陽要早，工作到月亮升起了才休息，最後竟然只拿到零錢，雅外氣得都快哭出來了。

「我回去一定要跟她講清楚，請她把錢還給我們。」她說。

「不要這樣啦！」伊凡勸妻子不要去找嫂嫂理論了，「我們

到高雄去住好了。」伊凡不希望再爲了這些事情跟兄嫂鬧得不愉快，決定乾脆帶著妻子離開。雅外想了想，決定不要讓伊凡爲難，就答應不跟嫂嫂理論，但心中還是非常不滿，於是連夜下山回娘家去了。

　　伊凡隔天整理了簡單的行李，告訴家人說要南下三民鄉，然後下山到岳父家跟雅外會合，他們便直接從葛拉拜部落動身前往高雄三民鄉。

　　兩人搭乘火車到達高雄，轉搭客運車到甲仙。春夏季雨水豐沛，河川的水都漲起來河道不能行車，所以現在往山上是沒有計程車可搭的，於是他們從甲仙就開始走路上山。

　　"maha sami sqani mkangi krryax uzi sraral,"

　　「我們以前都是這樣走路（上山）的，」伊凡跟妻子說。

　　"ini kbsyaq lga,ptehok ta ngasal la."

　　「不要多久，我們就可以到家了。」伊凡很高興就要回到三民鄉的家，粗心的他卻沒有想到妻子剛剛懷了身孕，第一次來到這個陌生的山區就要爬這麼遠的山路，八小時的路程竟然還說「很快」就可以到。

　　兩人走了大約兩個小時比較平緩的路之後，就開始往上爬一座山坡了。雅外走在那長滿了茅草的狹小山路上，突然又有了熟悉的感覺，她記得第一次去伊凡家時也有這樣的感覺，就是不斷的走呀走，這山路似乎永遠也走不到盡頭。「怎麼有人要住在這麼遠的地方？」、「到底還要走多久才能到達山上的家呢？」雅外心中不斷的問著。

　　經過了好幾個小聚落，開始往更高的山爬去，這山路是人們上山工作或狩獵時才會走的路，因爲很少人走動，所以路邊的茅草和路面的雜草都長得非常茂盛，茅草從山路兩邊直接往

路中間長，他們兩人必須要用手去撥開茅草才能往前行進。

這時，懷有身孕的雅外，很容易疲倦，也比較情緒化，她開始想起這一年來的生活變化，從無憂無慮的女工生活，到為人妻、為人媳的身分，快樂穩定的生活在結婚以後一切都改變了。不但要早起趕晚的上山辛苦工作，回到家有永遠做不完的家事，辛苦的付出還要受到不公平的對待，如今又要面對不知如何的未來……她邊走邊雙手邊撥著擋在面前的茅草，眼淚止不住的滴了下來。

粗線條的伊凡完全不知道妻子的辛酸，只顧著砍茅草往前走，完全不知道雅外在掉眼淚。這樣爬了好久好久，山頂已在不遠處了，這時，伊凡興奮的往上跑去。

"Yaway,nhay uwah!"

「雅外，趕快來！」，還沒等雅外追上去，就聽見他對著山下大聲的呼喚。

"aya!aba!nyux sami lo……"

「爸爸～媽媽～我們來囉……！」

雅外好辛苦的終於爬到了山頂。

"o……nhay uwah……"

「喔……趕快回來……」山下的人也大聲回應他們。於是，他們下坡往家的方向走去。

「汪汪汪……」半路上衝過來一隻黑狗搖著尾巴跳上跳下的迎接他們。

「kuro!」伊凡叫牠，「汪汪……」kuro 開心的搖搖尾巴，蹦蹦跳跳領他們回家。從山頂到堡耐家走了半小時才到。當阿慕依聽到兒子在山頂上的呼喚，就立刻起火煮開水，到雞舍抓了一隻雞，阿慕依手腳俐落的殺雞拔毛，等伊凡夫妻走到家時，

雞也煮好了。

　　雅外來到了這伊凡經常提起的，對她卻是陌生的家。她一面吃著婆婆準備的食物，一面環顧房子四周，看起來這裡跟斯卡路山上的家差不多，沒有她原本期待的那樣好。雖然心中略有失望，但至少這裡不再是寄人籬下，而是自己真正的家。也許是白天走了那麼遠的路，雅外累得沒有力氣想太多，吃完晚餐便很快的上床，一下子就睡著了。

　　在三民鄉的日子過得很平靜，婆媳相處融洽。阿慕依對這媳婦非常照顧，知道她有喜了，家事都捨不得讓她做，山上的工作更不用說了。可是雅外還是感覺這裡的生活太寂寞，山谷裡只有他們一家人，離他們最近的鄰居遠在徒步半小時以上的距離。這樣的生活，對伊凡他們來說卻似乎是很自然的，非常適應這樣的生活。然而，看在來自前山部落，到城裡工作過的雅外眼中，卻認為這種生活太封閉，跟外面的世界已經脫節了。她想起肚子裡的孩子，「難道他將來也要過著這樣的生活？」，她摸了摸隆起的肚皮，望著四周的群山峻嶺惆悵萬分。

　　寂寞的山居生活，偶爾也有一些快樂的點綴。雅外每天最期待的事情，就是星期天到教會做禮拜。這一天，他們全家會穿著最好的衣服前往教會。有時候到民權部落的教會，有時候到嘉義縣的茶山教會，這兩個教會都必須走兩小時半以上的山路才能到。他們總是一大清早就出發，以便早一點到達，就可以跟教友們話家常。

　　雅外的個性開朗喜歡交朋友，禮拜結束之後她會到布農族教友的家去走走。

　　「那個咖啡顏色的果子是什麼啊？」她第一次看到教友家的院子曬著黃褐色的愛玉籽時，覺得好稀奇，她從來沒有看過

愛玉籽。

「那個是愛玉籽啊！你沒看過嗎？我做給你吃。」教友把果子裡細小如芝麻的愛玉子撥出來裝在棉布袋子裡綁緊，然後在水盆裡雙手不斷搓洗布袋，搓到水盆裡的水變得濃稠感，就將盆裡的愛玉水倒在容器裡靜置，不久就形成了晶瑩軟滑的愛玉凍。

「這個太奇妙了！」雅外像是看人變魔術一樣的，感覺新奇又有趣。「愛玉就是這樣洗出來的。」教友調了蜂蜜水，弄了一大碗愛玉凍給她吃，這是她第一次吃到晶瑩滑嫩的愛玉凍，印象特別深刻。

雅外來到三民大約一個多月，娘家的堂哥給素、堂嫂、嬸嬸、和姑姑四個人南下探望雅外。伊凡清晨就下山到甲仙去接他們上山，自然是走了好久的山路才到達。雅外的姑姑走了八小時的山路，到這裡看了四周圍的環境，就非常不忍心。

"nanu wahan nya sqani Yaway la?"

「雅外到這裡來做什麼呀？」她含著眼淚，偷偷告訴雅外的嬸嬸。"siqan balay Yaway ta,phswa mqyanux maki sqani hya la?"「我們的雅外實在太可憐了，她在這裡要怎樣生活下去啊？」

阿慕依夫妻很熱情的招待雅外娘家的人。他們殺了雞，拿出最好的醃肉和小米酒請他們。娘家的親人住在這裡三、四天之後就準備回北部去了。雅外跟伊凡送他們下山，雅外因為懷有身孕不方便走太遠的山路，所以她只送到山頂。

"sgaya ta lki，way."、"inbleqiy mlahang nanak hi su lki."、"klokah nanak sqani lki."⋯⋯⋯。

「我們再見了，外。」、「你自己好好照顧自己的體了啊！」、「你自己在這裡努力的生活了啊！」⋯⋯親人和她道

別，殷切的叮嚀著雅外保重自己。當她目送親人的背影離去，想起遙遠的故鄉，想起故鄉的親人，不知要到幾時才能再見他們一面，眼眶起霧模糊了親人下山的背影，熱淚止不住一串串滴落下來。

過了幾個月，雅外肚子愈來愈大，婆婆認為她第一胎還是回北部生產比較保險，她知道雅外一定不願意去大兒子達路那裡。

"aki mswa musa su maki ngasal yaya su?ina."

「如果去你娘家生產不知道你願不願意呢？媳婦。」阿慕依問。"aki mu blaq uzi maki su ngasal ga,twahiq balay wahan samba ngasal ta qani la."

「我也喜歡你在家生產，但接生婆來我們家實在太遠了。」，阿慕依不希望媳婦認為自己不願意幫她坐月子，解釋了她希望媳婦回北部待產的原因。

"aw,aw,nanu haku ngasal yaya mu."

「好的，好的，那我回去我媽媽家。」雅外聽了非常驚喜，她很高興婆婆主動提議他回娘家生產。畢竟，面對生產這件事，完全沒有經驗的她是非常忐忑不安的，如果有媽媽在身邊陪伴，那就可以放心了。於是，伊凡帶了雅外北上，她留在娘家待產，雅外娘家的葛拉拜部落在前山，醫療、交通都很方便，又有岳母照顧妻子，伊凡就很放心的回高雄繼續幫父親上山工作。

一個多月之後，雅外順利的產下一個兒子，雅外請教會的朋友轉告在隔壁鄉的爺爺雷撒，請老人家幫曾孫取個泰雅族名字。爺爺非常高興孫子伊凡有了一個兒子。

"nanu si say Gamil lalu nya la."

「那麼，他的名字就叫做旮命吧！」曾祖父傳話過來。

"teta yan na gamil qhoniq kin lokah,teta nya ini zingiy krryax cyux inu qu gamil nya uzi."

「好讓他像樹根一樣堅實強壯，也讓他永遠不要忘記他的根是在哪裡。」爺爺說，「gamil」的泰雅族語是指植物的根。

雅外在媽媽家坐月子，里夢每天都殺一隻土雞，煮麻油雞幫女兒補身體。小嬰兒有了媽媽幫忙照顧，雅外這個新手媽媽輕鬆不少。她一直住到旮命十一個月，才和上來接他們回去的伊凡回到三民鄉的家。這期間，伊凡曾經兩次北上想要接妻子和兒子，雅外認爲孩子太小，帶到三民鄉深山的家很不方便也不太放心，於是拖到了孩子快滿週歲，才依依不捨的告別父母，帶著兒子回三民鄉去。

在回家的路上，雅外揹著兒子一面爬山，內心一面思考著。她不斷的想著自己的未來到底會怎麼樣。雅外是個勇於面對現實的女人，從小跟父母上山工作從不喊累，升學不順利之後很快的就可以轉變成認眞快樂的女工，結了婚跟丈夫住在偏遠的後山部落，上山砍樹、砍竹子、種香菇、面對大嫂不公平的對待；南遷之後過著離群索居的生活……這些轉變，雅外都是正面迎接，從來不害怕去面對，並能從中找出自己的生存之道。可是，當她想到背上的兒子旮命，小小的他也必須住在這深山裡，過著這樣原始而艱困的生活嗎？他的未來呢？想到這裡，做媽媽的心中便起了一層又一層的濃霧，心中的濃霧壓得她喘不過氣來，往上爬的腳步愈來愈重。

"m'uy su?anay maku spanga Gamil uzi."

「你很累嗎？旮命也讓我來揹吧！」，伊凡扛著三人所有的行李走在前面，發現妻子愈走愈慢，兩人相隔快要一百公尺

了，他想雅外大概是太久沒有走山路，想幫她揹兒子減輕負擔。

"ini saku k'uy,anay mu spanga nana."

「我不會累，我自己揹就好了。」，雅外看先生自己扛著、提著大包小包的東西，哪裡還能揹孩子。思緒被伊凡的問話打斷之前，雅外心中正好做了一個重大的決定——「我一定要離開這裡」，一旦有了決定就有了努力的目標，她的腳步變得輕鬆許多，揹著旮命邊爬山，竟然一邊輕輕哼起了兒歌。

落葉歸根

"aya、aba……nyux sami lo~~!"

「媽、爸……我們回來囉~~！」他們爬到了山頂，伊凡開
心的大聲呼喊父母。

「喔~~！」山下的家人也回應他們。阿慕依還是趕緊起
火、燒水、殺雞，準備讓兒子媳婦好好打打牙祭；堡耐則是迫
不及待的跑上山去接他們（主要是看孫子！）。

"pwah，anay maku spanga Gamil hya!"

「送過來，旮命就讓我來揹吧！」爺爺開心的把孫子揹起
來，旮命也不抗拒這沒見過的高大的爺爺，一雙大眼睛骨碌骨
碌的左看看右看看，對這片山林充滿了好奇。

因為有了新生命的加入，偏遠山谷裡的家顯得生氣蓬勃，
爺爺、奶奶非常疼愛旮命。阿慕依這幾年身體不太好，除非眞
正需要人手，她已經很少上山幫忙工作了。現在，阿慕依多半
是在家照顧孫子，種菜、養雞、養豬、打理家務，上山幫忙的
工作就落在雅外身上。

山上的生活就是日復一日，從清早工作到夜晚，每天疲憊
不堪，雅外心想離開深山生活的計畫就如風中的一聲嘆息，被
那似乎永無止境的勞動吹得無影無蹤。

兩夫妻回南部的隔年，在山櫻花怒放的春天，伊凡最敬愛
的爺爺，堡耐的父親雷撒過世了，也在那時候，雅外懷了第二
個孩子。

"wayal yutas la!"

「爺爺回去了！」，堡耐得知父親過世的消息時，雷撒過世已經十幾天，葬禮也已經完成了，消息是哈勇回來告訴父親的。哈勇在北部找到了一個開車的工作，生活過得還不錯，他帶妻子回三民看父母，妻子也可以回娘家探親。

　　堡耐向哈勇詢問父親過世的經過，以及喪禮舉行的過程。

　　"ay……wal tl'ux mqyanux hya la……"

　　「唉……他在世上生活得算是很長壽了……」堡耐嘆了一口氣。畢竟，雷撒以九十幾歲的高齡，這樣無病無痛平靜的過世，做子女的除了不捨也要感恩了。

　　堡耐表面鎮定，但一顆心卻像是突然被剮空了似的沉痛無比。他是雷撒最小的孩子，從小是父母最疼愛的兒子。其他的兄弟都是跟著叔叔、伯伯學打獵，堡耐卻是由父親親自帶著上山工作，親自教他狩獵技巧、教他編織籐竹器具，教他造橋、搭建房舍……。總之，在堡耐心中，父親做為一個真正的泰雅族男人，各方面的造詣和成就，是他此生永遠無法超越的。雷撒既是他的父親也是他崇敬的偶像，更是他最重要的生活導師。

　　堡耐壯年離開親人，獨自離開家鄉出外開闢新天地，卻從來沒有想過驍勇善獵、健壯如高山的父親原來也會有倒下來離去的一天，父親的過世，讓勇健的堡耐整個人突然蒼老了許多。

　　年底，雅外生了第二個孩子，是個漂亮的女兒。女人在做了母親之後都會變得比較勇敢，膽子也變得比較大了。她這次沒有回北部待產，是由部落的產婆負責接生，阿慕依在一旁幫忙，忙了一個晚上，清晨產婆要回去的時候，阿慕依送了兩隻雞、一瓶酒答謝她。

現在家裡又多了一個孩子，顯得更熱鬧了。堡耐幫小孫女取了秀荷（Syoh）的泰雅族名字。

　　"teta yan lkaki maku msininlungan ru mqnyat."

　　「希望她能像我過世的祖母一樣，聰明有智慧又勤勞。」堡耐說。泰雅族人在為新生兒命名的時候，喜歡請長輩「賜名」給這個孩子，而人們通常會取長輩中有傑出表現，或者做人做事能讓部落族人稱道的「m'Tayal balay」（真正的泰雅人）的人的名字。如果是行為不端、做人處世令人瞧不起的人，那麼，他的名字在這個部落就會變成某種不良行為的代號，新生兒就會避免沿用他的名字。所以，泰雅族是人的行為決定他名字的榮辱，人一生都要為自己的名字負責。

　　堡耐的母親秀荷是苗栗泰安鄉的人，泰安鄉女人的織布技藝在泰雅族群來說，是公認的超群卓越。秀荷嫁到雷撒家時，嫁妝帶了三百多匹泰雅織布分送給斯卡路部落的親友，拿到布匹的親友對於布上繁複華麗的織紋都讚嘆不已。

　　爺爺非常疼愛這兩個孫子、孫女。

　　"laxi si gbay krryax,phnyun su miba lga,siki gbon krryax la."

　　「不要常常抱她，你習慣抱她以後，就得常常抱著她才可以了。」阿慕依看到雅外抱小秀荷時，嘴上都會這樣念著。可是當雅外把女兒放在床上，阿慕依卻立刻把她抱起來，不但自己整天抱著，還邊抱邊搖邊唱歌哄她，不知道是誰更寵小嬰兒了。

　　堡耐上山工作，回來會帶各種野果、野莓給旮命；下山到甲仙買東西回來，一定幫旮命買糖果、餅乾、玩具。有一次，堡耐到甲仙看到平地人用黃籐製作的小搖籃，那搖籃像一隻船，底下是弧形的可以搖搖搖，上面還有半個蓋子，可以遮住

孩子的頭。堡耐就仔仔細細看著這個搖籃，把它的樣子記下來。回山上就立刻去砍黃籐，趁下雨天的時候在家幫孫女編織一模一樣的小搖籃。後來，他做的搖籃比當初在甲仙看到的那個還要舒適，他把搖籃頂上的蓋子做成完整的蓋子，還加上了開關，關上蓋子的時候，她可以很安心的睡在搖籃裡，一點都不會曬到太陽，蚊蟲也不能侵擾她。

雅外做完月子因為要哺育小嬰兒，所以就沒有再跟伊凡上山工作。但家裡的事情也不輕鬆，她和婆婆一起照顧兩個孩子，基本的家事以外，她還要養雞、養豬、種菜……。

伊凡父子每天凌晨起床上山工作，太陽下山才摸黑回家，一切作息還是按照傳統泰雅族作山的型態。雅外娘家的父母雖然也作山，但他們葛拉拜部落因為地處前山，交通各方面都很早就開發完成，山上的作物很容易就有平地人買家上來採購，經濟上比較寬裕，不必太辛苦的工作也不怕沒有飯吃。

很多泰雅族人會跟平地人合作，把田園「包」給平地的商人，通常是竹東、內灣一帶的客家人，客家人勤奮節儉，對於水田的耕作和作物的栽種有他們自己的一套。平地人包下田園之後一切作物的種植規劃都由他們去做，原住民除了可以拿到一筆租金之外，商人需要工人工作時，就上山幫忙工作賺工錢，這樣每天的工作時間是一定的，不必起早趕晚的辛苦工作，更不必擔心作物欠收的風險。

有一天，雅外正在幫小秀荷哺乳，婆婆牽著兩歲半的峇命在院子玩。

"wal inu yaba?"

「爸爸去哪裡？」峇命問奶奶。

"wayal mtzyuwaw qmayah ki yutas su,"

「跟你爺爺到山上工作去了，」奶奶說。

"nhay hazi su krahu,Gamil, isu psyunaw kwara rhyan ru pinbahu na yutas su lki!"

「你快快長大吧！旮命。你爺爺所有的土地和作物都是你要繼承的唷！」婆婆逗孫子的一段話像一記悶棍往雅外心頭用力打下去，她突然想起背著旮命上山那天在路上的決定──「我一定要離開這裡」，怎麼第二個孩子都生下來了，自己還待在這與世隔絕的深山僻壤，一步也沒離開呢？她低頭注視懷裡的女兒，小秀荷清秀的臉蛋紅馨馨的，小嘴正努力的吸吮母乳……，看著可愛的女兒，她不能想像子女生活在這樣偏遠的山谷裡，他們的未來會是怎樣的景況，於是，雅外再一次鄭重的告訴自己──「我一定要離開這裡」。

「我們搬回北部去好嗎？」晚上睡覺的時候，雅外輕聲跟身邊的伊凡商量，「為什麼要搬回去？這裡很好啊！」伊凡聽見妻子的提議很驚訝，他覺得住在這裡沒有什麼不好的，有了妻子、兒女之後，更有了努力工作的動力，怎麼雅外竟然想離開這裡了。

「住在這裡交通很不方便，經濟上也不穩定，」雅外說。事實上，在這裡上山工作，男工一天是五十元，女工三十元，就算一整個月都有工作，兩夫妻一個月賺的錢都沒有雅外一個人在工廠當女工時賺的多，何況山上打零工的機會不見得每天都有。「將來孩子長大了，要怎樣去上學呢？」雅外非常擔心孩子的未來，特別在學校教育的部分，或許是自己升學讀書的願望被阻斷，她希望給自己的孩子一個方便接受教育的環境，讓孩子想讀到多高的學歷都可以實現。

「孩子還這麼小，你不要想太多啦！睡覺了吧！」伊凡上

山工作一整天已經很累了，現在他只想好好睡一覺，妻子擔心的事情在他看來是多慮的，他轉過身沒有幾秒就呼呼大睡了。「唉……」雅外聽著先生熟睡打呼的聲音，長長的嘆了一口氣，層層濃霧又再次襲上心頭，讓雅外整夜輾轉難眠。最後，她決定自己先北上，現在不能說服先生，她相信伊凡最後會自己跟上來的。

第二天，雅外背著秀荷自己下山去了，兩父子清晨就上山，阿慕依一大早到河邊洗衣服回來就沒有看見雅外了，床上睡著孫子旮命。雅外不告而別，家人都嚇了一跳，搞不清楚她怎麼會這樣做。

"Iban,swa sikinkongat ina la?mipsyu simu ga?"

「伊凡，媳婦突然消就失了？你們吵過架嗎？」阿慕依問兒子。"ini sami psayu ay!"

「我們沒有吵架啊！」伊凡是丈二金剛摸不著頭，完全不知道妻子怎麼就離家出走了。

"nanu swa ta nya pgyaran lpi?"

「那她為什麼要離開我們呢？」母親問。伊凡忽然想起昨天晚上雅外跟他說的話，就把妻子的話轉述給母親。

"aw yan nasa lungan nya ga!"

「原來她心裡是這樣想的啊！」母親說。事實上，伊凡他們從來沒有從雅外的角度去認真看過他們現在的生活，堡耐雖然賣掉了幾塊土地，但他現在農地的規模和產業卻非常足夠他們一家人衣食無憂的。他們一家人對於山上的勞動生活是很習慣的，這些辛苦在他們看來都是很自然的事，這是從祖父的祖父……開始就是這樣傳承下來的生活型態，誰也沒質疑過這樣適不適合現在的社會環境，更從來沒想過需要做什麼改變。

"ay. baha blaq ini su say mluw kneril su la,"

「你不去跟你妻子怎麼好呢,」阿慕依說。

"maha yan nasa lunhan nya lga,nanu si usa mluw hya isu hya la."

「如果她的心意是如此,那麼你就跟了她去吧!」母親叫兒子還是隨雅外回北部去比較好,伊凡就帶著旮命回斯卡路去了。

雅外帶著秀荷先回葛拉拜的娘家,里夢知道女兒的情形之後,告訴她這時候她應該要回斯卡路的家。

"baha blaq yan su sqa mgey ngasal yaya hya la,ingat yan nasa gaga ta Tayal hya."

「你跑回娘家怎麼好呢?我們泰雅族的 gaga 是沒有這樣的,」里夢是很明理的女人,親家讓女兒回來生產養孩子住再久都可以,雅外自己私自跑回來的行為,卻是不合 gaga 的。

"say inblaq kmal irah su Pepay,"

「去好好跟你的嫂嫂北拜說說話吧,」里夢說。

"baha simu si psyaqih krryax msyangu hya lpi?"

「你們做為妯娌的怎麼可以永遠不和好呢?」她勸女兒要跟嫂嫂和好。

"aw pi,nanu haku kaxa la."

「好吧!那我後天就回去。」雅外答應母親後天就回斯卡路大哥家。她想,只要能離開南部山區回到了北部,就可以慢慢經營自己的未來,現在暫時先回大哥家也沒關係。

隔天晚上,伊凡帶著旮命找到岳父家來了。

"nyux su lga, yama, nanu pgluw musa Skaru suxan ki Yaway la."

「你來了，女婿。那你明天就跟雅外一起回斯卡路部落了。」達利看見女婿來了很高興，看到外孫卣命長這麼大了更是開心。

第二天，里夢把女兒叫到房間，塞了一筆錢在她手中，雅外不肯拿媽的錢。

"laxi saku biqiy pila ga.ya.nyux nanak pila myan."

「不要給我錢啦！媽，我們自己有錢。」她把錢推回媽媽手上。其實，她身上沒有多少錢，大概只夠搭車回斯卡路的家。

"agal, baliy isu nyux mu biqan,mniq mu sa Gamil ki Siyoh qani hya,ni ga ni."

「拿去吧！我又不是給你的，這是要給卣命和秀荷的。拿去、拿去啊！」雅外只好拿了這筆錢，媽媽給了她五千元，這對現在的她來說無異是五萬元鉅款了，事實上，她真的需要這筆錢過生活，做母親的里夢當然也是知道的，用一個迂迴的理由把錢拿給了她，雅外心中非常感謝媽媽。

第二天，伊凡和雅外背著兩個孩子回到了大哥家，達路和弟弟將近三年沒見，看到他們回來非常高興，很歡迎他們回來。

"wiy~~talagay zinga krahu Gamil qani.ay,qani qu Siyoh lga?ta kinbleqan cinninun na utux qutux laqi qani."

「咿~~卣命這麼快就長得那麼大了。這個就是秀荷了嗎？看看上天將這孩子編織的多好（表示她長得很完美的意思）呀！」北拜其實是粗線條的個性，過往的事也沒放在心上，看到雅外回來就很高興家裡多了一個好幫手。

這三年，部落的變化非常快速，馬路已經又往上開到了阿明的小店，客運車也開到那裡了，斯卡路的族人現在要下山可

以搭客運車了。於是，部落開始有人在鎮上找工作上班，每天搭車往返鎮上和部落之間。電燈在幾年前就有了，阿明還買了一台黑白電視機擺在小店，每天晚上都有人專程到阿明小店看電視。播放摔角的那一天更是部落總動員，大家拿著手電筒的、打著火把的，全都從山上走下來，聚在阿明小店裡觀看摔角節目，日本的摔角選手，什麼「馬場」、「豬木」、「力道山」……大家能都朗朗上口，部落還有馬場迷把孩子直接取名叫「馬場」。

伊凡沒有想到部落的變化這麼大，看到大哥的兒女都在城裡找到工作，才想到自己的兒女若是繼續生活在南部山上，真的會跟外面的世界脫節了，這時他才知道妻子當時考慮的問題不是想太多，而是很實際的。

北拜在教會幫忙煮飯給傳道吃，雅外也會去幫她，不過北拜領了錢是不會分給雅外的。伊凡則是在鎮上的搬運公司找到了隨車搬運的工作，一個月就有六千元的收入。兩夫妻慢慢存錢，打算自己蓋一棟水泥磚房，也為兒女的教育基金作準備。雅外因為孩子還小不能出去上班，她在教會告訴教友們她可以幫忙帶孩子，有在外面上班的教友就把孩子託給她照顧，這樣她就一邊照顧自己的孩子，一邊賺錢幫忙家用。

在南部的阿慕依這幾年身體不是很好，經常要下山看病。有時候在甲仙治不好，還得遠到旗山去住院。每一次生病都要花很多錢，堡耐把土地一塊一塊「賣掉」給妻子看病。所謂的「賣掉」實際上是「出租」，因為山地保留地依規定不能買賣，所以平地的商人上山「買」地都是用一紙租賃合約做交易的，只是租約期限都在三、四十年以上，等於是把地賣給他了。

商人總是把地價壓得非常低，肥沃而地勢好的土地才能賣

個差強人意的價錢，憨厚老實的原住民跟精明的商人做生意當然討不到什麼好處。

「這麼遠的地方，車子都不能上來，木材要怎樣弄下山呢？深山的地沒有什麼價值啦！」商人總是東嫌西挑，務必把價錢壓到最低，當原住民急需用錢的時候，也只好妥協。堡耐就有幾塊地是在這樣的狀況之下賤價售出的。他從來也沒想到在他看來是這麼寶貴的土地，在商人的估價之下變得那麼卑賤，往往一大片的杉木林，只能換到阿慕依住院一次的價錢。

早在伊凡夫妻回北部之前，三民鄉有一些泰雅族人也陸續搬回家鄉，主要是北部發展愈來愈快，相對於發展緩慢的南部山區，兩邊的差異愈來愈大，於是他們把土地賣掉，搬回故鄉去了。

去年，尤幹也舉家遷回斯卡路部落。女兒吉娃絲嫁給布農族的伐伐，沒有跟父親回北部，她生了兩個兒子、一個女兒，婆家對她非常好，尤其是先生伐伐，簡直把吉娃絲當成公主一樣的疼愛。

吉娃絲的奶奶在幾年前過世了，當尤幹要遷回北部的時候，到當初埋葬母親的地方，打算把母親的骨骸帶回故鄉埋葬。結果，竟然找不到母親的骨骸，尤幹在母親墳地附近到處挖，什麼都沒看到。突然，他想起母親離開故鄉時說過的話。

"pgyaran maku ngasal kinki’an mu qani lga,iyat saku nbah mbinah mwah lozi la."

「我一旦離開了我住的這個地方，就再也不會回到這裡來了。」泰雅族人對於帶著許諾的話語是非常謹慎而認真的，人們認為一旦說出去的諾言就一定會實現。尤幹想起母親說的那段話，對應現在找不到母親的骨骸，也就不再堅持非找到不可

了。

　　"pyanga nya sbyaq Bunun qu Ciwas ga,teta ta nya sbesan sqani hazi ma."

　　「難怪她把吉娃絲嫁給了布農族人啊，大概是要她留在這裡陪伴她的。」尤幹心理想。

　　阿慕依的身體健康每下愈況，兒女們都回北部工作定居。堡耐原本擁有的山林土地從幫哈勇買車開始，一直到這幾年爲了籌措醫療費用而一塊、一塊的賣了，現在也剩下不多了。

　　堡耐年輕的時候對人生充滿了戰鬥力，他深入山林開墾狩獵，在深山獨來獨往衝鋒陷陣，從來不知道什麼叫做害怕，更不知道什麼是寂寞。這幾年不知怎麼，似乎是上了年紀，愈來愈容易感覺到孤單，特別是父親過世以後，他竟常常會懷念起故鄉的親友，懷念故鄉所有的一切。尤其在是在春天，當山櫻花開放的時候，屋前那整樹緋紅艷麗的櫻花，總讓他出神的誤以爲自己正站在斯卡路的家門前，山澗潺潺的水聲也讓他感覺父親雷撒似乎正在那裡洗澡……，當然，回到了現實，他是在三民鄉並不是斯卡路，而父親已經不在了，內心感到無限的惆悵。

　　"hata uzi lma? Nay."

　　「我們也回去了好嗎？耐。」有一天晚上，阿慕依突然跟堡耐提起想要回北部。

　　"s'nun mu balay kwara llaqi la,qutux qu Gamil qasa uzi,kya cyux may nanu kinwagiq lga."

　　「好想念所有的孩子們啊，特別是那個旮命，不知道他長得多麼高了啊！」她說。

　　"Gamil……"

「旨命……」堡耐此刻，似乎能夠領悟到父親雷撒取 Gamil
（根）這個名字時的心情。

"aki yasa inlungan maku uzi,"

「我的心意也是那樣的，」他說。

"nanu biraw ta kwara qmayah lru, hata Skaru la."

「那我們先把田園林地賣了之後，就搬回斯卡路去吧。」堡
耐看妻子也蒼老了許多，這幾年常跑醫院，更是消瘦不少，是
回歸故鄉的時候了。於是，他們把土地處理了，留下最初巴武
親家畫給他的第一塊地，要還給巴武。

"nitumah tu sinsaivinmasutu dalah viatu na mahtu nasisu
haisun"

「不行，送給你的土地怎麼可以再拿回來」，巴武搖頭拒絕
接受堡耐把土地還給他，不管堡耐怎麼說他都不肯。

"nakaza saikin pakasia su mindangaz Hayung saipuksadu sain
tan yudalah hi!"

「那就算是我請你幫哈勇照顧這塊地吧！」堡耐想到一個
說法。

"mais mau pacin nakazasaikin ka mindangaz inakuvazpingaz
tu tacini saipuk saintan tu dala hi!"

「如果是這樣，那我就幫女婿照顧他的地吧！」堡耐這麼
說之後，巴武才勉強同意。這兩位親家，一個是泰雅族，一個
是鄒族，兩人卻用布農族語交談，畢竟布農族在三民鄉的人數
最多，布農族語儼然成為三民鄉的「鄉語」了，連住在這裡的
客家人都說得一口流利的布農族語。

堡耐和妻子在隔年的春節之前，終於回到了睽違已久的故
鄉斯卡路。十幾年來故鄉的改變非常快速，交通已經便利許

多，一些鄰居的房子都改成磚瓦房了。當他們回到以前老房子坐落的地方，堡耐心裡想，再過一段日子，他也要在這裡重新蓋一棟磚瓦房子。當然，按照他的個性和才智，一定很快的就可以學會如何蓋磚瓦房，然後自己動手蓋房子。

堡耐和阿慕依回來了，部落的親友鄰居都陸續到達路家來看他們。雷幸夫妻和兒子尤帕斯、雅悠夫妻一起來，他們現在有兩個孩子了，雅悠雖然做了媽媽，笑起來嘴角邊的梨窩還是那麼甜美。尤幹夫妻也來了，女人都窩在阿慕依房間裡聊這些年各自的生活情形，旮命跟一群孩子們在屋子裡跑來跑去，男人則是圍坐在客廳的火爐旁聊天。巴尚特別高興，因為堡耐叔叔是他最崇拜的人，看到堡耐就像見到父親瓦旦一樣親切。

初春的微風吹過林稍，傳來一陣陣悅耳的竹葉之歌，十數年離鄉背井重歸故里，人事變遷恍如隔世。不變的是親友圍繞談笑的溫馨，不變的是屋前這棵山櫻花樹，總在春天熱烈的開了整樹緋紅的山櫻花。堡耐望著屋前的山櫻花樹，心中充滿了對生命的感恩…………春風吹起，菲薄的花瓣紛紛飄下，伴隨著竹葉之歌，在風中旋起優美華麗的山櫻花之舞。

泰雅語　語音符號對照表

輔音

發音部位及方式	本版	國際音標
雙唇塞音（清）	p	p
齒齦塞音（清）	t	t
舌根塞音（清）	k	k
小舌塞音 *	q	q
喉塞音	'	ʔ
舌尖塞擦音	c	ts
雙唇擦音	b	β
舌尖擦音（清）	s	s
舌尖擦音（濁）	z	z
舌根擦音（清）	x	x
舌根擦音（濁）	g	ɣ
咽擦音	h	h
雙唇鼻音	m	m
舌尖鼻音	n	n
舌根鼻音	ng	ŋ
舌尖顫音	r	r
舌尖邊音	l	l
雙唇半元音	w	w
舌面半元音	y	j

元音

發音部位	本版	國際音標
高前元音	i	i
央元音	e	ə
低央元音	a	a
高後元音	u	u
中後元音	o	o

＊萬大泰雅語無小舌塞音 q。

國家圖書館出版品預行編目資料

山櫻花的故鄉 / 里慕伊.阿紀著. -- 初版. -- 臺北市：
麥田，城邦文化出版：家庭傳媒城邦分公司發行，民
99.09
　面；　公分. -- (大地原住民；6)

ISBN 978-986-120-383-6(平裝)

863.857　　　　　　　　　　　　　　99019381

大地原住民 6

山櫻花的故鄉

作　　　者	里慕伊‧阿紀（Rimuy Aki）
主　　　編	舞鶴
封 面 設 計	黃瑪琍
責 任 編 輯	林秀梅　施雅棠

副 總 編 輯	林秀梅
編 輯 總 監	劉麗真
總 經 理	陳逸瑛
發 行 人	涂玉雲
出　　　版	麥田出版
	城邦文化事業股份有限公司
	104台北市中山區民生東路二段141號5樓
	電話：（886）2-2500-7696　傳真：（886）2-2500-1966
發　　　行	英屬蓋曼群島商家庭傳媒股份有限公司城邦分公司
	104台北市中山區民生東路二段141號2樓
	客服服務專線：(886)2-25007718；25007719
	24小時傳真專線：(886)2-25001990；25001991
	服務時間：週一至週五上午09:00~12:00；下午13:00~17:00
	劃撥帳號：19863813；戶名：書虫股份有限公司
	讀者服務信箱：service@readingclub.com.tw
麥 田 部 落 格	http://blog.pixnet.net/ryefield
香 港 發 行 所	城邦(香港)出版集團有限公司
	香港灣仔駱克道193號東超商業中心1樓
	電話：852-25086231　傳真：852-25789337
	E-mail：hkcite@biznetvigator.com
馬 新 發 行 所	城邦（馬新）出版集團【Cite(M) Sdn. Bhd.(458372U)】
	11,Jalan 30D/146, Desa Tasik, Sungai Besi,
	57000 Kuala Lumpur, Malaysia.
	電話：(60)3-90563833　傳真：(60)3-90562833
印　　　刷	前進彩藝有限公司
初 版 一 刷	2010年09月30日　　　Printed in Taiwan.

定價320元
ISBN 978-986-120-383-6

城邦讀書花園
www.cite.com.tw

◎本書榮獲財團法人國家文化藝術基金會創作補助。
◎本書榮獲財團法人原住民族文化事業基金會出版補助。

原住民族 文化事業基金會
Indigenous Peoples Cultural Foundation